笠間書院

錦 仁【編】

日本人はなぜ、五七五七七の歌を愛してきたのか

日本人はなぜ、五七五七七の歌を愛してきたのか

◉

錦仁［編］

【もくじ】

【もくじ】

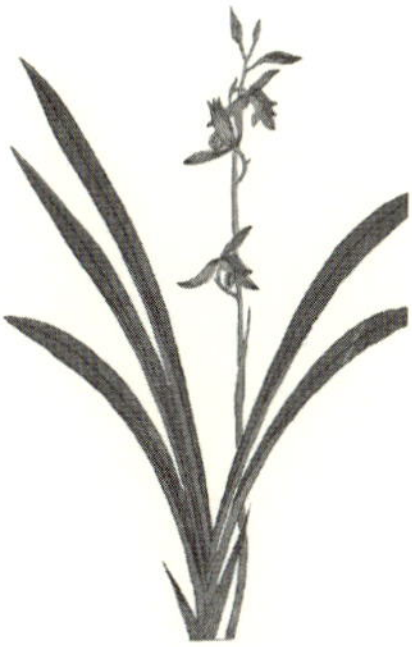

はじめに◉

本書を手にする方へ

歌は時代を超えて

『万葉集』から今日まで約一三〇〇年ほどの長い年月が過ぎた。なのに日本人は五七五七七の五句三一文字の歌を止めようとしない。心を盛る器《うつわ》として今も大切にしている。この短い表現形式を愛して止まないのはなぜなのか。

現代歌人の詠む歌も、奈良時代や平安時代の歌も、まるっきり異なるものではなくて根底に通じるものがある。江戸時代の歌人は『万葉集』の率直さを尊び、『古今集《こきんしゅう》』の優美さを愛してわが心をうたった。歌の歴史の中に分け入っておのれを表現したのである。

一般に江戸時代までの五七五七七の歌を和歌といい、明治三〇年頃の和歌革新運動以降の歌を短歌とよびならわしている。だが、どちらも五七五七七であるからには、革新後の短歌でさえも、古代からの歌の歴史の中に生起している。歌人たちが歌の歴史を強く拒否して創作することは可能だが、そうして生まれた短歌ですら、ある種の読者の目にかかれば、古代からの歌の歴史の中でながめられ、理解されてしまう宿命をはらんでいる。

歌人たちは、歴史をつらぬいて生き続ける存在に、どのように立ち向かって時代の表現を打ち立てようとするのか。研究者は、和歌のなにに興味をもち、解明しようと試みるのか。古代和歌、平安和歌、中世和歌、近世和歌、近代短歌、現代短歌というように、専門領域を時代ごとに切り分けるのが普通だが、歌は、その一つに安住する姿勢を許さぬものがある。

歌は、古代から現代へ、そして未来へ続く生命体なのであって、そのことを強く認識する必要がある。他分野からの斬新な究明もまたとりこまなければならない。

✿構成と内容

本書をひもといてもらうために、ごく簡単に内容を紹介しよう。

第1章「和歌はどう日本を作ってきたのか」は、和歌を通して形づくられた日本像をあきらかにする。平安時代は小さな詩型に思いを込めてうたうだけではなかった。和歌を通して理想の国家像を思い描いた。1「後鳥羽院《ごとばいん》の野心」は後鳥羽院の構想した国家像を、2「歌《うた》枕《まくら》と名所」は、日本は歌に包まれた国、という視座から歌枕と名所の関係を説く。

第2章「和歌の伝統はどう創られてきたのか」は、和歌の美学と伝統について考える。1「君に語る『古今集』」は和歌の美学とはどのようなものかを若い読者に向けて心優しく語りかける。2「源俊頼《みなもとのとしより》から藤原俊成《ふじわらのしゅんぜい》・定家《ていか》へ」は平安後期から末期にかけて新しい和歌が生まれたことを説く。3「西行という巨人」は西行が藤原俊成・定家とは異なる表現を生み出し、やがてそれが芭蕉の俳諧へつながると説く。和歌は優美なもの、という通念がくつがえる。

第3章「和歌の広がりをどう見ていくのか」は、和歌の広がりを照射する。1「和歌をめぐる図像」は真言密教のもとに和歌が秘伝化し、中世独特の世界観・宇宙観を形づくってきたことをあきらかにする。2「六義園《りくぎえん》から歌を見る」は東京駒込の六義園をとりあげ、和歌と庭園の関係を解き明かす。3「神が降りる、神と遊ぶ」は、神社のおみくじに歌が記されているのはなぜかを解く。4「歌枕の危機」は、歌枕の風景が消滅しつつあるが何が問題なのかを掘り下げる。5「飲食は和歌や短歌にどう詠《うた》われてきたか」は飲食を詠んだ歌を通して歌人の個性を浮き彫りにする。飲食は生命の根源であるだけに興味深い。

第4章「短歌を詠んで生きるとは」は、著名な歌人たちが歌の作法を語る。1「私の短歌作法」は、日常生活で見たこと気づいたことを書き留めておき、それを一首の短歌へと練り上げていくのだという。何気ないものに人生の真実が潜む。歌人の眼とはこういうものかと感心させられる。生易しいことではないが、このエッセイを読めばだれもが短歌を作りたくなるだろう。

2「何を選び、何をうたうか」は、一人の個性的な歌人が、自分の住む土地の風景や日常の出来事から、なにを選び、なにをうたうかをそっと語る。この人の歌を読むと、なぜかしら、手のひらで草花や木の実などを包むようにして見つめる動作が目に浮かんでくる。

3「「ただごと歌」を創る」は、高校の国語の教科書でこの人の歌を知っている人も多いだろう。「ただごと歌」を主張するが、江戸時代の小沢蘆庵《おざわろあん》の歌論を引き継ぐ。すこぶる現代的な歌であり、おのれの生と社会の実相を鑿《のみ》の跡も鋭く彫り上げる。

4「私の短歌」は、エッセイの前に記されたプロローグに目を留めてほしい。仙台に住むこの歌人は、東日本大震災後の「はてしなくつづく瓦礫の前にたったとき」、人間が積み上げてきた「一切が崩壊した」と感じた。「書きのこさねば」と思い立っても「ことばそのものが壊滅していた」という。最後の一文が胸に突き刺さる。「そのとき、定型がほとんど自動的に作動し、一首一首の歌としてくれた」。

歌人の根底に五七五七七の定型があり、表現をうながしたのだろうか。震災の風景を詠む歌人は数え切れないほどいたが、この歌人はまるで異なる。短歌を作って生きるとは、こういうことなのかと真率に教えてくれる。

歌は『万葉集』から始まる、いや神世《かみよ》から始まっていたかもしれないが、人間が生きるうえで必要にして欠くべからざるものであった。歌は一瞬一瞬、生命を引き継いでゆく「息」にも似ている。人間の根源から生まれ出るものであって、生命《いのち》そのものといってよいだろう。千年以上も絶えないのはそこに理由があるのではないか。

本書は、歴史を生き抜く歌の時間軸を太く高い柱として、その折々に生起した和歌のありようを一四人のエッセイによって解き明かす。

▼錦　仁

❖この本は、和歌文学会出版企画委員会の企画によるものです。

第1章◉

【和歌はどう日本を作ってきたのか】

和歌は、神世《かみよ》の昔に始まるという。
かたちはそのままに短歌として今に続く。
歴史を超えて生き続ける和歌によって、
どのような国を作り上げようとしたのか。

1 後鳥羽院《ごとばいん》の野心——和歌の帝国

渡邉裕美子

後鳥羽院《ごとばいん》は、鎌倉幕府の打倒を謀《はか》って兵を起こして失敗し、隠岐《おき》に流されて都に帰ることなく亡くなった。悲劇の帝王といわれている。

八番目の勅撰集《ちょくせんしゅう》『新古今集』を編纂《へんさん》し、凄艶華麗な歌を詠む歌人であった。

後鳥羽院は、京都鴨川の東、三条白川《しらかわ》の地に豪壮な「最勝四天王院《さいしょうしてんのういん》」を建てた。その内部の障子《しょうじ》(襖《ふすま》)に、全国の名所を描かせて、藤原定家《ていか》をはじめ一流の歌人に歌を詠ませて添えさせた。名所和歌に囲まれた中央に端座《たんざ》して、何を考えていたのだろうか。

京都白川の今昔

京都の街を歩いていると、多くの神社やお寺に行き当たる。お目当ての寺社があれば、もちろんそこを目的地として歩くのだが、その途中でも、あら、こんなところに、と思いがけない出会いがある。ふと立ち寄って、歴史を聞いてみると、意外にも古くて驚くことがある。土を掘り返せば遺構《いこう》が出てくるのは当たり前として、他の街では跡形もなく消えてしまったものが、この街では何かしら目に見える形で残っているのではないか、と思ってしまいそうになる。しかし、この街が都と定められてから現在まで、千二百年あまりのときが流れている。その間に、誰かが思いを込めて拵《こしら》えた多くの建造物が現れて、あるときまで人々を惹きつけながら、いつしか消えてしまったものが少なくないのだろう。

後鳥羽院（一一八〇―一二三九）が建てた御願寺《ごがんじ》である最勝四天王院《さいしょうしてんのういん》も、そのような例のひとつである。それは、鴨川の東、三条白川の地にあった。三条通と白川の交差するあたりと推測されているが、今、そのあたりに立ってみても往時をしのばせるものは何もない。道幅の広い三条通を車で走れば、小さな白川を通り越したことにさえ気がつかない。比叡山地に源を発する白川は、京都盆地に入って南流すると、かつては三条通の北を西に流れて鴨川に合流していたが、現在は、南禅寺の西で、明治になって整備された琵琶湖疎水《そすい》に注ぎ込む。その先の本流はそれ以前に絶えて、支流の小川《こかわ》が白川と呼ばれているのだと言う。川の側にたたずんでいると、川が大きく姿を変えたとは思いもよらないが、白川は流路まですっかり変わってしまっているのだ。

白川（三条通付近）
の現在
（筆者撮影）

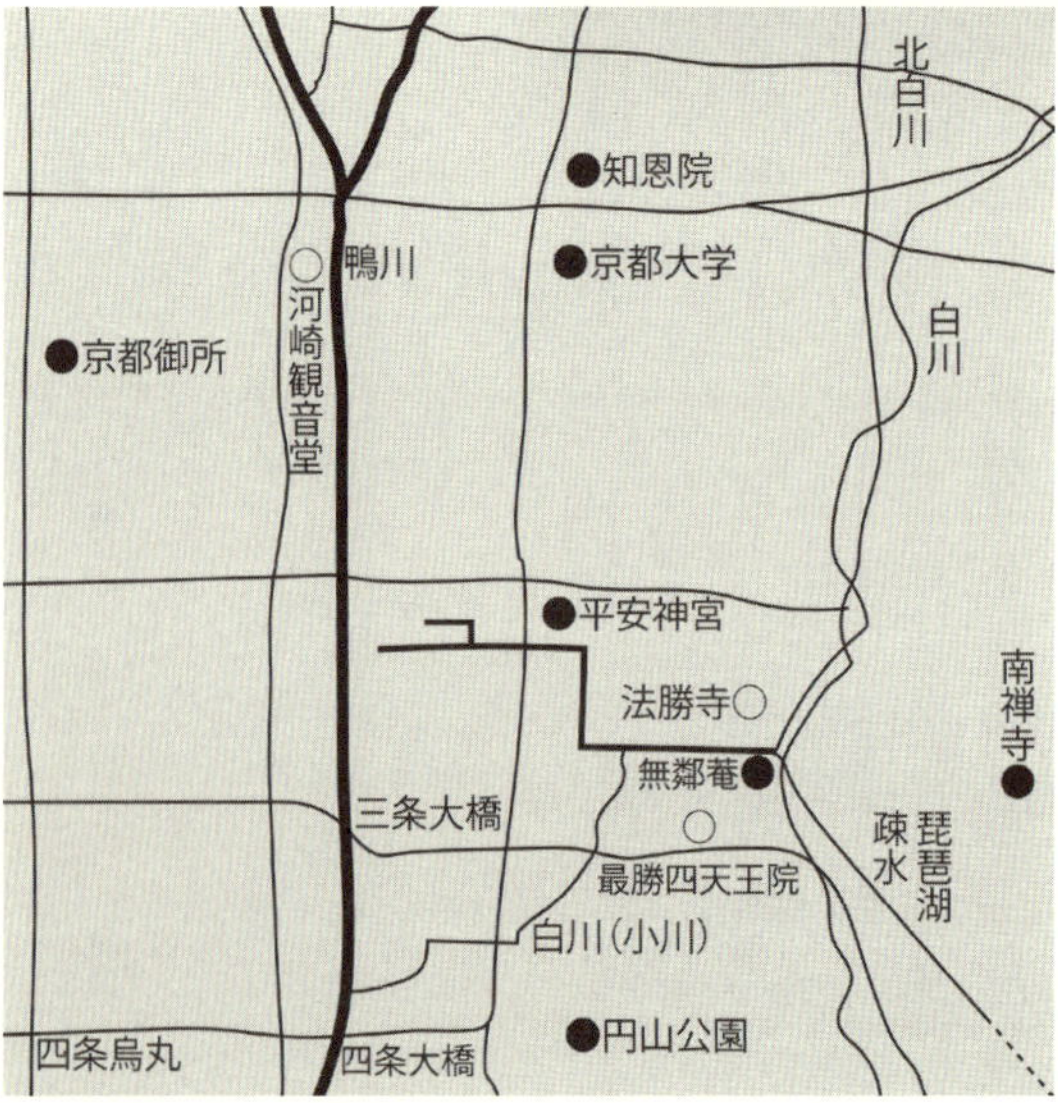

付近略図
＊○は現存しない寺社

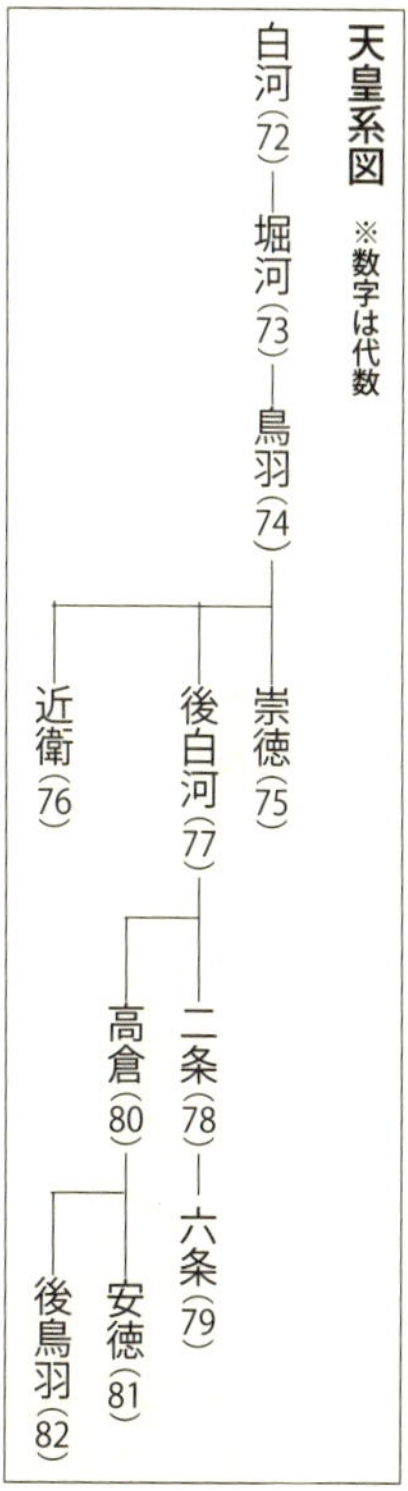

平安時代には、白川流域に広がった扇状地は王朝貴族の別荘地で、白河《しらかわ》天皇の法勝寺《ほっしょうじ》を初めとして、代々の天皇と女院が〈勝〉の字の付く六つの寺、総称して六勝寺《ろくしょうじ》を建てたことで知られている。保安五年（一一二四）閏二月に白河法皇と鳥羽《とば》上皇が牛車《ぎっしゃ》に同乗して、貴族や女房を大勢引き連れて法勝寺を訪れ、白川の花見をした折に、お供をした内大臣の源有仁《ありひと》が次のような歌を詠んでいる。

影清き花の鏡と見ゆるかなのどかに澄める白川の水（『千載集』春上）

（のどかに澄んだ白川の水は、清らかな花の姿を映す鏡のようだ）

有仁は、美しい川の水に映り込む花を讃えているが、そもそも「白川」とは、水の清らかな川の謂《い》いである。

白川の地には、天皇や貴族の大寺や大邸宅ばかりではなく、院政期に活躍した歌僧の俊恵《しゅんえ》が、あまり身分の高くない貴族や僧侶たちを集めて、熱心に和歌会を催していた「歌林苑《かりんえん》」と称する僧房もあった。その俊恵の歌集『林葉集《りんようしゅう》』には「白川にて、人々紅葉歴覧の時」として、

いろいろの野辺見しよりも柞原《ははそはら》木々の錦はたちまさりけり（『林葉集』）
（これまでに見た色とりどりの秋の花が咲く野辺よりも、美しく紅葉して錦のように見えるこの柞原の木々がほうがずっと素晴らしい）

という歌がある。柞は、ミズナラやクヌギなどの黄色や赤に美しく紅葉する木々を言った。東に緩やかな東山の山並みを臨み、春になれば花が咲き乱れて清流に影を落とし、秋になれば木々が美しく色づく洛外の地は、人々を惹きつけてやまなかったのだろう。現在、琵琶湖疏水《そすい》のほとりは京都有数の桜の名所で、観光用の十石舟《じっこくぶね》が出て花見客で賑わう。疏水近くの明治の元勲山縣有朋《やまがたありとも》の別荘だった無鄰菴《むりんあん》は紅葉の名所として名高い。もしかしたら、このあたりにわずかながら往事の面影が求められてもよいのかもしれない。

後鳥羽院の最勝四天王院

ただし、最勝四天王院だけでなく、六勝寺も今はない。六つの寺のいずれも一四世紀の南北朝の内乱や、一五世紀の応仁の乱などで廃絶してしまった。荒廃は、それ以前に進んでおり、後鳥羽院が最勝四天王院を建てようとしたときに、白川の多くの御堂《みどう》は、すでに「おどろの跡」（『源家長日記《みなもとのいえながにっき》』）―草木や茨《いばら》の乱れ茂る状態になっていた。院はそれを悲しみ、後世に塵灰になるのは無惨だと思って、修理が加えやすいようにと規模を小さくしたのだと言う。

しかし、規模は小さいが、実際には「日の本揺《もと》すりて、六十六国の煩《わづら》ひ」(同)という国中をあげた造営のありさまで、建設には莫大な費用と労力が傾けられ、完成式典である御堂供養も盛大に行なわれた。

さらに、最勝四天王院の場合、単に豪奢な建物というだけではない、内部に特別な意匠が凝らされていた。それは、ハード面のみではない、ソフト面での充実という意味を持っている。簡単に言ってしまえば、建物内部の空間に、後鳥羽院が王として君臨する〈帝国〉を幻出させる仕掛けがなされていたのである。後鳥羽院と言えば、源平の争乱のさなか、いくつもの偶然が重なって、三種の神器がないという異常事態の中で帝位に就《つ》き、長じて鎌倉幕府に反旗を翻して承久の乱(一二二一)を起こしたことで歴史に名を刻んでいる。承久《じょうきゅう》の乱の顛《てん》末《まつ》を記した軍記物語の『承久記《じょうきゆうき》』は、最勝四天王院は「関東調伏《ちょうぶく》の堂」であると言うが、実際には、建立時に倒幕の動きはまだない。院は、この時期、和歌や芸能に熱心に取り組んで、文化的な統合を目指している。しかし、武力によって現実に乱を起こす十年以上も前に、院の心のうちに全国を掌握したいという野望が胚胎していたことが、ほの見える仕掛けである。

建物がすっかり消えてしまっているのに、なぜ、そんなことがわかるのか、と不思議に思われるかもしれない。その仕掛けは、歌と絵を用いていた。院の意向を受けて奔走した歌人の藤原定家が、歌と絵がどのように作られていったのか、その完成までの経緯を詳細に日記の『明月記《めいげつき》』に記し、また、準備された四百六十首の歌—実際に用いられたのは、その十分の一、四十六首であるが—が残されている。そうした幸運に恵まれて、現代に生きるわたしたちも、建物の中に仕組まれた院の〈幻想の帝国〉を覗き見ることができるのである。約八百年前の、今は消えてしまった建造物の内部空間をここまで明らかにできる例を他に知らない。これは、本当に稀有な例と言ってよいだろう。

最勝四天王院の完成まで

後鳥羽院の〈幻想の帝国〉、それは、建物内部の障子(現代の襖《ふすま》)に日本全国の名所を描かせ、そこに一流歌人の歌を添えることによって成り立っていた。最勝四天王院は寺院であるが、御堂や薬師堂など仏像を安置する宗教的な堂舎と、院が滞在する際に使う御所があり、その御所の室内すべてを名所絵障子で覆《おお》ってしまったのである。

完成までの経過はこうである。

定家が、名所絵障子で飾る御願寺の計画について初めて耳にしたのは、建仁三年(一二〇三)のことだった。しかし、その後、しばらく、この話は定家の日記に見えない。突然、動き出すのは、承元元年(一二〇七)のことである。あたためていた構想が、いったん動き出すと、院は早く完成させたくなったのだろう。こうなると、院が注ぎ込むエネルギーはすさまじいものがある。年明け早々、名所絵障子についてまだ何も決まっていないうちに、完成式典である御堂供養の日取りが三月と定められるが、さすがにこれは七月に延期になり、さらに延期になって、最終的には十一月末に執《と》り行なわれている。二度延期されたとは言え、何十年、時には何百年の歳月をかけて建設される西欧の教会などの石の建造物とは比べようもないほどのスピードで事は進んだ。
計画が動き始めた承元元年の四月、定家は、院に召し出されて、新しく建設される御願寺の設計図を見ながら、どんな名所を取り上げ、どこに飾るかという案を出すよう求められた。それだけではない。それぞれの名所の季節や天候、植物や鳥などの描くべき景物を詳細に記した巻物も作ることになった。定家の他に、三名の歌人が相談するために呼ばれていたが、定家は「他の者はお利口さんだから何も言わない」と日記に文句を書きつけている。院の命を受けて提案する、ということは、院の意向にかなわなければ、その責めを負うことになる。その覚悟と、自分以外にこれを提案できる者はいないという自負を持って定家は提案したのだろう。

定家の案は、ほぼそのままで院に受け入れられ、分担して絵を描く四人の絵師の担当する名所も定められた。この後、定家は、絵師へのこまごまとした指示などを与えるコーディネーターとして、二ヶ月あまり忙殺されることになる。定家は、絵に添える歌を詠む歌人にも選ばれていたが、歌をゆっくり考える時間は、六月になってわずか二日しか取れなかった。この時代の宮廷歌人たちは、優雅に歌だけを詠んで生活していたわけではない。定家のように、日々、宮仕え人としての仕事に追われる中で、何とか歌を詠むことに没頭する時間を確保していた者も多かったのだろう。そう考えると、現代に生きるわたしたちの生活と、意外に近いところがあるのかもしれないと思う。

歌と名所絵

もちろん、現代の常識とはまったくかけ離れていることも、いろいろとある。

ここで、どの名所を描くかだけでなく、絵の内容まで相談しているのに、なぜ、歌人だけで決めてしまって、絵師は相談に参加していないのだろう、と疑問に思わないだろうか。実は「名所」とは、現代の観光名所とは大きく違う。「名所」と認定されるには、根拠となる誰もが知る歌があり、歌によって作り上げられたイメージが人々に共有されている必要がある。だから、名所を選ぶのは、専門的な知識を持った歌人にしかできない。この最勝四天王院の障子絵の場合、名所の伝統に沿わない設定がなされていることもあるのだが、そうしたズラシは、規範を知っているからこそできるのである。

その「名所絵」というものも、実際に現地を見て描かれる写実的な風景画とはまったく異なっている。地方の役人にでもならなければ、当時の都人にとって、遠く九州や東北まで出掛けることは、ほとんど考えられなかった。もちろん、歌人も絵師も、都の近郊の名所は、実際に目にしたことがある。また、この名所絵の制作過程で、一人の絵師が名所に選ばれた「須磨」や「明石」を見に出掛けたりしているが、それでも写実的な風景画が描かれたわけではない。現実の情報よりも大切なのは、歌の世界で、その名所がどのようなイメージなのかということなのである。

また、現代の感覚で言えば、歌詠みも絵師も同じ芸術家だろう。ところが、当時、そうした意識はなく、絵師は特殊な技能者といったところで、歌人は貴族だが、絵師はそれよりも下の身分のことが多い。身分の区別の厳しい社会において、歌人と絵師は対等ではなかった。この後、『明月記』は、どの名所絵に誰の歌を添えるか、ということに大きな関心を寄せるが、その絵を誰が描いたかということは、ほとんど話題にしない。

もうひとつ、現代の常識とは異なる点がある。絵に添えられる歌というと、絵を見てそこからインスピレーションを得て歌は詠まれた、と思い込んでいないだろうか。このとき定家と後鳥羽院以外に八名の歌人が競作しているのだが、基本的に歌は絵を見ないで詠まれている。歌と障子絵は同時進行で作られているので、歌人たちが歌を詠もうとしたとき、まだ絵はできあがっていなかった。それでもまったく問題なかったのである。そもそも「名所」は、歌詠みたちがそのイメージ世界を作り上げてきたのだし、この障子絵では、さらに名所の季節や天候や景物を詳しく記した巻物が作られたのだから、歌人たちはそこから自由に想像の翼を広げればよかった。

最勝四天王院の内部空間

それでは、後鳥羽院の〈幻想の帝国〉を、障子歌を集成した『最勝四天王院障子和歌』という歌書《かしょ》によって覗いてみようか。

御所を飾ったのは四十六カ所の名所で、地域や性格の異なる八つのブロックに分けられる(各名所の国名と季節を合わせて一覧表にしたので見てほしい)。

まず、名所の国名を見ると、大和や山城など都の周辺が多いけれども、北は陸奥《みちのく》の「塩竈《しおがまの》

『最勝四天王院障子和歌』名所一覧

ブロック	国	番号	名所	季節
Ⅰ　大和の山中心の名所	大和	1	春日野	春
		2	吉野山	
		3	三輪山	夏
		4	竜田山	秋
		5	初瀬山	冬
Ⅱ　摂津・紀伊の水辺の名所	摂津	6	難波浦	春
		7	住吉浜	
		8	蘆屋里	夏
		9	布引滝	
		10	生田森	秋
	紀伊	11	和歌浦	
		12	吹上浜	冬
Ⅲ　摂津・播磨の遊覧名所	河内	13	交野	冬
	摂津	14	水無瀬川	秋
		15	須磨浦	
	播磨	16	明石浦	
		17	飾磨市	
Ⅳ　西国の名所	肥前	18	松浦山	冬
	因幡	19	因幡山	秋
	播磨	20	高砂	
		21	野中清水	夏
	丹後	22	天橋立	春

浦《うら》」から、南は肥前の「松浦山《まつらやま》」まで日本全国に及んでいる。そして、隣り合う名所と名所は、地理的に連続するように考えて並べられている。

それぞれの名所の季節に注目してみると、初めの大和国の山中心の名所ブロックでは、春の「春日野」「吉野山」、夏の「三輪山」、秋の「竜田山」、冬の「初瀬山《はつせやま》」と季節の進行順に進み、次の摂津・紀伊の水辺の名所ブロックでは、もう一度、春夏秋冬が繰り返されるが、摂津・播磨で秋が続き、今度は冬秋夏春の逆順に季節がめぐるようになっている。

たとえば、伊勢路の名所ブロックであれば、

志賀浦《しがのうら》（冬）→鈴鹿山（秋）→二見浦《ふたみのうら》（夏）→大淀浦《おおよどのうら》（春）

の順で、これは、まさに都から伊勢に向かう道筋の名所が道順そのままに並んでいて、季節の順にたどれば、ちょうど都へのぼっていくようなかたちになる。こうした名所絵に囲まれた室内を歩けば、季節がめぐる中、日本全国を旅するような感覚に陥いったことだろう。

番号	名所	国	季節	区分
23	宇治川	山城	冬	Ⅴ 山城の名所
24	大井川			
25	鳥羽			
26	伏見里		秋	
27	泉川		夏	
28	小塩山		春	
29	逢坂関	近江		
30	志賀浦	近江	冬	Ⅵ 伊勢路の名所
31	鈴鹿山	伊勢	秋	
32	二見浦		夏	
33	大淀浦		春	
34	鳴海浦	尾張	冬	Ⅶ 東国の名所
35	浜名橋	遠江	秋	
36	宇津山			
37	更級里	信濃		
38	清見関	駿河	夏	
39	富士山			
40	武蔵野	武蔵	春	
41	白河関	陸奥	冬	
42	阿武隈川	陸奥	冬	Ⅷ 陸奥の名所
43	安達原		秋	
44	宮城野			
45	安積沼		夏	
46	塩竈浦		春	

さらに、これらの名所絵が御所のどこに飾られたかも、定家の『明月記』からおおよそわかっている。後鳥羽院がお出ましになる、もっともハレの性格の強い空間には、古代に都のあった大和国の「春日野」「吉野山」などの名所絵が飾られていたし、御寝所の傍らのような、安らぎの求められる院の私的な空間の障子には、「伏見里《ふしみのさと》」や「鳥羽」といった山城国の名所が描かれていた。現実の世界で、鳥羽には院のお気に入りの離宮があり、鳥羽離宮滞在中に、近臣を引き連れて、近隣の伏見に鹿狩りに出掛けたりしていた。また、台盤所（女房の詰め所で食卓を置く部屋）を隔てる障子には、物を交易する人々で賑わう「飾磨市《しかまのいち》」の名所絵が描かれ、そして、当時の都人にとっては、まだ異郷であった陸奥（奥州五国の古称。広義では東北地方全体）の諸国の名所絵は、御所の東のはずれの人気《ひとけ》のない場所に飾られた。

なぜ、御所の中核には大和や山城など畿内の名所絵を飾り、陸奥の名所絵が周縁に押しやられたかと言えば、そこには理由があった。白居易《はくきょい》の『白氏文集《はくしぶんしゅう》』の中に、朝廷で定めた音楽（法曲）に北方異民族の音楽（夷歌《いか》）が交じったために、現実においても異民族に攻め込まれたという漢詩（新楽府《がふ》「法曲」）がある。異民族の侵略は、武力によって行なわれるとは限らない。それと気づかないうちに、ゆるゆると文化的な侵略を受けることを警戒すべきだということだろう。今回の院の御願寺建設では、こうした考え方が意識されていた（この考え方は現代でも生きている。日本では戦時中に米英の言語の使用や文化の流入が厳しく排除されたし、韓国では現在でも日本の音楽などの大衆文化の流入を制限している）。

最勝四天王院の障子に描かれた絵は、歌から生まれた名所であり、絵には歌が添えられることになっていた。厳密に言えば、陸奥の歌も現地の人々が歌った歌ではなく、都人の視線でとらえられた陸奥が和歌として表現されたものである。都人にとって陸奥は、遙かな異郷でありつつ、だからこそエキゾチックな魅力も持っていた。それでも、陸奥の歌と絵を御所の中核に持ってくることは避けられたのだった。

このような障子絵で埋め尽くされた御所というものを想像してみよう。それは、御所の中心に後鳥羽院がいて、循環する季節、つまりは永遠の〈時間〉と、日本全土という〈空間〉を統率する〈幻想の帝国〉であったと言ってよいだろう。

歌の役割

さて、そして、歌である。それぞれの名所絵に添えられた歌は、単なる「添え物」ではない。たとえば、御所のハレの空間の「吉野山」の絵に添えられたのは、次の院自身の歌である。この歌は、編纂中の『新古今集』（春下）に選び入れられており、院の自信作であった。

み吉野の高嶺《たかね》の桜散りにけり嵐も白き春の曙

（吉野山の高嶺の桜が散ったのだなあ。春の曙の光の中で、嵐まで白く見える）

夜が明け初めたばかりの曙の光の中で、嵐に吹かれて、高嶺から桜の花びらが空間全体を覆い尽くすように散り乱れている。ちなみに、桜と言えば、薄いピンク色の花を豪華に咲かせるソメイヨシノが現在もっともよく親しまれているが、これは幕末に開発された園芸品種であって、当時はまだ存在していない。この時代、桜と言えば、色は白がイメージされて、咲き誇る様は「白雲」に、散りゆく様は「白雪」にたとえられることが多い。その白い花びらが、ほのかな曙の光の中で、白い嵐となって包み込むように狂おしく舞っている。そんな情景が歌われている。

この歌が絵に添えられると、どうなるだろう。絵は、当然、二次元の世界しか描けないし、動きはない。ところが、後鳥羽院の歌が、画面上に、曙の光を与え、華麗に舞う桜の花びらの動きを浮かび上がらせるのである。

院のもっとも私的な空間に飾られた「伏見里」、それに続く「泉川」に選ばれたのは、定家の歌だった。

まず、「伏見里」の歌。季節は秋である。

伏見山妻どふ鹿の涙をや刈り穂の庵《いほ》の萩の上露《うはつゆ》

（伏見山の牝鹿を訪ねた牡鹿は、かなわぬ恋いに涙を流したのだろうか。刈り穂の庵の傍らの萩の上には、その涙を借りたのか、しっとりと露が置いている）

「伏見里」は、伝統的に「臥し」ながら「見」ると連想される名所で、さらに新古今時代には好んで田園風景が歌に詠まれた。「刈り穂の庵」は稲刈りの作業用の小屋であろうか。その傍らに植えられた萩の葉の上に、たくさんの露がきらめいている。それは、本当は露ではなくて、昨夜妻問いをした牡鹿の涙が落ちたものなのではないか、といぶかしんでいる。萩の葉の上にきらめく露も、そして鹿の涙も、障子絵には描かれていなかったろう。いや、そのようにごくごく小さくてきらめくものは描けなかったろう。絵には描かれなかった微細なもの、繊細なものが、歌によって画面上に立ち現れる。さらに、定家の歌から、妻を訪ねる牡鹿の切ない鳴き声を聞きとってもよいかもしれない。

そして、夏の「泉川」の歌。「泉川」は木津川《きづがわ》の古名で、この時代、実生活では木津川が用いられているが、歌では「泉川」と詠まれ続けた。

いずみ川かは波きよく挿《さ》す棹《さほ》のうたかた夏をおのれ消ちつつ

（泉川の清らかな川波に棹を挿すと生まれる水の泡は、はかなくも自分から消えていってしまうけれど、水の泡が夏を消してしまったかのように涼しく感じられる）

川舟に乗って流れに身をまかせながら、水の流れを眺める視点で詠まれている。清らかな泉川の流れ、棹を挿すたびに生まれては消える水の泡、肌に感じる涼しさ。どれも絵には描くことができないものである。

平面として描かれた絵に、こうした歌が添えられることによって、まるでスイッチが入ったかのように、桜の花吹雪が舞い、萩の葉の上の露がきらめき、清らかな川が流れ出すのである。そして、鹿の涙や鳴き声を思い描き、また、画面に吸い込まれるようにして川舟の上に乗って、涼しさを感じることもできる。平面が立体になり、空間になった。

後鳥羽院の〈幻想の帝国〉の幻想性を加速させる役割を担っていたのが歌だったのである。

野心の結末

それぞれの名所絵には、十首ずつの歌が準備されていたが、その中から絵に添える歌一首をどれにするか、という最終的な判断を下したのは、やはり、後鳥羽院だった。誰の歌が全部で何首絵に添えられることになるのか、その名所はどのような性格を持っていて、御所のどこに飾られるのか、そうしたことを計算に入れた上で、歌は選ばれている。

たとえば、院の護持僧《ごじそう》で摂関家出身の慈円《じえん》の歌は、総数十首が障子絵に添える歌として選ばれていて別格の扱い。続いて多いのは院自身の歌で八首。定家の歌はライバルの藤原家隆《いえたか》と同数の六首で、バランスが取られている。また、もっともハレの性格の強い空間を飾る大和国の名所絵障子には、院自身と慈円の他、権門で院の近臣だった源通光《みちてる》の歌だけしか選ばれていない。

もちろん優れていない歌は選ばれないが、十首の中でもっとも優れているから選ばれる、という単純なことではない。名所絵障子のために奔走した定家は、院の選歌のやり方や、選ばれた歌について、自分の自信作が選ばれなかったことなども含めて、強い不満を抱くことになるのだが、院は御願寺建立の全体を俯瞰し、すべてを掌握する帝王として歌を選んでいる。

こうして手間暇かけて内部を整えられた最勝四天王院は、承元元年十一月に御堂の完成式典の日を迎えることになる。ところが、その後、何度かここで華やかな法会《ほうえ》が行なわれたりするが、建保元年（一二一三）以降、最勝四天王院に御幸した記録は見当たらない。意外に早く院はこの〈幻想の帝国〉に魅力を感じなくなったのではないか。それは、院が政治への関心を深めて、現実の世界で政治的な統合を目指す時期と一致する。現実の〈帝国〉建設の野心を抱いた院は、承久三年（一二二一）、ついに承久の乱を起こすことになった。しかし、挙兵以来わずか一ヶ月であっけなく鎌倉幕府の軍勢に敗れて、隠岐に流され、帰京を許されないまま十八年を彼の地で過ごして崩御した。名所絵障子で〈夷歌〉に身辺を犯されることを警戒した院が、結局は、院の予測を遙かに超える強大な力を蓄えた〈東夷《とうい》〉に破れてしまったのである。

院の歌と絵の〈幻想の帝国〉は、どうなったのか。

最勝四天王院は、承久の乱の前年に壊されて移築され、さらに、乱後の天福元年（一二三三）に、火災で焼失した河崎の感応寺《かんのうじ》（観音堂、一条の末、鴨川西岸、現上京区梶井町とされる）の御堂とするために、もう一度、移築されている。定家は、最勝四天王院の「柱絵、扉絵」がそのままに移築されたと聞き、院の御願寺の命運―それは院の命運と重なる―を思って、悲しみに沈んでいる。院の障子絵のために忙しく立ち働いていたとき四十六歳だった定家は、七十二歳になっていた。

河崎観音堂は応仁の乱に際して戦禍にまみれ、再興されたが十六世紀初めに焼失した。それよりずっと前に、すでに後鳥羽院の〈幻想の帝国〉は失われ、ひっそりと姿を消していたのだろう。

▼参考文献
渡邉裕美子『最勝四天王院障子和歌全釈』風間書房、二〇〇七年
渡邉裕美子『歌が権力の象徴になるとき　屏風歌・障子歌の世界』角川学芸出版、二〇一一年

2 歌枕《うたまくら》と名所《めいしょ》——和歌に包まれた国

錦 仁

歌枕をめぐる旅がある。藤原実方、能因、西行、そして松尾芭蕉、菅江真澄と続いていく。これらの歌人・俳人・紀行家はどうして東北地方の歌枕を見て歩いたのだろう。親鸞、日蓮、世阿弥などまで入れると、新しい宗教・芸能を開いた人々も東北・北陸とかかわりが深い。新しい文化は、北方を経由して起こるのだろうか。

この歌枕はここだ、と決めると、そこは名所になる。数多くの旅人がやってきて、歌を詠み、それが長い和歌の歴史をさらに分厚くした。

和歌は中央と地方を結び、つないでくれる。歌枕と名所の豊かな関係を解き明かす。

歌枕を見て参れ

かくとだにえやはいぶきのさしも草さしも知らじな燃ゆる思ひを（『百人一首』）

という激しい恋歌で知られる藤原実方《さねかた》は、一条天皇の御前で藤原行成と口論に及び、

「歌枕を見て参れ」

と叱られて陸奥国にやってきたという。行成は蔵人頭《くろうどのとう》に抜擢され、実方は辺境の陸奥国守へと左遷された。鎌倉初期の『古事談』（巻二「臣節」三二）などで有名な説話であるが、もとより史実ではない。

しかし、こうした説話から、みちのくの歌枕に対する意識が浮かんでくる。実方は歌枕を見て歩き笠島道祖神（宮城県名取市という）の前で落馬して死んだ（『源平盛衰記』）。乗馬のまま神前を通ったので罰が当たったという。霊魂は雀となって宮中に飛んできて台盤を啄《ついば》んだ（『今鏡』『古事談』）。蔵人頭に任命されず、いつまでも恨んでいたからだという。はたまた業平伝説のように、みちのく野原で小野小町の髑髏《どくろ》と出会って歌を交わしたと記すものもある。

優美を愛する貴公子がドジで恨みがましい人物にされている。こうした説話が生まれたのは、辺境に対する差別とまではいえないけれど、それに似た意識が潜んでいるからではないか。左遷されて歌枕を見に行ったわけで、左遷と歌枕はどこかしら繋がるものがある。

京の貴族たちは、異境の地にあこがれをもっていた。だから、好んで歌枕を詠んだ、と説明されることがある。なるほどと思うが、深層はもう少し違うのではないか。

「歌枕を見て参れ」は、現地に行って確認し、風景を歌に詠んで参れ、ということだ。都人のまだ知らない、歌に詠める美しい地名や風景を見つけたら報告せよ、という指令も含んでいたであろう。

歌枕は〈歌に詠まれた地名〉といわれることがある。だが『能因歌枕』は、「うき草とは、あだにうきたることをたとふ」(略本)、「夜　ぬばたまといふ」(広本)などと記された慣習的な修辞法のほうがずっと多い。「うき《浮》草」は掛詞にして「あだにうき《憂》たる」をいうための比《ひ》喩《ゆ》に用い、「ぬばたま」は「夜」を引き出す枕詞であった。歌枕はそういう多様な語法を含むものであったが、しだいに〈歌に詠まれた地名〉というのが主流になっていったと思われる。

地名を詠み込んだ歌は『万葉集』から数多くあった。実方と同じころの藤原公任は、「いにしへの人の多く本《もと》に歌枕を置きて、末《すゑ》に思ふ心をあらはす」(『新撰髄脳』)とのべている。地名とは必ずしも限らないが、上句(本)に地名を置いて歌枕とし、それから引き出される言葉に乗せて思いを下句(末)に述べる詠み方があった。実方や公任の時代になると、そういう詠み方をする場合も、地名がどんなふうに詠まれてきたかをよく調べて、その知識を活かして詠むようになった。目の前の風景を見て感動して詠んだのは遠い昔のことだった。その結果、歌は観念化して現地の風景と少し違ってくる。少し違うのではないかと自覚されるようになって、実際に地方に行って「歌枕を見て参れ」ということになったのではなかろうか。

歌合と名所

『古今集』の二〇年ほど前から歌合《うたあわせ》が行われていた。現存最古の「在民部卿家歌合《ざいみんぶきょうけのうたあわせ》」（八八五年頃）を見ると、左右の歌人たちがそれぞれ洲浜を用意して歌を詠んでいる。序文に「左には山のかたを洲浜につくり、右には荒れたる宿のかたを洲浜につくりてありける」とある。二つを合わせると「山の中の荒れたる宿」となる。その風景は歌枕の「吉野山」を思わせる。俗塵の京都をはなれた幽寂の地で雪の光も美しいところだ。『和漢朗詠集』の歌題に「山家」があるが、その世界にも通じる。歌人たちは実際の場所には行かず州浜の上にそういう風景を作って、それを見て歌を詠んだのである。

七年ほどすると、宇多天皇の宮廷で「寛平御時菊合《かんぴょうのおんときのうたあわせ》」（八九一年頃）が催された。やはり趣向を凝らして、左右それぞれ菊花を植えた大型の洲浜を出した。

注目すべきは左方の洲浜である。山、野、川、浜、海などを州浜の上に形づくり、あちこちに「水無瀬《みなせ》」「大沢の池」「紫野」「戸無瀬《となせ》」「田蓑《たみの》の島」「佐保《さほ》川」「吹飯《ふけひ》の浦」「吹上《ふきあげ》の浜」「網代《あじろ》の浜」「逢坂《あふさか》の関」の名所を見立ててある。一首ずつ読み上げるたびに、歌を書いた短冊を名所に立てた菊花に結びつけて行った。

歌合が終わると、京《みやこ》を中心とする畿内と近隣の風景を思わせる州浜ができあがる。東国との通路の「逢坂の関」もあるから、東国へ広がる日本全土を想像させる。天皇の支配する日本の国土である。ミニチュアといった趣だ。長寿をあらわす菊花で飾られ、歌の中には神仙の住む理想郷、蓬莱山と重ねて詠んだものがあり、永遠の繁栄への祈りが込められている。注意すべきは、山城国の「山崎の水無瀬」、「津国《つのくに》の田蓑の島」というように、所在地が示されていることだ。それが名所なのである。

歌枕と名所はかなり異なる。京都の歌人たちが知っている歌枕と東国に実在する名所、この二つが同じであれば問題はないが、そうばかりはいかないことがある。平安初期の「寛平御時菊合」のころはよかったが、平安中期ともなると勅撰集がいくつか編まれ、和歌が蓄積されてきたので、歌枕の詠み方が自然と決まってきた。歌人はその知識で詠むから、実際の風景はどうなっているのか、たしかめたくなって現場への関心が強くなる。院政期に入るころはますます関心が高まっていたであろう。歌枕と名所の狭間を埋めるべく、実方、能因《のういん》、西行、為仲などの旅する歌人があらわれたのは、そこに一因があるだろう。かれらはみちのくの名所を見て歩き、歌を詠み、都に書き送り、京都に戻って伝え、狭間の解消に寄与した。それによって都びとはいっそうみちのくへ関心をかきたてられた。歌は知識よりも体験で詠むことが重視される。見に行けなければ、見てきた人の正確な情報が重宝される。

ここから次のような営みが予想されるだろう。歌枕の地はここだと決定し名所として宣揚することが行われるようになる。小町の歌に詠まれた「浮島」は、松島湾に浮かぶあの小さな島だという具合に。地方の人々の関与が大きいであろう。名所が定着すると、そこは小町が故郷の出羽国に帰った証拠となる。能因がきて詠んだ「野田の玉川」はこの風景だ。情景がそっくりだ。西行はこの山の色濃き桜を見て詠んだ。藤原定家や藤原家隆たちの歌にある

「末の松山」はここだ。昔は松山の麓まで海の波が迫っていた。そういう情報が都びとに知られるようになり数多くの歌が詠まれた。人々はそれを信じるようになる。そういう地名のあるところならなおさらだ。

歌枕の名所化はある種の効果を生み出した。みちのくにはそういう風景がある。こんなふうに詠まれてきた。そういう情報の蓄積をもとに、定家や家隆の歌のように現実を超えた虚構の美の世界が表現できるようになった。見に行かなくとも詠めるからである。たしかに後世にはそういう表現が生まれたが、大方の場合、当初は確たる根拠もなく名所にしたのではなかったか。歌人の歩いたと目される道筋は伝説と同じで名所を設けやすい。たとえば小町は平安末期の『古今和歌集目録』（藤原仲実）に「出羽郡司女《でわのぐんじのむすめ》」とある。『古事談』その他には奥州の野原で野垂れ死にして髑髏《どくろ》になったとある。それらを根拠に使えば、都から奥州への道筋に小町伝説を創っても怪しまれない。むしろたしかな証拠だと半信半疑ながら信じられてしまう。それにも似て、知識の歌枕に実在の場所を与えて名所にすると、それを信じて遠方から見にくる人が増える。かれらの情報が京都に届いてさらに歌が詠まれるようになる。江戸時代の旅行ブームはそもそもこういったところに源の一つがあったと考えられる。

『古今集』の仮名序

時代をもどして『古今集』の仮名序について考えてみよう。「寛平御時菊合」の一五年ほど後になるが歌枕の範囲がぐんと広がる。地名もあげてみる。

山城国―男山・嵯峨野・宇治山
大和国―吉野川・吉野山・竜田川・飛鳥山・飛鳥川
摂津国―難波津・住江《すみのえ》・長柄の橋
播磨国―高砂・野中の清水・明石の浦
紀伊国―和歌の浦
近江国―鏡山・逢坂山
駿河国―富士の山
常陸国―筑波山
甲斐国―甲斐
陸奥国―安積山《あさかやま》・末の松山
出雲国―出雲

先の洲浜と同様、ほとんどが畿内の歌枕・地名であるが、東国重視がはっきりと見てとれる。まだ完全な支配下とはいえない東国を強く意識している。中心から辺境へ、東国へと広がって行く朝廷の力を示したいのではないか。平安中期の『能因歌枕』(広本。成立はもっと後か)になると、歌枕・地名の数はそれほど多くはないが日本全国に及ぶ。鎌倉初期の『百人一首』は仮名序の傾向に似ているが、後鳥羽院の『最勝四天王院障子和歌《さいしょうしてんのういんしょうじわか》』や鎌倉後期の『歌枕名《な》寄《よせ》』は全国の歌枕を網羅する。

こうした歌書の先蹤《せんしょう》が『古今集』仮名序なのだった。和歌は都のある山城国にのみあったのではない。東国へ、西方へと伸びて行く国土のどこにも歌に詠むべき素材（歌枕・地名）がある。そういうものとして和歌があったのである。

『古今集』の「離別」「羇旅」の部は、近国・遠国へ旅立つ人の歌を集める。巻二十は「東歌」が一四首あり、「陸奥歌《みちのくうた》」（七首）、「相模歌」（一首）、「常陸歌」（一首）、「甲斐歌」（二首）、「冬の賀茂祭《かものまつり》の歌」（一首）の順で並ぶ。東国から伊勢国・山城国へと続いている。東国は中央から分離されているわけではないのである。

これをとらえて「日本国の五方（東・西・南・北と中央）のうち、東・西・南・北を東（東海道・東山道）で代表させ、中央を京の都のある山城国で示して、中央から東方を指示することで、天皇の支配圏としての日本国全体を比喩的に示そうとしたか」（新編日本古典文学全集・脚注）と解説するが、やや苦しい。歌の配列は「中央から東方を指示」していない。反対に「東方から中央を指示」している。最果ての陸奥国《みちのくに》にも歌があり、ここもまた日本の内部にほかならない。「日本国全体を比喩的に示そうとした」のではなく、日本はどこにも歌がある国だ、と具体的に示したと見るほうがよいだろう。

✿和歌に包まれた国

日本は和歌に覆われ、包まれている。和歌のあるところ即ち日本。和歌の思想とよんでよいと思うが、そういう考え方が『古今集』二〇巻に流れているようだ。

仮名序に次のようなエピソードがある。「陸奥《みちのく》」の「安積山《あさかやま》」のほとりに、都帰りの采女《うねめ》がいた。洗練された歌を詠む女で、地方に遣わされた葛城王《かづらきのおほきみ》の鬱情を晴らしてあげた。また、百済からきた学者の王仁《わに》は、まだ皇子であった仁徳天皇に歌でもって柔らかく即位を勧め、それを受けて皇位に就いた。こうしたエピソードは、日本はどこでも和歌のさきわう国であり、外国からきた人も日本に入ると歌を詠むようになることを物語っていると思われる。

これらのエピソードは、約百年後の藤原公任が『古今集』仮名序に書き加えたという古注(活字本では小さな活字で翻刻されている)によって、より具体的に理解できる。仮名序に語り込められた和歌思想は平安中期にかけて成熟してきたらしい。

そういえば、公任の『拾遺抄』を改編して成立した勅撰集の『拾遺集』に、次のような説話がある。東大寺の大仏開眼供養会に南インドからバラモン僧正がやってきた。海辺に着くや否や、行基と歌を交わしたという(巻二〇)。二人はかつてシャカの前で修行し、生まれ変わって再会したというのである(『俊頼髄脳』『今昔物語集』)。この説話によれば、和歌はシャカの時代から国際通用語であったことになる。

行基とバラモン僧正の歌のあとに、聖徳太子と「餓え人《う》」の交わした歌がある。歌は身分差を超えて心を通わす手段だった。歌を詠むと身分差を超えて心が通じ合う。永劫の時間を超え、海彼《かいひ》の距離を超え、民族も身分差も超えて心が通じ合う。和歌は神から人へ伝えられたと仮名序にあったが、そういう神威を発現するから尊重されてきたのである。

『拾遺集』の和歌説話は、仮名序にあった采女や王仁の説話と似ている。いっそう増幅されて史実を逸脱しているが、人々は信じられぬと切り捨てたわけではない。平安末期、藤原清輔の歌学書『袋草紙』などにも出てくるし、乞食はもとより、亡魂でさえ歌を詠むと記されている。日本ではすべてが歌を詠む。和歌の神秘的な力を示すため増幅されて伝えられてきたのである。

同じころに書かれた『俊頼髄脳《としよりずいのう》』の冒頭は特に注目される。

やまと御言《みこと》の歌は、わが秋津洲《あきつしま》の国のたはぶれあそびなれば、神代より始まりて、けふ今に絶ゆることなし。おほやまとの国に生れなむ人は、男にても女にても、貴《たか》きも卑しきも、好み習ふべけれ…。

和歌は神世に始まり、男も女も、身分の高きも低きも、日本人はだれでも歌を詠む。日本はそういう国だというのである。

八〇年ほどあと、藤原俊成はほぼ同じ文言を『千載集』の序文に書いている。俊成も同じ考えなのだった。和歌の本質・理念は時代を超えて伝えられたのである。

江戸初期、下河辺《しもこうべ》長流《ちょうりゅう》の私撰集『林葉累塵集《りんようるいじんしゅう》』の序文を見よう。やはり冒頭近くに、

やまと歌は、おほよそわが国民の思ひを述ぶる言の葉なれば、上は宮柱高き雲居《くもゐ》の庭よ

り、下は葦葺《あしぶき》のこ（小）屋のすみかに至るまで、人を分かず、所を撰ばず、みる物によせ、聞くものにつけて、みなその志《こころざし》をいふこととなん…。

とある。俊頼から俊成へ継承された和歌思想は江戸時代も変わらなかった。さらに具体的に、和歌は「国民の思ひを述ぶる言の葉」であり、「雲居」の朝廷から名も無き地方の庶民まで「志をいふ」、つまりだれもが歌をうたう国であると宣言されている。仮名序の「世の中にある人、ことわざ繁きものなれば、心に思ふことを、見るもの聞くものにつけて、言ひ出《いだ》せるなり」、「生きとし生けるもの、いづれか歌をよまざりける」をふまえたことは明らかだ。その原初的な状況を天皇の歌から庶民の歌まで載せる『万葉集』に見いだし、それを根拠に述べている。

仮名序に語り込められた和歌思想は『万葉集』と結びつけられ、時代の解釈で読み直され、それでも本質は変わることなく、江戸時代へ継承されたのである。くりかえせば、日本人はだれでも、どこでも歌を詠む。身分差も男女の別もなく、みんなが歌をうたう。日本にきた外国人も歌を詠んでしまう。日本はそういう国であり、和歌は神世からの「たはぶれあそび」であり、日本独自の風俗《くにぶり》である。

少し注解が必要だ。どんなに優れた貴族でも庶民と変わらぬ心をもっている。胸の内をうたいたいと思う心は庶民にも貴族歌人にもある。優美な歌は万民共通の心に根ざして生まれてくる。歌に優劣はあるが〈うたう心〉に優劣はない。万民共有なのである。

こういう考えはそもそも大陸にあった。契沖は漢詩も同じだと述べ、『万葉代匠記《まんようだいしょうき》』の冒頭に『万葉集』は『詩経《しきょう》』に相当するという。漢詩と和歌を同一としながら、「詩は唐虞(尭・舜の時代)に起こり、歌は神代に始まる」という。日本の歌のほうが遥かに古いとはいかにも国学者らしいが、これも仮名序の「歌のさま、六つなり。唐《から》の詩《うた》にもかくぞあるべき」によっている。和歌には六義がある、漢詩でもそうであるはずだ、というのを根拠にしている。和歌は日本らしさを保証する歴史的財産である。神世からそうだったとどうしても主張したいのである。

「浮島」は実在するという論理

少し違う角度から、歌枕と名所の関係を考えてみよう。観念の歌枕に実体の名所を与えるのは、歌枕が詠まれている古歌を、ここを詠んだ歌であると解釈したのである。諸国の名所は、大体そんなふうにして作られたものが多い。こういう営みは平安時代にすでに行われていたであろう。一例を代表させてみる。先にふれたが『小町集』に「みちのくへいく人に、いつばかりにかといひたりしに」という詞書で「浮島」を詠んだ歌がある。

みちのくは世をうき島も有りといふせきこゆるぎのいそがざらなん

東国へ旅立つ人へ送った歌である。みちのくに「世を憂し」を思わせる「浮島」があると聞いています。つらいところのようですね。「逢坂の関」を越える遠い旅になります。しばらく都にいてほしいのです。こういう意味だろうか。

「みちのくへいく人」を他人ではなく〈この私〉と見ることもできる。その場合は、小町がだれかに〈いつ旅立つのですか〉と訊かれたことになる。それは業平であろうということになって、小町伝説を立証する歌に転換してしまう。そういう不思議な歌である。

いずれにせよ、都びとの間に、みちのくに「浮島」があるという情報があった。ほんとうにあったのか、さまざまな議論がある。松島湾に近い多賀城市の浮島神社のある丘をあてることが多い。反論も多くて、そこは平安時代も陸地だったから、小町の歌にいう海の中の島ではありえない。今は「浮島」は実在しなかったという説が優勢だ。都びとは和歌の知識をもとに歌語として使ったにすぎないというのである。

実証的な和歌研究者は浮島はなかったという。怪しげな説だと排除する。しかし「浮島」はあった。享和三年（一八〇三）三月、地元の書店が発行し版を重ねた『奥州名所図会』に、「浮島　松しま舟路の中なり。今ハ青海と云也」とあり、松島湾の小島を描く（図1）。現場に行って確認すると鍋島あたりである。山口女王《やまぐちのおほきみ》の『新古今集』の歌と後鳥羽院の『続古今集』の歌をあげている。書店主の自然斎は絵入りの地誌を幾種類も刊行した人で、地域の歴史や名所を調べた郷土史家であった。まんざら信用できないものではない。

「松しま（の）舟路」は当時も観光の目玉だった。旅行客はいうまでもなく、幕府派遣の巡見使も舟に乗せられて島巡りをした。地元の案内者が舟に乗り込んで、島の名前を一つひと

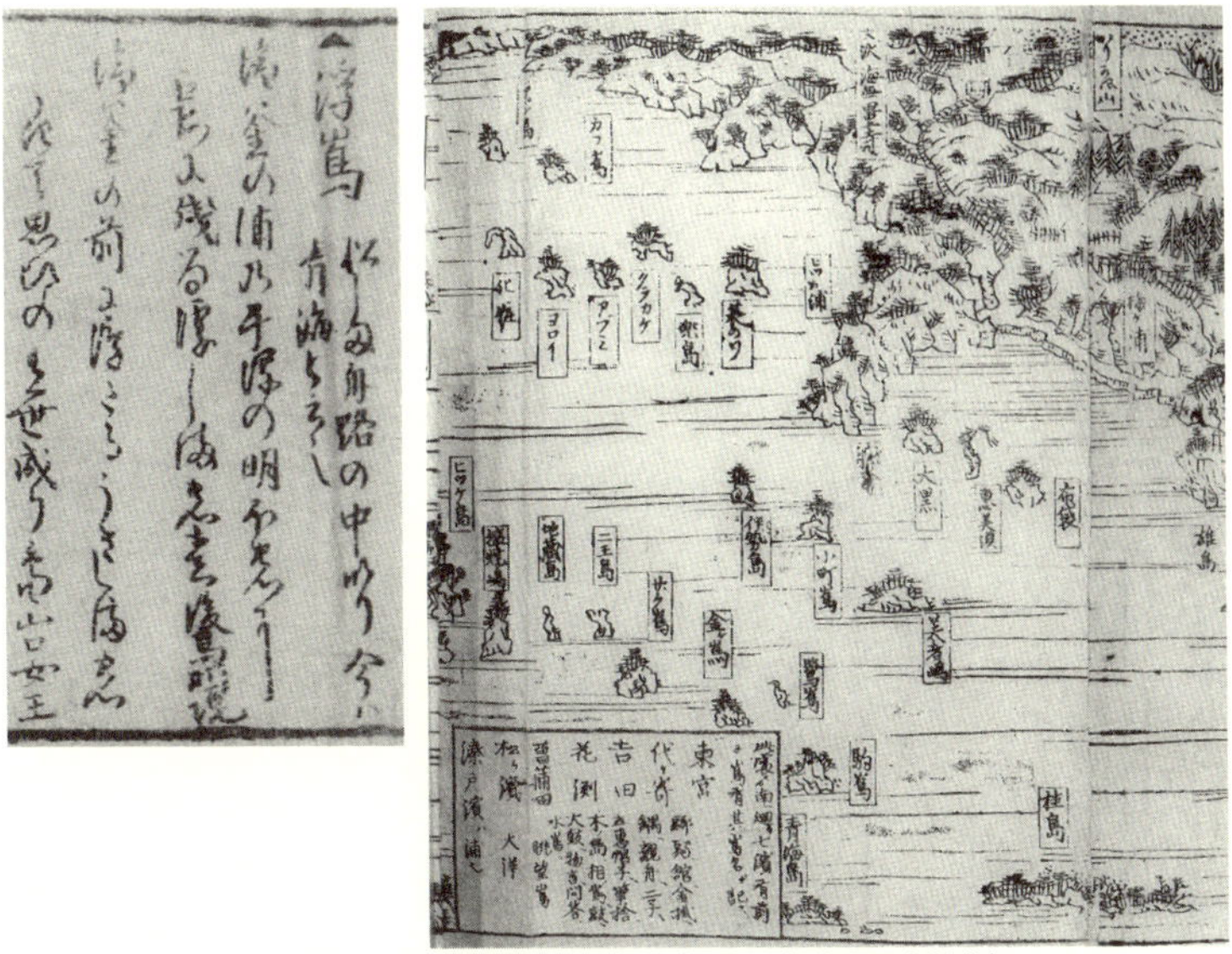

図1　享和３年（1803）３月『奥州名所図会』（部分、宮城県図書館蔵）
右下の桂島の隣に「青海島」がある。
「浮島　松しま舟路の中なり。今ハ青海と云也」と記す（左図）。

つ説明した。この刷物は店先で売られ、また参考資料として人々に配られたであろう。

もちろん、だからといって千年前に「浮島」があったとはいえない。「今ハ青海（島）と云（ふ）也」とあり、すでに「浮島」とはよばれていない。

では、どういうことなのか。著名な歌人の古歌を根拠に、「塩釜」（松島湾）に「浮島」があったと解釈したのであろう。後鳥羽院の「塩釜の浦の干潟のあけぼのに霞に残る浮きしまの松」、山口女王の「塩釜の前に浮きたるうきしまのうきて思ひの有る世なりけり」といった古歌があるから、この島がそうだと決めたと思われる。この方法によれば、名前のない島でも「浮島」にすることができよう。地元では昔から

「青海（島）」はもと「浮島」といったという伝承があったかもしれない。それをもとに旅の案内書を作成したとも思われる。

名所を定めることは、歌枕に実体を与える営為である。実体があってこそ、歌枕を詠んだ歌は根拠のある歌として認められるだろう。そもそも名所が先に実在し、それを都びとが詠んだという例も多いだろうが、今は割愛する。それよりも地元の風流人、都からきた歌人や役人がここを名所と定めて歌を詠み、それを都に伝えたことのほうが容易に想像される。

同じ名所が複数ある

歌枕はどこかという論争があった。能因のこの歌は、この位置から眺めた風景と一致する。ゆえに能因はここにきて、この風景を見て詠んだ、といった研究があった。いやそうでないと反論も厳しかったが、そう決められてしまうと、容易にくつがえせなくなる。能因がどこを見て詠んだか、そもそもわかるものではない。だから一度決められてしまうとくつがえせなくなってしまう。研究者の多くが傍観したのは無理はない。実証できなければ何もいえないからだ。しかし、それでは歌枕と名所の複雑な関係を解きほぐせない。

「末の松山」は宮城県に二ヶ所、岩手県に一ヶ所、福島県に一ヶ所ある。「野田の玉川」は福島県から青森県まで五ヶ所ほどあろうか。「勿来《なこそ》の関」は福島県のが有名だが、石巻市の北上川の近くにもある。このように各地に同じ名所がある。

実はこうした名所は東北の諸藩が設けたのである。「阿武隈川」は白河藩、二本松藩、福島藩、仙台藩などが我が藩の誇るべき名所と認定している。これは東北地方だけでなく全国の諸藩が熱心に行った。儒学者・国学者に命じて証拠となる古歌を調べ上げ、名所にできる歌枕をさがし、領内にその場所を与え、地誌を編んで書き記した。仙台藩に典型的であるが、藩主や藩士が領内の名所を見て歌をよみ、京都の貴族歌人にも詠んでもらい、二つを合わせて「領内名所歌集」を編纂したところもある。

こうして公武合体のような歌集ができあがった。武士と貴族が心を通わし、共有の世界を創り上げている。地方と中央がこうして結ばれるのである。同じようなことは白河藩、秋田藩でも行っているし、岡山藩などでも事情はそれほど変わらない。

その結果、同じ歌枕なのに複数の名所が生まれることにもなった。そういう状況を見ると私たちは、一つしかないはずだと異議を申し立てたくなる。だが、我が藩の名所だと主張し、他藩のそれを強く意識する割には、藩どうしが険悪になった例を私は知らない。なぜか。前に述べたがやはりこういう理由だろう。『古今集』の「東歌」に、「君をおきてあだし心をわが持たば末の松山波も越えなむ」という歌がある。よって東国の藩は「末の松山」を我が藩の名所とすることができる。学者を動員して例証となる歴代の古歌をたくさん見つけ、ここを詠んだといってもよさそうな地名や風景のある場所を探し出し、地誌を編んで詳しく書き記す。熱心に取り組んだ藩の名所が広く認容されたのである。

仮名序は日本のどこにも歌があることを示していた。『古今集』にみちのくの歌があれば、みちのくの諸藩が名所にしないわけはない。各藩の文化的権利のようなものだ。

和歌は時代とともに解釈し直されて歴史を生き抜いてきた。だれもが認めるところだろう。先にあげた『拾遺集』の和歌説話とて『古今集』の仮名序がなければ生まれまい。時代の、地域の、さまざまな人々に愛され、活用されて和歌は生き抜いてくる。同じ名所が各地にあるのでつい非難するが、和歌の生命力はもっと豊かで複雑なのではないか。

歌枕は共有し分有される

仙台藩の例を引こう。「阿武隈川《あぶくまがわ》」は全国に知られた有名な歌枕である。『古今集』の「東歌」に、「あぶくまに霧たちくもり明けぬとも君をばやらじ待てばすべなし」と詠まれている。実際の阿武隈川は栃木県と福島県の山中に発し、福島・宮城の両県を流れて名取市で太平洋に注ぐ。全長約二三〇キロメートル。流域の各藩はいずれも我が藩の名所にすることができた。その実証はたやすいのであるが、仙台藩の場合を述べてみる。

仙台藩が安永年間（一七七二～一七八二）に地誌を編むとき村々が提出した書上文書が残っている。阿武隈川が流れるのは全部で八ヶ村。名所の部分を引用すると次のようになる。

伊具郡耕野村（旧・耕野村）　名所　阿武隈川
古歌　千五百　**名にし負はば尋ねも行かんみちのくのあぶくま川は程遠くとも**
小侍従
伊具郡西根江尻村（旧・北郷村）　名所　阿武隈川

古歌　夫木集　明けぬるか遠方びともあぶ隈の七瀬の霧に袖の見え行く　兵衛内侍

伊具郡西根木沼村（旧・館矢間村）名所　阿武隈川
古歌　愚草集　たちくもる逢隈川の霧の間に秋をばやらぬ関もすべなん　定家

伊具郡西根川張村（旧・大蔵村）名所　阿武隈川
古歌　夫木集　あすは又あぶくま川のしがらみにきのふの秋の色や残らん　順徳院

伊具郡東根嶋田村（旧・枝野村）名所　阿武隈川
古歌　家　集　かくしつつ世《（ママ）》をや尽くさん陸奥のあぶくま川をいかで渡らん　中務

亘理郡牛骸（旧・逢隈村）名所　阿武隈川
古歌　後撰・恋　あぶくまの霧とはなしに夜もすがら立ちわたりつつ世にもふるかな　藤原輔文

亘理郡高須賀村端郷箱根田村（旧・荒浜町）名所　阿武隈川
古歌　後撰・恋　夜とともにあぶくま川の遠ければそこなるかげをみぬぞ恋しき　読み人しらず

亘理郡高須賀村（旧・荒浜町）　名所　阿武隈川

古歌　**阿武隈にきり立ちわたりあけぬとも君をばやらじまてばすべなし**

（作者不記）

どの村も「阿武隈川」を名所と記しているのに、例証にあげた古歌がすべて異なる。一首として重複しない。どの村も証拠の歌をもっており、この歌は我が村を流れる阿武隈川を詠んだものだと主張できる。歌枕の共有・分有が図られているのである。

仙台藩の指導があったことは想像に難くない。村人たちの意識よりも、記載させた為政者側の文化意識が見える。こうして「阿武隈川」は、仙台藩の領内を長々と流れる、誇るべき名所となったのである。

白河藩についてもふれておこう。城下を阿武隈川が流れている。城より上流を地元に伝わる「日光山縁起」の伝説をもとに「妻恋《つまこい》川」とよび、城より下流をその名の通り「阿武隈川」とよんだ。白河藩主の松平定信は、同じ川を見ながら二つの名所をながめたわけだ。領民たちの伝説と貴族・武士の好む和歌の、両方に配慮して名づけている。この伝説によれば「妻離《つまさか》川」とよぶのが正しいが、それでは不吉なので和歌的な「妻恋川」にしたと思われる。

ちなみに、「阿武隈川」は「あふくまがは」が正しい。秋田藩の地誌作者、菅江真澄《すがえますみ》は「方言《サトビゴト》には、そをあぶくま川といふ」（『ふでのまにまに』）と述べる。濁音でよぶのは方言だというのである。地元の地誌『信達一統志』（志田正徳）は「延喜式に阿福麻《あふくま》に作れり」と述べ、地元の古名は「逢隈」「大熊」「青澳」であるという。いずれも清音である。遠い昔からそうだったろう。『古今集』の歌も「あふくま」（おほくま、おうくま、あをくま）と清音で読むのがよいと思われる。

和歌の力

まとめをしよう。弘前藩主の命により儒臣喜多村校尉たちが四年の歳月をかけて完成した『津軽一統志』（一七三二）という地誌がある。この地誌は巻頭に「岩木山《いはきやま》」「十府菅薦《とふのすがごも》」「野田ノ玉川」「外《そと》ノ浜」などの地元の「名所」をあげ、その説明をしてから本編が始まる。「十府菅薦」「野田ノ玉川」は仙台藩なども我が藩の名所と主張していることはよく知られていた。しかし、そうであっても弘前藩にとって大切な名所であった。遠い昔から和歌に詠まれ、全国に知られてきた我が藩の名所だという。日本における弘前藩の立ち位置を象徴的に示すものだと考えている。

この精神は思いのほか後世にまで続いた。大正四年（一九一五）十月、天皇の行幸に際し、地元の著名人が百ヶ所の名所を選んで一首ずつ歌を詠み、『津軽名所詠歌帖』を作って献上した。序文にいわく、「当地方ハ東奥ノ僻地ナルガ故、名勝ノ地モ埋没シテ世ニ知ラレズ。（略）天覧ヲ蒙リ、此勝地ヲシテ世々長ク保タシメ度《たく》、撰定ノ上、詠歌為致《いたし》候モノニ御座候《ござさふらふ》」。我々は忘れられた津軽の名所を掘り起こし、歌を詠んで天皇に捧げる。もしこの歌集を御覧いただけるなら、津軽（弘前藩）はあらためてこれらの名所とともに世に知られ、末永く人々の記憶に残るだろう。もちろん最初の名所は「岩木山」である。

ここに述べられた熱い思いは弘前藩だけではあるまい。仙台藩も白河藩も全国の多くの藩でも同じであったろう。和歌は神世以来の歴史をもつ。日本はそういう和歌とともに繁栄してきた。したがって、『古今集』をはじめ著名な古典に詠まれた名所が領内にあることは、我が藩が日本の歴史と国土において重要な存在であることをいみじくも証明するものであった。和歌に包まれた日本の要員たることを証明してくれるのである。

歌枕の名所化は、このような意義をはらんでいた。社会と地域の豊かな関係を創り上げるものだったのである。和歌の力によって優美な〈日本らしさ〉が構築され、共有されていた。地域はそれを分有するゆえに日本の要員なのだった。私たちは和歌の力に気づくべきであり、今日の社会にそういうものがまだあるのか、失われてしまったのか、考えてみるべきなのである。

▼参考文献
奥村恒哉『歌枕』平凡社、一九七七年
安田純生『歌枕試論』和泉書院、一九九二年
片桐洋一編『歌枕を学ぶ人のために』世界思想社、一九九四年
金沢規雄『歌枕への理解』おうふう、一九九五年
久保田淳・馬場あき子編『歌ことば歌枕大辞典』角川書店、一九九九年
なお、『和歌大辞典』（明治書院、一九八六年）に、藤原実方の伝記・和歌・説話についての簡潔・的確な解説がある（担当・竹鼻績）。

第2章◉

【和歌の伝統はどう創られてきたのか】

平安時代の歌人たちは『古今集』を仰ぐべき古典として詠歌に励んだ。
その古典たるゆえんを明らかにし、
和歌の流れを明らかにする。
平安和歌から中世和歌への歩みが見えてくるように。

1 君に語る『古今集《こきんしゅう》』――大人の美学

渡部泰明

『古今集』は、感動的な詩集だ。
それがいまひとつ理解されにくいのは、『古今集』が大人の歌集だからだ。
そこには、情理を兼ねそなえた、大人の言葉が満ちている。
とくに誤解されがちなのは「見立て」の技法だ。
「見立て」は讃嘆の身振りであって、演劇的な空間を立ち上げるものだったのだ。
そのことを、君に向けて語ろうと思う。

『古今集』は大人の歌集

やあ、久しぶりだね。少しゆっくりしていけるそうじゃないか。じゃあ、今日は『古今和歌集』の話をさせてもらおうか。いつか君と話したいと思っていたんだ。

おや、はやくも顔をしかめているね。たしか、『古今集』――『古今和歌集』なんて長らしいから、『古今集』と略させてもらうよ――はあまり好きではなかったね。教科書では「三大歌集」だなんて持ちあげられているけど、古代のロマンの香を漂わせる『万葉集』や、華麗にして精妙に詩的イメージを展開する『新古今集』に比べると、『古今集』は分が悪い。ぱっとしない、というのかな。『古今集』は和歌の世界のバイブルとなった、というのがいつもの私の口癖だけれど、そういう言い方がまた重苦しい印象をあたえかねない。過去に大事にされていたからといって、現代的な価値とはまた別問題だ、といわれそうだ。何を隠そう、私自身も長い間実はそう思っていたところがある。『古今集』の歌は、後世の規範となったものではあっても、歌自体はそれほど感動的なものではないな、と。

でも還暦に手が届く歳になって、ようやくこの歌集の良さがわかるようになってきた気がする。しみじみと胸にしみる歌々だな、と思う。一言でいえば、『古今集』は大人の歌集なんだ。大人の良さが満載の、大人のための歌集だと思う。いやいや、なにも子供にはわからん、と言っているわけではないよ。こういう詩のわかる人を大人と呼ぶのだな、という気がする。一番大人になりたいのは子供なのだから、むしろ大人未満の人にこそ読んでもらいたい。ああ、大人になりたがらないピーターパン症候群とかいうのがあったね。でも君は違うだろう？

なぜ大人の歌集かといえば、ここに収められた歌々が、情理を兼ねそなえたものだからだ。情理をわきまえた人に、訴えるものをもっているからだ。情に流されず、理屈に走らないけれど必要とあれば、人情の機微を理解し、理路整然と語ることができる。つまり情理を尽くせる。そういう人を大人と呼んでもいいだろう？　年齢の問題じゃないんだ。そういう意味では、『古今集』は大人になるための本だ、と言ってもいい。

では、どういうところが情理を兼ねそなえているのか。今日話したいのはそのことだ。

見立てという技法

『古今集』といっても、その中身は多岐にわたっている。一口にこれこれと規定することはなかなか難しい。だから、見立てという技法に限らせてもらおう。ある物が別の物に見えるという、例の表現だね。もう少し正確に言うと、知覚上の類似に基づいて、対象Aを、別の対象Bであるかのごとく表現する方法だ。「そのように見間違える」という視覚の錯綜をいう例が多いのだけれど、わざわざ「知覚上」と言ったのは、「……のように聞こえる」という聴覚の場合などもあるからだ。平安時代の和歌では、この見立ての表現がかなり流行して、とくに『古今集』に数多く見られるということは、知っているね。『古今集』の表現を特徴づけている、と言われることもある。

ひとまず、いくつか例を挙げてみよう。

あさみどり糸よりかけて白露を玉にも貫《ぬ》ける春の柳か（春上・二七・遍昭）

（薄緑色に糸を縒って懸け、白露を玉として通している春の柳よ）

み吉野の山べにさけるさくら花雪かとのみぞあやまたれける（春上・六〇・紀友則）

（吉野の山辺に咲いている桜花は、雪ではないかとつい見間違えてしまうのだ）

秋風の吹きあげに立てる白菊は花かあらぬか波の寄するか（秋下・二七二・菅原道真）

（秋風が吹く吹上の浜に立っている白菊は、花なのか、違うのか、波が寄せるのか）

神奈備《かむなび》の三室《みむろ》の山を秋ゆけば錦裁ち着る心地こそすれ（秋下・二九六・壬生忠岑）

（神のいる三室の山を秋に越えて行くと、紅葉の錦を仕立て直して着るような気持ちがする）

白雪の所もわかず降りしけば巌《いはほ》にも咲く花とこそ見れ（冬・三二四・紀秋岑）

（白雪が一面に降り敷いているので、岩にも花が咲いたと見えるのだ）

柳の枝を糸、露を玉に（二七）、桜を雪に（六〇）、菊を浪に（二七二）、紅葉を錦に（二九六）、雪を花に（三二四）、それぞれ見立てている。いずれも典型的な見立ての技法の用例で、同様の見立てが『古今集』の中にも複数見出せる歌だ。そして、いかにも『古今集』らしいな、と読んでいて感じるものばかりだ。なぜ『古今集』らしいかといえば、AがBのようだ、という判断の形式が基本になっていて、知的な装いが前面に出ているからだ。『古今集』の特徴をまとめて、「知巧的」とか「機知的」などと呼ぶのを聞いたことがあるだろう。こういう知性的な判断の形式を、一首の巧みどころにする点に『古今集』の歌風の特色がある、というわけだ。

おや、ずいぶん苦り切った顔をしている。歌風？　ああ、確かにわかりにくい用語だね。正直言って私もよくわからない。その時代や歌集の主流となっている表現のスタイル、くらいにおおまかに捉えておこう。歌風なんて言葉をわかったように使うところに、というより使ってわかったように思えてしまうところに、和歌の特徴もあるのかもしれない。なにせ、よく似ている歌が多いからね。

さて、君が困惑しているのは、歌風という言葉だけじゃないよね。いま出て来た、「知的」な部分、そしてよく似た歌が多い、という辺りのところに引っ掛かっているんだろう。詩的じゃない、というところかな。きっと君の中では、見立てと比喩を比べているんじゃないかと思う。比喩は文学表現、とくに詩の表現の中では、要といってよい大事な働きをしている。こちらをハッとさせるような鋭い比喩に出会い、納得したり、ぐっと世界が広がったりしたように感じたとき、われわれは詩の楽しさや魅力に惹きこまれる。たしかに見立てと比喩はよく似ている。ともに類似性・共通性を媒介にして、二つの別個の物事AとBの間を等号で結ぼうとする。しかしまったく違う部分も小さくない。そこのところをまず押さえておく必要がある。

比喩と見立ての違い

思い切りまとめてその相違点をいえば、比喩は認識の表現形式であり、見立ては讃嘆の表現形式だ、ということになるだろうか。よく出来た比喩は、受け取り手の認識を新たにする。思いもしなかった側面から物事に照明を当てる、発見の驚きに満ちている。しかし言われてみれば、たしかにそうだと納得させられる。そして、自分の知っている世界が、夏の通り雨の後の街角のように輪郭を鮮明にし、ぐっと奥行きを増したような気分にさせられる——おいおい、そんなに苦笑することはないだろう。

では見立てはどうだろう。先ほど挙げた遍昭の「あさみどり」の歌で確かめてみよう。柳が春になって芽吹き、青々とした枝がたおやかになびく。その枝を糸に見立て、その上に置いた露を玉に見立てる。春の青柳の美しさを強調し、誉めたたえるために見立てを用いていることは一目瞭然だね。

典型的なのは、「秋風の」の菅原道真《すがわらのみちざね》の歌だ。宇多天皇の時代に行われた菊合《きくあわせ》で詠まれた。菊合は、菊の美しさを競わせる行事だ。「X合」——絵合、根合、前栽合《せんざいあわせ》などがある——というのは、Xを一対一で対決させるわけで、それが和歌なら歌合となる。ところが歌合でなくても、和歌を伴うのが普通だった。ただ対決させるだけじゃ面白くない。そこで洲浜《すはま》というものを造って、そこに菊を植える、という趣向を凝らした。洲浜とは、波型の台の上にさまざまの景物のミニチュアを配置して、景観を再現したものだ。箱庭に似たものと言えばいいかな。盆栽などにも通じるものがある。この場合は、紀伊国（今の和歌山県）の景勝の地として有名な、吹上《ふきあげ》の景観を模したものだった。この洲浜に合わせて、道真はこう詠んだ。

秋風の吹きあげに立てる白菊は花かあらぬか浪の寄するか

秋風が吹く吹上に立っている白菊は、花なのか、実は違うのか、それとも波が寄せているのか。白菊のはずなのに、あれ、おかしい、波が寄せているみたいに見えるぞ、というのだ。菊を波に見立てているわけだけれど、自分で白菊と言っておきながら、ずいぶん芝居がかった言い草だね。浜辺で風が吹いているから、波を持ち出してきたわけだ。しかしそもそもミニチュアなのだから、実際にそう見間違えるなんてことは有り得ない。視覚の問題ではないのだ。そう見てみたいじゃないか、そう見えたら素晴らしいじゃないか、というのだね。つまり、本当の吹上がここに出現したと思いたくなるほど、素晴らしい菊じゃないか、という訴えなのだ。内裏で行われた、菊合という贅を尽くした風流なイベントにふさわしい、讃嘆の表現なのだ。菊を誉めることはこの行事そのものを称讃することになり、ひいてはこの催しごとの主催者、宇多《うだ》天皇への讃美となる。

紀友則の「み吉野の」は、宇多天皇の母后班子《はんし》主催の歌合である、『寛平御時后宮歌合《かんぴょうのおおんときさいのみやうたあわせ》』

での歌。雪深いことで知られた吉野山の桜は、桜が咲いても雪にしか見えない。そこに戸惑いすら感じさせる望外の喜びが潜んでいる。奥行きに富んだ吉野山の桜への讃嘆だ。吉野山は古来王権と関わりが深いから、それはこの歌合にふさわしい。

演技としての見立て

さて、いま芝居がかっているといったけれども、ここでちょっと注意してもらいたいことがある。見立てには、しばしば動作が伴うことだ。先ほどの例では、「糸よりかけて、玉にも貫ける」（二七）とか、「誤たれける」（六〇）、「錦裁ち着る」（二九六）、「巌にも咲く」（三二四）などといった、何だか大げさな、ことさらめいた行為の表現が含まれていた。ほかにも、

見わたせば柳桜をこきまぜて都ぞ春の錦なりける（春上・五六・素性）

（見渡すと柳と桜をしごき落して混ぜていて、都は春の錦だったのだ）

はちす葉のにごりにしまぬ心もてなにかは露を玉とあざむく（夏・一六五・遍昭）

（蓮の葉の濁りに染まらない心でありながら、どうして露を玉と偽るのか）

竜田川紅葉乱れて流るめり渡らば錦なかや絶えなむ（秋下・二八三・よみ人しらず）

（竜田川では紅葉が乱れてながれているようだ。もし渡ったら錦が途中で断たれてしまうだろうか）

雪ふれば冬ごもりせる草も木も春に知られぬ花ぞ咲きける（冬・三二三・紀貫之）
（雪が降ると冬ごもりをしている草にも木にも、春に知られることのない花が咲くのだった）

の「こきまぜて」、「にごりにしまぬ」「あざむく」、「わたらば…なかや絶えなむ」、「冬ごもりせる」「春に知られぬ」などがある。わざとらしささえ感じられるこういう表現を、どうして使うのだろう。

見立て、というのは、見紛うような二つの物の類似ではなく、その二つを見間違える身振りが大切な表現なのではないだろうか。別の言い方をすれば、演技的な身振りである。その身ぶりを際立たせるために、あるいは支えるために、同様に演技的な行為の表現が付随するのだ、と考えるとしっくりくる。いわば見立ては、言葉による一種の劇空間をつくりだす。言葉で舞台を立ち上げる。だからそこで行われる行為もおのずと演技性を帯びる、と考えてみたい。お能とか歌舞伎とかの伝統芸能の所作といえばよいだろうか。

さすが若いころ芝居にうつつを抜かしていただけありますね、だなんて、からかわないでくれよ。でもせっかくだからいうけど、演劇そのものが、見立ての世界だ。人の身体とちょっとした道具だけで、さまざまな状況を創りだす。限られた小さな舞台の上に、お城でも戦場でも大海原でも、あらゆる世界を立ち上がらせ展開していくのだから、見立てる行為がなければ、そもそも成り立たない。ほら、落語だってそうだろう。一本の扇子が、蕎麦屋《きねづか》での箸にも、遊郭での煙管《きせる》にも、往来での天秤棒《てんびん》にも変貌する。いやいや、昔取った杵柄で言うんじゃないよ。かつて仲間だった現役のプロが、演劇は見立てだと教えていたんだから、たしかなことだ。

洲浜の話をした。洲浜はそれ自体がミニチュアの世界だけれど、さらに洲浜のある空間を、大きな景観のミニチュアにするよう促す。洲浜も、見立てによって劇空間を生みだすのに一役買っているのだ。

つまり、かけ離れているはずの物AとBとを等号もしくはニアリーイコールで結ぶという点では、比喩も見立ても等しいのだが、そういう状態なり認識なりを表すというよりは、A＝BまたはA≒Bだとする主体の行為に力点があるのが見立てだ、ということになる。だとすれば、いままさにそういう身振りをしている人物が、どういう空間の中で、何を感じ、考えているか、と読み取っていくべきだろう。もちろんそれはケースによって異なるのだけれども、共通していえることは、目の前にある対象を大事にしていることだ。儀式の中では、儀式を象徴するような物体（仏像、卒業証書、結婚指輪、遺影、金メダル……）が、日常だったら滑稽に感じるほど、うやうやしく扱われているだろう。そんな身振りを彷彿とさせるのだ。そのような行為をしている主体の感覚や心情、そして彼にまつわる物語が呼び起こされていく。

一方比喩は、発見に力点がある。鮮やかに、風景が面目を一新する、そこに快を感じる。発見といえば、現代を生きている私たちが、なにより尊重しているものだ。だから見立てについても、どんな発見があったのか、という方面から考えたくなる。だけどちょっと待ってほしい。それは筋違いを犯しかねない。まずは讃嘆の身振りとして見てほしい、身振りが立ち上げる空間として捉えてほしい、というのが私の提案なのだ。

　竜田川の川面を乱れ流れる錦のような紅葉を前に、渡ろうか渡るまいか、躊躇する男がいた。それを、錦をざっくりと裁断しようとする時のためらいの身振りで表す——「竜田川」の歌のことだ——なんて、奥ゆかしいじゃないか。人間の行為だけではない。「雪ふれば」の歌では、降り積もった雪が歌われている。草木も皆冬籠りをしているごとくだが、春に知られないように花を咲かせている。草木を覆い隠し一変させる雪の力への驚嘆に加え、見えないはずの春への期待すらにじませていて、その心は深い。

　見立ての身振りは、対象への愛をにじませている。どんなに素晴らしいものでも、好きだ、素晴らしい、とダイレクトに言うだけでは、愛は伝わらない。むしろ表面的なものだと疑われるだろう。風変わりで、笑われてしまいかねない行為に愛情を包み隠す、そんな勇気あるつつましさに、人は心打たれるのだ。

「うつせみの世」の歌

　本当に見立ては讃嘆の身振りなのか。すべてそうなのか。うん、もっともな疑問だ。こういう時には、都合の悪い例を持ち出すのがフェアなやり方だろう。

うつせみの世にも似たるか花桜咲くと見しまにかつ散りにけり（春下・七三・よみ人知らず）
（はかないこの世にも似ているなあ、花桜は。咲いたかと見ていたそばから散ってしまったよ）

桜を無常なこの世に見立てている。これも誉めているといえるのか。そう、誉めているといえるのだ。たとえば、

世の中にたえて桜のなかりせば春の心はのどけからまし（春上・五三・在原業平）

（世の中にまったく桜というものがなかったらなら、春の人の心はのどかだったろうに）

まるで、咲いた散ったと心を騒がせる桜を否定するかのようだが、もちろん逆説的に桜への愛を歌っている。哀惜しているわけだ。そもそも哀切な思いは否定されるべきものではない。しみじみとした感動を表す「あはれ」の語は、哀切さと密接に結びついている。「あわれさ」は美の基本だといってもかまわない。

讃嘆する、誉めたたえるという行為を、あまり狭く考えないようにしたい。私たちは、敗者や死者を誉めたたえることだってある。讃嘆は、何も華やいだ明るさ一色に染まるわけではない。むしろ楽しいばかりの称賛は、表面的・一過的なものに終わってしまうかもしれない。誉めたたえること。それを、相手を高みから全身的に迎え入れることだ、と言い換えてみたい。讃嘆する時、わたしたちはしばしば相手を自然と仰ぎ見て、称賛するにふさわしい姿勢や行動で迎え入れているだろう。見立てが讃嘆の身振りだ、と私が言うとき、そのような姿勢・行動のことを思い浮かべているのだ。

そんなことはわかっている、と言いたげだね。君が気になっているのは、「世」などという言葉が概念的すぎて、頭でこしらえている感じがする、ということだろう。そもそも桜と世が似ているだなんて視覚的な類似とはいえないのだから、見立ての技法に入らない、という見方もできる。それならそれでこちらは都合がいいのだけれど、やっぱり見立ての表現と大事な部分が重なっている、と私は思う。「うつせみの世」と桜を等号で結ばざるをえない人物の身振りが浮かび上がるからだ。

彼はこの世を生きている。そして桜に根こそぎ自分の心を持って行かれている。そういう自分をいやというほど自覚させられている。だから人生にまで思いが及ぶ。及んだあげく、人生とは、と言わざるをえない。なんと花は危ういのだろう、そしてなんと人生とは危ういものなのだろう。花とは人生に似ている――揺らいでばかりの自分が、こんなにも確かな言葉で言い定められた。花桜はこの世だと、くっきりとした論理の中に収めることができた。あやふやな心が、誰もがうなずける言葉で取り押さえられた。その不思議さに、もっと驚いてみてもいいのじゃないか。見立ての身振りに、生きることの切なさを委ねることだってあるのだった。どうだろう。理屈っぽいだけかと思った見立ての裏側に、じんわりとした情感がにじみ出てこないかい？

詠み手にとっての見立て

見立ての技法、と言ってしまうと、どうしてもそれだけが特別なものになる。その技法を用いることが目的だった、と早合点されかねない。そもそも「見立て」なる言葉が『古今集』の当時あったわけではない。文芸用語としての「見立て」は、江戸時代になって、しかも俳諧で使われるようになったにすぎない。言葉がなくたってそういう概念はあっただろう、と思いたくなるが、それもまたあやしいものだ。平安時代も終りごろ、藤原清輔《きよすけ》という歌学者が「似せ物」という語を用いて、類似した和歌の詠法があることを指摘しているが、これも今日掛詞として扱う表現を含んでいて、必ずしも私たちが今問題にしている「見立て」の概念と同じではない。すなわち、「見立て」のレトリックを厳密に考えようとすると、『古今集』時代の和歌の作り手の意識とは、どうしてもずれてきてしまうのである。

では、歌を詠んでいる歌人の意識に即してみたとき、AとBを感覚的に紛えてしまう、という表現は、どういう意味をもつだろう。一つには、別の言葉を引き寄せる起爆剤になる、という側面があるのではないか。

竜田姫たむくる神のあればこそ秋の木の葉の幣《ぬさ》と散るらめ（秋下・二九八・兼見王《かねみのおおきみ》）

（竜田姫が手向けをする神さまがいるからこそ、秋の木の葉が幣のように散るのだろう）

秋の山紅葉を幣とたむくればすむ我さへぞ旅ごこちする（秋下・二九九・紀貫之）

（秋の山は紅葉を幣として手向けているので、ここに住んでいる私までも旅をしている気になる）

神なびの山をすぎ行く秋なれば竜田河にぞ幣はたむくる（秋下・三〇〇・清原深養父《きよはらのふかやぶ》）
（神のいる山を過ぎていく秋なので、竜田川に紅葉の幣を手向けるのだ）

このたびは幣もとりあへず手向山紅葉の錦神のまにまに（羇旅・四二〇・菅原道真）
（今回の旅には幣も用意できませんでした。この山の紅葉の錦を幣として手向けますので、神のみ心のままに納めください）

どれも散る紅葉を幣に見立てている。幣とはさまざまな布などを細かく切ったもので、旅の安全を祈って、道祖神の神の前で撒き散らした。「このたびは」の道真の歌を見てもわかるように、この見立ては、紅葉を錦にたとえる見立てと連動している。錦の見立てがあるからこそ、幣の見立てが生まれてくる。そうして神や旅とも結びつき、世界が広がっていく。しかも、神が持ち出されれば、神のしわざのようなこの世ならぬ紅葉の美しさも訴えられるという寸法だ。神のしわざとは、私たちの言葉でいえば、大自然の力への感動だろう。自然の摂理への敬虔なる思いに満たされるとき、それは神を信じる気持に近いものとなる。大げさな比喩だと切り捨てるまえに、大自然に心動かされている歌人の思いを読み取ってみるのも一興だろう。

ちはやぶる神代も聞かず竜田川から紅に水くくるとは（秋下・二九四・在原業平）

（神代にも聞いたことがない。竜田川が韓紅色に水をくくり染めにするとは）

も、機知的な言い方が目立つのだけれども、有り得ないような自然の美しさへの感動を、竜田川の紅葉をくくり染めにする、という有り得ない行為で再現しようとしていると見れば、また違った味わいが生まれるだろう。これは、屛風に書かれた絵を題材にした歌だ。屛風絵を見ている自分たちと、現実の竜田川を染めようとする神の視点とが、交錯するかのようだ。そこに華やいだ驚きと、紅葉、そしてそれが描かれた屛風への讃嘆が込められている。

見立ては、目の前の物Aを、別の物Bに変身させる。大げさなまでの身振りを使って、変身の行われる劇空間を作る。だからそこは、Aのある現実世界と、Bのある想像の世界とがないまぜとなった世界だ。バーチャルな世界、仮想空間といってもいい。仮想空間と言えば、夢を思い出してみたい。夢の中で私たちは、普段できない行動をやり遂げる。自由自在に現実の縛りを越えて行動し続ける。見立てはそういう空間発生のスイッチを入れるのだといえるかもしれない。

無私の心

さあ、ここで最初の疑問に戻ろうか。『古今集』の和歌には詩的感動があるのだろうか、という疑問だ。

一人の人間が、ある時ある場所で強い感動を覚えた。もちろんこの場合の感動は、広い意味で言っているのだよ。心動かされるあらゆる体験を指していうのだ。その感動があまりにも強いものだったので、彼はそれを人に伝えたくなった。散文で説明するとありきたりの言葉に回収されてしまいかねない。だから彼は詩で表そうとした。ただし、言葉は体験そのものとは別の体系をもつものだ。けっしてそのままには言葉に置き換えられない。だから言葉を工夫するしか、あの稀有の体験は再現できない。

ここまではいいね。もちろん何の工夫もなく再現できる場合だってあるだろう。けれどもそれには、奇跡的な幸運か、とびぬけた天賦の才能が必要だ。どちらも持ち合わせない人間は、詩を作ってはいけないのか？いや、いい。才能があればそれに越したことはないが、そうでない者にも作れる詩、それが和歌だ。いい大人が詩なんて、と恥ずかしがらなくてもいい。むしろ大の大人が、心の奥の柔らかい部分を自分からきちんと世の中に披露することができるなんて、素晴らしいじゃないか。そういう社会であるべきじゃないか。どうも『古今集』の歌人たちはそう考えたようだ。私も大賛成だ。

さて、感動の再現のためには、普通の場合言葉の工夫が必要だ、ということは了解し合った。問題はここからだ。工夫したとして、結局その言葉と感動の体験の間には、何もあってはならない、無私なものでないと感動は伝わらない、と君は考えているね。『古今集』のように、そしてそこで猖獗を極めている見立ての技法のように、知的操作の痕跡がはっきりとうかがわれる言葉が間に入ってしまうと、感動に届かなくなる、感動に対しては詰まるところ無作為でなければならない、というわけだ。その通りだ。けっして間違っていないと思う。ただし、知的操作、つまり機知的な表現は、論理に閉塞させず、身振りとして捉えた方がより作意に近づける。とくに見立ては、讃嘆の身振りだと述べた。讃嘆は相手を高みから迎え入れる行為だ。何かを心の底から迎え入れようとするとき、人は自分を無にするだろう。少なくとも作為的な状態ではない。見立てなどの機知的な表現の底にも、やはり無私なる精神が宿っている。言葉の論理を迎え入れ、それに身をゆだねる歌人たちを前提とするなら、その言葉から豊かで奥行きのある情感があふれだすことを、今日は語ってきたつもりだ。だから『古今集』の歌は、情理をわきまえた大人の詩であり、感動を表す立派な詩なのだ。

そうは思わないかい——

2 源《みなもとの》俊頼《としより》から藤原《ふじわらの》俊成《しゅんぜい》・定家《ていか》へ

中村　文

和歌はたった三十一文字に情景を切り取り、感動を籠《こ》める。和歌に取り上げる素材も用いる表現も、十世紀初めに出来た『古今集《こきんしゅう》』以後、それほど増えることがなかった。むしろ、王朝貴族的な美の規範に制約されて固定していった。和歌はマンネリに陥る危険を、本質的に抱え持つ文芸だったと言える。

平安時代後期の歌人たちは、印象の新鮮な歌を詠もうと、珍しい素材や発想を追い求めた。特に、先鋭的な意識と新たな表現への志を持った三歌人の試みを見てみよう。彼らは和歌に繰り返し用いられてきた技法や表現に立ち戻り、豊かな映像を喚び起こす詩的言語の力を意識的にはたらかせようとした。イメージを通してことがらを伝えようとする古典和歌のあり方に洗練を加えて、複雑な気分情調を表現しようとしたのである。

和歌の新しさ

王朝貴族社会の最盛期、西暦一千年ごろに活躍した女流歌人和泉式部《いずみしきぶ》に、

白露も夢もこの世もまぼろしもたとへていへば久しかりけり（『後拾遺集』恋四）

の一首がある。「つゆばかりあひ見そめた」すなわち、わずかに関係を交わした男に贈った歌である。『後拾遺集』恋部の末尾に、恋愛がすっかり終わった後の感懐を詠んだ歌として配される。上句の「白露」「夢」「この世」「幻」は、いずれも「すぐに消えてしまうあるかなきかの存在」を表わす素材として和歌に詠まれてきた。和泉式部は「はかなさ」と結び付けて繰り返し使われてきた言葉を並べた上で、「私たちの恋はそれよりもずっとはかなかった」と言ってみせるのである。和歌史の中で培《つちか》われた語のイメージを借りつつ、視点を転換し斬新な口調で語って、目新しい捉え方を示したこの歌は、当時の人々を驚かせたことだろう。

和泉式部のこの一首は、和歌にとっての新しさとは何かを考えさせる。人が何かを表現しようとするときに根底にあるものが、「今まで誰も気がつかなかったこと」の発見と、それに言葉で形を与えて他者と共有しようとする意思であるのは、和歌に限ったことではないだろう。誰も見たことのないような光景に接した感動が文芸を生み出す例は多い。対象は美的情景だけではない。ありふれた素材の思いがけない取り合わせがもたらす興趣、美的だとは思ってもみなかった情感のふと心に沁み入る感覚、見出されないままでいた因果の糸、言葉

同士の衝突が生む意想外で豊穣なイメージ、そうしたものに気づく瞬間にも、人はそれまで誰も知り得なかった深奥《しんおう》の秘密に触れたように、心躍りを感じるのではないだろうか。「新しい捉え方」の発見は人を表現へと駆り立てる原動力となる。「感動を盛る器」である和歌にとっても、表現の根源となる「新しい捉え方」は、欠くことのできない要素と言えよう。

だが、〈新しい歌〉を詠み出すことは、時代が下るに従って容易ではなくなっていく。源俊頼《みなもとのとしより》はその苦悩を歌論書『俊頼髄脳《としよりずいのう》』にこう記している。

世もあがり、人の心も巧みなりし時、春夏秋冬につけて、花をもてあそび、郭公《ほととぎす》を待ち、紅葉《もみぢ》を惜しみ、雪をおもしろしと思ひ、君を祝ひ、身をうれへ、別れを惜しみ、旅をあはれび、妹背《いもせ》のなかを恋ひ、事にのぞみて思ひを述ぶるにつけても、詠み残したる節《ふし》もなく、つづけもらせる詞《ことば》も見えず。いかにしてかは、末の世の人の、めづらしき様にもとりなすべき。

「節《ふし》」とは、場面の設定や景物の取り合わせ方等の「趣向」、あるいは対比や見立て、縁語《えんご》仕立て等の叙法や言語上の工夫を指す。「詞」は和歌に用いる表現のことである。つまり、ここで語られるのは、四季折々の美的景物や人生の諸相について、多くの歌が詠み溜められた長い歴史がすでにあり、人に驚きを与えるような斬新な趣向も、印象鮮やかな表現も、手つかずでは残されていないのだという明確な認識と嘆きである。

閉塞感の背景

〈新しい歌〉を詠み出す困難さをめぐる深刻な閉塞感《へいそく》は、深浅の差はあれ、平安後期以降を生きる歌人たちに共有されていた。それは、俊頼が述べるように、自然美と人事全般における感情体験を、繰り返し三十一文字に表現してきた長い和歌史と膨大な詠歌の堆積を前にした際の認識だったが、一方で、王朝和歌が持つ次のような性格も、歌詠む人々を強く規制して新しい歌を詠みにくくさせていた。

右の『俊頼髄脳』には、「花をもてあそび、郭公《ほととぎす》を待ち、紅葉を惜しみ、雪をおもしろしと思ひ」と記されている。花（桜）・郭公・紅葉・雪はそれぞれ四季美を代表する景物だが、必ず「翫《もてあそ》ぶ」「待つ」「惜しむ」といった、景物に対する人の向かい合い方が組み合わされている。何を美とするのかだけでなく、その対象をどのような感情で捉えるのかについても示しているのだ。このような規範は、最初の勅撰《ちょくせん》和歌集『古今集《こきんしゅう》』（西暦九〇五年成立）の歌にすでにうかがえる。

例えば、「梅」を詠んだ歌は『古今集』春上に十七首見えるのだが、そのほとんどは、

梅の花立ち寄るばかりありしより人のとがむる香にぞ染《し》みぬる（よみ人しらず）

春の夜のやみはあやなし梅花色こそ見えね香やはかくるる（凡河内躬恒《おおしこうちのみつね》）

のように、梅の芳香を賞美する。『古今集』の一五〇年ほど前に成立した『万葉集』には、

妹《いも》が家《へ》に雪かも降ると見るまでにここだもまがふ梅の花かも（巻五・小野氏国堅《おののうじのくにかた》）

のように、梅が咲く様態やその落花を詠む歌が多く見られたが、『古今集』ではこのような詠み方は極端に減少する。右の二首は、「梅の傍ら立ち寄っただけで、薫香をたきしめた異性に触れたのかと疑われるくらい袖に香がしみついた」と詠み、「夜の闇が花を隠しても、香りの方は隠されるものか」と述べる。『古今集』の「梅」の歌は、仕立て方や場面設定はまちまちだが、梅の芳香を耽美的に賞美する姿勢は共通している。

王朝の貴族たちにとっても、梅の花は愛すべきさまざまの様態を持つ景物であっただろう。だが、梅を和歌に詠む際には、取り上げるべき美点は芳香にほぼ集約される。和歌に詠むべき自然美のあり方、もっともその景物らしい美的な本質を「本意《ほんい》」と呼ぶ。俊頼の時代には歌の良否を決める重要な概念となったが、その萌芽は王朝和歌の始発から存した。

勅撰集たる『古今集』では、歌はあたかも時間の推移をたどるがごとく緻密に配列されている。例えば、「桜」は「梅」の歌群に続いて咲き始め、美しく咲き誇る姿を様々に見せた後、「春上」部の終わりで落花を予兆させる。「春下」部に入ると、桜ははらはらと散り、人々は野山にまで花を求めて行くが、ついには、

吹く風と谷の水としなかりせば深山《みやま》がくれの花を見ましや（紀貫之《きのつらゆき》）

と、奥山で吹き散らされた花びらが山川の流れに浮かぶ光景を最後に、桜の歌群は閉じられる。落花の予感を前提に桜を賞美し、あるいは落花そのものを愛惜する心的態度は春部を通して一貫していて、桜の本意はここに見えている。『古今集』においてすでに工夫を凝らして詠まれていた桜の姿は、時代を逐《お》うに従って、場面設定や叙法や修辞等の試みを繰り返し重ねながら、さらに蓄積されていく。『古今集』からほぼ二百年後を生きた俊頼が、「もう詠むべき節は残っていない」という痛切な認識を抱いたのは当然であった。

俊頼の試み

詠み溜められた膨大な和歌は、『後撰集《ごせんしゅう》』『拾遺集《しゅういしゅう》』と続く勅撰集により整序され、詠歌をめぐる規範はさらに細密化する。『方丈記』で有名な鴨長明《かものちょうめい》は、俊頼の息子俊恵《しゅんえ》に和歌を学んだ。その歌論書『無名抄《むみょうしょう》』の冒頭には、「その物に心ざしを深く詠むべき」と、感動や耽美の深さを表現することが和歌にとって重要であると述べた上で、

> 題をば必ずもてなすべきぞとて、古く詠まぬほどのことをば心すべし。たとへば、郭公などは山野を尋ね歩《あり》きて聞く心を詠む。鶯《うぐひす》ごとくは待つ心を詠めども、尋ねて聞く由《よし》いと詠まず。（中略）桜をば尋ぬれど、柳をば尋ねず。初雪などをば待つ心を詠みて、時《し》

雨、霰《ぐれあられ》などをば待たず。花をば命に替《か》へて惜しむなどいへど、紅葉をばさほどは惜しまず。

と、個々の景物ごとに詠みなし方が決まっており、「古くから詠まぬ」ことを詠まないよう注意を払うべきであると付け加えている。和歌に詠むべき美とその詠み方の固定化は、歌詠む人々を強く規制し、「新しい歌」の創出はいっそう困難になった。

俊頼の生きた時代は、「題詠《だいえい》」という詠み方が一般的になったという点で、和歌史の画期をなす。長明が右の記事で「題をば」としているのは、題詠の注意点を述べているのである。「題詠」は設定されたテーマ（「花」「郭公」のような単純な題から、「雪中若菜」「臨期違約恋（期に臨《のぞ》みて約を違《たが》ふる恋）」のように複雑な題まである）に沿って一首を組み立てていく詠み方である。情景への感動や、人生における感慨を述べる手段であった歌は、頭の中で作り上げる文芸となり、現実の人間生活との接点が稀薄になっていく。

和歌がその時その場面で生まれた個々人の気分を盛り込む器でなくなると、歌詠む人は常に本意を参照して一首を発想することになる。本意という規範に従って発想する以上、取り上げる対象も感動の形も、定型の外に出ることは難しい。加えて、場面設定や修辞技巧も和歌史の中で繰り返し使われてきたものである。テーマも詠法もすべてがすっかりありきたりになってしまった時代に、新鮮な印象を与えるどんな歌が可能であっただろうか。

この困難な状況を克服すべく様々な言語実験を試みた歌人が俊頼である。閉塞した状況を打開する方法としてまず思いつくのは、素材や表現の範囲を拡大したり、誰も思いつかなかっ

た発想を取り込んでみることだろう。俊頼の家集《かしゅう》『散木奇歌集《さんぼくきかしゅう》』を開くと、例えば、

秋刈りし室《むろ》の晩稲《おしね》を思ひ出でて春ぞ棚井《たなゐ》に種も淅《か》しける（春部）

といった、他の歌集にはあまり見ることのできない珍しい素材や表現を用いた作が多数見出せる。この歌は『堀河百首《ほりかわひゃくしゅ》』の「苗代《なはしろ》」題の詠で、「淅《か》す」は「種籾《たねもみ》を水に浸す」意。秋遅くに収穫し保存しておいた種籾を、思い出して発芽用の井戸に浸すという内容である。それまでの和歌には取り上げられなかった農の風景が詠まれている。

和歌に詠まれる世界を開拓し広げようとする姿勢は、「水風晩涼《ゆふべすずし》」題で詠まれた、

風ふけば蓮《はす》の浮き葉に玉こえて涼しくなりぬひぐらしの声（夏部）

のように、清新な情景を作り出しもしたが、一方で、語の選択が珍しすぎて意味や意図が理解しにくい作や、突飛《とっぴ》な発想がむしろ滑稽さを印象づける作も生み出した。

むやひする蒲《がま》の穂縄《ほなは》の絶えばこそ海人《あま》の石船ゆらもわかれめ（恋部上）

『堀河百首《ほりかわひゃくしゅ》』「思」題の歌で、「蒲の穂縄」も「海人の石船」も用例がほとんどない。「むやひ

する」は舟を繋《つな》ぎとめる意。蒲の穂でできた縄が切れてしまったなら海人の石船もゆらゆらと遠ざかっていくだろうと述べて、恋の終わりを暗示するが、意は伝わりにくい。

風ふけばたぢろく宿の板蔀《いたじとみ》やぶれにけりな忍ぶ心は（恋部上）

康和二年（一一〇〇）の『源宰相中将家和歌合《げんさいしょうちゅうじょうのいえのわかあわせ》（国信卿《くにざね》家歌合）』の「初恋」題歌で、「たぢろぐ」は強風に板戸ががたがたと揺れ傾いた状況を表わす。これを自分の胸一つに恋心を秘めておくことに耐えきれなくなったことの比喩として用いた。参加歌人が意見を述べ合う場で、この歌は戯《ざ》れ言《こと》歌、すなわち優美さを欠く歌とされた。また、発想や表現の先例が三代集（古今・後撰・拾遺の勅撰三集）あたりまでに探し出せないと指摘された。新奇さを評価されるどころか、王朝和歌の範囲から外れる点を批判されたのである。

古い方法の新しい可能性

「新しい歌」を詠み出そうとする俊頼の試みは、王朝和歌の美的規範を逸脱《いつだつ》する方向にのみ展開されたのではなかった。『百人一首』に採られた歌を取り上げて考えてみよう。

憂《う》かりける人をはつせの山おろしよはげしかれとは祈らぬものを

藤原俊忠《としただ》（俊成の父）主催の恋十首会における「祈れども逢はざる恋」題の歌である。後に俊《しゅん》成《ぜい》は『千載集《せんざいしゅう》』に入集《にっしゅう》させ、定家《ていか》は歌論書『近代秀歌《きんだいしゅうか》』に取り上げて、「これは心深く、詞《ことば》心に任せて、まなぶとも言ひ続け難く、まことに及ぶまじき姿なり」と絶賛した。

この歌では、「憂かりける人を激しかれとは祈らぬものを」と続く意味上の文脈（以下、「主文脈」と呼ぶ）に、「初瀬《はつせ》の山颪《やまおろし》よ」が割り込むように差しはさまれている。主文脈の意は、「私の恋情にこたえなかったあの人が、もっと冷たくなるようになんて祈らなかったのに」である。歌の中の主人公（以下、「作中主体」「作中人物」と呼ぶ）は恋しく思う相手から冷淡に扱われ、相手が自分の愛にこたえてくれるよう神仏に祈ったが、なびくどころかかえって手厳しく拒絶された。歌題に示された、「神仏に恋の成就《じょうじゅ》を祈ったが逢瀬《おうせ》は叶わなかった」という複雑な内容が、二十二字の主文脈に余すところなく表現されている。

一方、主文脈に差しはさまれた「初瀬の山颪よ」は呼びかけの形になっていて、作中人物の祈った対象が、初瀬《はつせ》、すなわち京都人士の尊崇する長谷寺《はせでら》の十一面観音菩薩であることを語る。長谷寺は奈良県桜井市に今も所在し、山に沿って伽藍《がらん》が建つ。作中人物は自分の切なる望みを叶えてくれなかった山上の観音に呼びかけ、なじっているのである。しかし、「初瀬の山颪よ」のはたらきはこれだけに留まらない。

「憂かりける」歌と同じく、主文脈に短いフレーズが差し挟まれる構造は、例えば、

思ひいづるときはの山の岩つつじ言はねばこそあれ恋しきものを
（『古今集』恋一・よみ人しらず）

にも見られる。主文脈は「思ひ出づる時は言はねばこそあれ恋しきものを」で、「あなたのことを思い出す時は、口に出して言いはしないけれど恋しくて仕方がない」の意である。掛詞《かけことば》を使ってはさみ込まれた「常磐《ときは》の山の岩躑躅《いはつつじ》」は、「常緑」という名を持つ「常磐山」にひっそりと、しかし紛れることなく咲く淡紅色の花の映像を喚起する。一見すると意味上の文脈と関連はなさそうだが、変わらず思慕し続ける相手の姿を想起させる役割を持っている。

この「ときはの山の岩躑躅」のように、主文脈とは意味上の関わりを持たないが、主文脈に述べる心情を具体的な映像で伝える機能を持ったフレーズは、「序詞《じょことば》」と呼ばれて、恋歌に数え切れないほど用いられてきた。『古今集』恋一に入る、

春日野《かすがの》の雪間《ゆきま》を分けて生《お》ひ出《い》で来る草のはつかに見えし君はも
（壬生忠岑《みぶのただみね》）

は、春日祭の見物に来ていた女性を見かけて贈った歌である。主文脈は「はつかに見えし君はも（わずかに姿が見えたあなたです、の意）」のみで、相手がどんな女性であったかも、どう恋しく思ったのかもまったく表現されていない。しかし、一首の半分以上を占める序詞が描き出す、残雪を分けるように芽を出した春の柔らかな草のイメージは、若くたおやかで、やや含羞を帯

びた女性の姿を髣髴《ほうふつ》とさせ、それをかすかに目にした男がどれほど強く惹《ひ》きつけられたのかまでを十分に伝えている。

主文脈とは直接関連しない具体的な事物を提示し、それにより想起された映像や気分をもって、主文脈に述べる心情を象徴的に伝えるこのような技法を、和歌は早い時期から獲得していた。三十一音の全てを心情の表現に使い切るのではなく、一部分を思い切って修辞に割《さ》く。表現したい内容を直截《ちょくせつ》に説明する文脈と、具体的な事物によってイメージを喚起する文脈と、一首の中に位相の異なる二つの文脈を重ね合わせて提示する手法は、好まれて繰り返し使われた。

「憂かりける」歌の「初瀬の山颪よ」の箇所は、単なる呼びかけではなく、序詞の機能も果たしている。「初瀬山から吹きおろす山颪」のイメージは、作中人物に身に沁みるようなつらさを感じさせた、「あの人の手ひどい仕打ち」と重なり合う。逆に、主文脈に述べる「あの人の冷淡さ」は序詞部分へと波及して、「初瀬の山颪」が荒々しく吹きつける冷たさを具体的な感覚で浮かび上がらせる。作中主体は今、相手の冷淡さを噛みしめつつ、激しい初瀬の山颪に吹かれて、再び初瀬に参ろうとしている。参詣の目的は「人を果つ」、すなわち、叶わぬ恋情を思い切ることを観音に祈るためだろう。それでも、祈りを聞き届けなかった観音に訴えかけずにはいられない未練を抱えながら。

この一首の内容は、主文脈が語るところだけでも十分複雑だが、二句目の途中から切り入れられた十音のはたらきにより、過去から現在にわたる長い時間と不調に終わった男女の関係、その間の愛憎の機微などがさらに重層的に示される。この歌の成功は、定家が評価するとおり、歌題を受けてよく構想（「心」）を練り、その構想を満たすために表現（「詞」）の続け方を考え抜いたことに負っている。スケールの大きい場面設定と長い時間の経過に加え、作中主体の感情の細密な描出までを可能にしているのは、「初瀬の山颪よ」の表現とその置かれた位置である。それは俊頼が序詞という遥か昔から使われてきた技法に学び、その機能を最大限に生かす詞続《ことばつづ》きを発見することで可能になった。伝統による規範に制約されながら新鮮な感動をもたらす和歌を詠むという難題を切り拓いたのは、古典和歌に立ち戻り、詞の連なりがもたらす効果に心を致して、古い方法から新しい可能性を探り出す姿勢であった。

俊成の試み

俊頼に私淑《ししゅく》した藤原俊成《ふじわらのしゅんぜい》も、新しい歌のあり方を求めて、言葉の可能性を追究し続けた。

面影《おもかげ》に花の姿を先だてて幾重《いくへ》越え来ぬ峰の白雲（『新勅撰集』春上）

の歌に即して、試みの一端を見てみよう。十二世紀の中頃、和歌を非常に好んだ崇徳院《すとくいん》が藤原《ふじわらの》忠通《ただみち》の邸に赴いた折の歌会に、「遠尋山花（遠く山の花を尋ぬ）」という歌題で詠まれた歌である。当時、世間の人々はこれを俊成の自讃歌《じさんか》（代表作）と見ていた。

この歌が特異な構想で詠まれていることは、同じ歌会における崇徳院と忠通の同題歌、

尋ねつる花のあたりになりにけり匂ふに著《しる》し春の山風（『千載集』春上・崇徳院）

帰るさを急がぬほどの道ならばのどかに峰の花は見てまし（『千載集』春上・忠通）

と比較するとよくわかる。崇徳院の歌は、探し求めて来た山桜の近くに到り着いたことを花の香りのする春風によって知ったという内容、忠通の歌は、美しく咲く峰の桜を求めてせっかく来たのだから、心ゆくまで堪能《たんのう》したいとする内容である。両首共に歌題が求めるテーマを和歌の言葉に置き換えて、「山に咲く桜を近くで見ようと長い距離を尋ね来て、桜を探し当てた」ことを詠んでいる。

一方、「面影に」歌では、作中人物は花を尋ねて行くものの、桜の花を見ることはできていない。桜の花は「面影」、すなわち、そこに存在しないものを心中に思い浮かべた映像として示されるのみで、画面中には咲いてさえいないのである。作中人物は脳裡《のうり》に思い描いた桜の咲く美しい映像に牽引《けんいん》されるように、高い峰を幾度も越えたのである。

「桜の咲く光景」を描かずに、「山に咲く桜をはるばる探し求める」という内容の歌題に沿った歌を詠むことはなぜ可能だったのだろうか。そのヒントとなるのは、例えば、『古今集』春上に入る紀貫之の歌、

桜花咲きにけらしなあしひきの山の峡《かひ》より見ゆる白雲

である。「峡」は両側から山がせまった場所を言う。「けらしな」は根拠のある推定を示す。山と山との間からその奥に湧く白い雲を見て、そうか、山に桜が咲いたのだな、と判断している歌である。つまり、「雲」と表現されているのは実は「桜」で、「白くもったりと咲いた山桜」を「遠山にかかる白雲」に喩《たと》えているのだ。ある事物を別の何かとして捉《とら》えてみせるこの手法は、「見立《みた》て」と呼ばれ、早くから大いに好まれた。

特に、桜を雲に見立てた歌は、

山桜咲きぬる時は常よりも峰の白雲たちまさりけり（『後撰集』春下・よみ人しらず）

花さけば峰に八重たつ白雲の晴るる絶え間や散れるなるらん（『堀河百首』源国信《みなもとのくにざね》）

吉野山花は半《なか》ばに散りにけりたえだえかかる峰のしら雲（『久安百首《きゅうあんひゃくしゅ》』藤原季通《ふじわらのすえみち》）

のように、さまざまなヴァリエーションを生みながら、飽きることなく繰り返し詠まれた。この詠歌史の中で、「白雲」は単に空に浮かぶ水蒸気の塊《かたまり》を指す語から、満開の桜のイメージと強く結びついた語へと変容してゆく。「桜を雲と見紛《みまが》える」当初の見立て方とは主客が逆転した、「雲を桜と見紛える」詠み方も、次の歌のように現われる。

峰高く花や咲けると見えつるは立つ白雲の遠目なりけり
（『為忠家初度百首《ためただけしょど》』「峯雲」源《みなもとのなかまさ》仲正）

山の高い所に桜が咲いていると見えたが、白雲が遠目にそう見えただけだったという歌である。「花を雲に見紛《みまが》える」歌と「雲を花に見紛える」歌と、見立ての方向が逆向きの表現がどちらも存在するのは、歌人たちにとって「白雲」と「花」の二つの語が、「盛りと咲く山桜」のイメージを介して交換可能だったからだ。「咲きほこる桜」と「白雲」の二つの景物を、渾然《こんぜん》と重なり合うイメージとして捉える人々の意識を、詩的言語として定着させたのが「峰の白雲」という句であろう。桜の見立てとして「峰の白雲」の表現を用いる歌は、右にあげたように『後撰集』から見えるが、俊成の活躍した平安末期からその用例は一気に増大する。俊成と同時代に活動した藤原重家《ふじわらのしげいえ》の歌、

小泊瀬《をはつせ》の花のさかりを見渡せば霞にまがふ峰の白雲（『千載集』春上）

では、もはや作中人物の見ている「峰の白雲」が、山桜なのか白雲なのかさえ定かではない。霞と入りまじりながら、桜とも白雲とも区別がつかない白く美しいものが泊瀬（初瀬）の山に

かかっている光景は、「峰の白雲」の措辞が「満開の桜」をイメージさせるという暗黙の約束を、多くの人が共有してはじめて、美的な場面として享受されうる。

俊成の「面影に」歌は、人々の了解する「峰の白雲」のこのはたらきを巧みに利用している。作中人物は遠い山にかかる雲を見て桜を幻視《げんし》し、はるばると探し求めて行くが、峰に辿り着いてみると桜ではなく雲であった。残念に思う彼の目に、少し高い峰にかかる白雲が映り、再びその峰を指して行く。このようにして幾度も峰の白雲を越えてきたとするこの歌には、実在する景物としては雲しか描かれていない。現実には、雲を見て桜が咲いていると思うことはあり得ない。ある人物が白雲のかかる峰まで行けば美しい桜を見られると思い尋ねるという設定は、桜を白雲に見立てる長い詠作の中に支えられて、初めて納得できるものとなり、この歌を読む者の脳裡にも、高い峰に咲き誇る桜の美しい映像が喚《よ》び起こされる。

俊成がここで掘り起こしたのは、古くからある「見立て」の手法と、その長い詠作史が歌語に付与することになった映像性である。「面影に」歌は、桜に対する強い憧れが白雲に満開の桜を幻視させるという構想を軸として、耽美の心と美しい情景とを一首の中に融合させた。目新しい詞を用いていないにもかかわらず、それまでの和歌とは異なる美の世界を可能にしたのは、「遠山に咲く桜」のイメージが分かちがたくまつわりついた「峰の白雲」の句である。俊成は和歌史に対する深い洞察を通して、古くから存在する修辞の奥底にある、人の想像力に豊かに訴えかけて映像を紡ぎ出す機能にたどり着いたのだろう。それを洗練させ用いることで、「面影に」歌は新しさを獲得しえたのである。

伝統に繋がる

俊成が試みた工夫には、物語の世界を和歌に重ねるという方法もある。

またや見む交野《かたの》の御野《みの》の桜がり花の雪ちる春のあけぼの（『新古今集』春下）

この歌は建久六年（一一九五）に左大将藤原良経《ふじわらのよしつね》家の歌会で詠まれた。時に俊成は八十二歳である。河内国《かわちのくに》、現在の大阪府枚方市《ひらかた》の辺りにあった天皇家の狩場を舞台に、春の夜明け頃の薄明《はくめい》に雪かと紛うほどの落花を描き、これほど心打つ情景には終生遭遇《そうぐう》できないだろうとする作中人物の感嘆を初句に置く。それだけで十分美しい場面なのだが、実はこの歌には『伊勢物語』の世界が潜ませられており、物語の世界と和歌に表現された情景とを重ね合わせて味わうことで、俊成の意図をより深く受けとめることができる。

ここで引用されているのは『伊勢物語』八十二段の、惟喬《これたか》親王と右馬頭《みぎのうまのかみ》（在原業平《ありわらのなりひら》をモデルとする）を中心とする長いエピソードである。惟喬親王は「年ごとの桜の花ざかり」に水無瀬《みなせ》にあった離宮に右馬頭を連れて出かけた。交野にあった渚院《なぎさのいん》の桜をめで、狩をし暮らし、酒宴を催して詠歌に興じたという。第二句の「交野の御野」によって、読者はすぐさまこの章段を想起しただろう。文徳《もんとく》天皇の第一皇子で紀名虎《きのなとら》の娘を母とした惟喬は、藤原氏の勢威に押されて皇位継承から排除された。業平は名虎の子有常《ありつね》の娘を妻としており、両者は姻戚関係にある。業平は天皇の皇子女を父母に持ちながら政治の中枢からは疎外されていて、親王

の内容も「またや見む」歌の読者は了解していたことだろう。

『伊勢物語』八十三段には、出家して京都の北郊小野の里に隠《いん》棲《せい》した惟喬と、その侘《わ》び住まいを訪ねた業平とのひそやかな心の交流が記される。この章段の内容も「またや見む」歌の読者は了解していたことだろう。

『伊勢物語』の世界を重ね合わせることで、「またや見む」の歌の中に、政治的な失意を抱えた貴公子が春の曙の落花を眺める姿が浮かび上がってくる。薄明に雪が降るごとく桜がとめどもなく散り続ける絢爛《けんらん》たる情景は、親しい相手との交遊の記憶と分かちがたい。彼らはやがて華やかな場所から退場し、美しい時空間は永久に失われるだろう。物語の世界を取り込んだことで、景物《けいぶつ》を詠むだけでは得られなかった作中主体の切実な心情が加わり、交野の落花は単に美麗であるに留まらず、失われるがゆえに哀しく、哀しいがゆえにいっそう愛惜に値する情景となる。平安後期以降、詠み方の主流となっていた題詠《だいえい》は、本意を参照しつつ構想し、趣向や表現を頭の中で組み立てて作歌するために、生活に即した感動や抒情を欠落させる傾向があった。俊成は物語の世界を和歌と重ね合わせる工夫によって、題詠歌の欠点を克服し、従来の和歌が持ち得なかった豊かな情感を投影した新しい和歌を創出した。

俊成の薫陶《くんとう》を受けた若い歌人たちは、すでにある文芸（古歌や物語や漢詩文や故事）を取り込んで華麗な和歌世界を作り上げる手法をさらに洗練し、やがてその成果は『新古今集』に結実する。新しい文芸潮流を背負った一人が、俊成の息子藤原定家《ていか》であった。

梅の花にほひをうつす袖の上に軒《のき》もる月の影ぞあらそふ（『新古今集』春上）

は、正治二年（一二〇〇）に後鳥羽院《ごとばいん》に奉《たてまつ》った百首中の一首で、『伊勢物語』第四段が意識されている。深く愛する女性が自分の許を去った翌年、梅の花盛りに女性との記憶が残る邸に赴いた男が、「立ちて見、居て見、見れど去年《こぞ》に似るべくもあらず。うち泣きて、あばらなる板敷に月の傾《かたぶ》くまで臥《ふ》せりて、去年を思ひ出《い》で」たことを語る章段である。「梅」「月」など第四段に現われる語を取り込むだけでなく、「袖に月光が映る」有様によって涙に濡れた作中人物の袖を示し、「軒もる月」で女主人の去った邸宅の荒廃を暗示する。巧みに組み合わされた語は、精緻な細工を施された美しい小箱のような小世界を形成している。題詠によって現実の生活や感情から乖離《かいり》しつつあった歌の世界は、言葉を切り組んで作り上げられる工芸品へと、ここで決定的に変化した。一首の中で抒情する主体は、一首を組み立てる作者とまったく別個に息づいている。言葉で作られた美しい小世界を生きる主人公は、古典文芸を血肉化した専門家だけが作り出せるものとなった。

伝統に規制される閉塞状況から抜け出して「新しい歌」を詠み出そうと、歌人たちは様々な試みを繰り返した。一首のテーマに据えるべき対象とその美点が規範によって制限されている以上、試みは「何を詠むか」ではなく「どのように詠むか」をめぐってなされることになる。俊頼も俊成も定家も、古くから用いられてきた修辞や歌語に意識を向け、その本質的なはたらきに深い洞察を加え洗練させることによって、課題を乗り越えようとした。あるいはまた、王朝物語の中に流れる情感を取り込むことで、抒情の回復を図った。

彼らの発見した詠み方はいずれも、異なる内容を持った二つの文脈を綴じ合わせることにより、重層的で複雑な場面設定や情調を生み出そうとするものだった。彼らが閉塞状況を克服するために着目したものとして、ここで取り上げた修辞技法や歌語の特質は、和歌史において早くから自覚されており、意味内容を説明する文脈と、想像力に訴えかけてイメージを喚起し情感や情趣を伝える文脈とを繋ぎとめるために用いられてきた。平安後期を生きた先鋭的な歌人たちは、和歌の古典に立ち返り、古くからの技法が持つ力を再生させることで、新たな表現世界を切り拓こうとしたのである。新しい歌を詠み出そうとする意思は、古典に根ざすという共通の意識で繋がり、そのバトンは長く江戸時代まで受け渡されていくことになる。

和歌の新しい世界を開く鍵は、長い伝統の水脈を静かに遡行することで再発見された。この解法が〈古典〉に動かし難い重い意義を与えたことは言うまでもない。それはまた必然的に、〈規範としての古典〉が以後の和歌史を強く規制することにもつながってゆく。

3　西行という巨人——詩魂の系譜

宇津木言行

西行の歌は『新古今集』に九四首もとられている。数ある歌人の中で最高である。これほど西行の歌を重く扱ったのはなぜか。

西行には伝統的な用法に即して詠んだ歌と、それから脱却し、各地を歩いて新しいことば・新しい題材を発見して自由自在に詠んだ歌がある。

従来の説を根底から疑い、新しい分析方法を駆使して、西行の胸底にひそむものを余すところなく明らかにする。源俊頼から西行へ、そして松尾芭蕉の俳諧へと続く、もうひとつの表現の系譜を浮き彫りにする。

西行(一一一八―一一九〇)は四季や恋の題詠による伝統的な歌を歌ことばを用いて優美に詠みこなす一方で、新たな題材を新奇なことばで詠む試みをも行っている。いわば歌語と歌語ではない語との両極の間で自在に詠歌した器量の大きな歌人であった。西行によって和歌の可能性は大きく広げられたと見てよいが、その詩想の拡充の跡の一端を明らかにしてみたい。

和歌の新しい領域

院政期は文学における題材の拡大や発想の変質が生じた時代であり、和歌においては源俊《とし》頼《より》が革新者の役割を担った一人である。西行は俊頼を先達と仰ぎ、その系譜に連なるところに位置する。両者の間の非歌語的ことばの継承と展開を例示してみよう。『山家集《さんかしゅう》』流布《るふ》本に次の歌がある。

杣《そま》くだす真国《まくに》が奥の河上にたつき打つべしこけさ浪寄る

「真国」は紀伊国真国荘であり、和歌ではこの歌が初見。歌枕でない地名を取り上げた野心作だが、杣木《そまぎ》を流し下す真国川の上流で杣人が鐇《たつき》(刃の広い斧)を木に打ったに違いないと推量した歌と読める。そう推量した理由が結句「こけさ浪寄る」に示されるが、従来はここに「苔小波《こけさなみ》」という語を認定し、「苔のようなさざ波が寄る」と解釈されていた。しかし「苔小波」なる語は他に確例もなく存在が疑わしい上に、その解釈も覚束ない。稀少ながら方言に残る「こけさ」から、「こけら（杮）」と同意で木の切り屑を意味する職人の専門用語と解してみると、歌意が通じる。その見地から実は俊頼の歌に用語例の先蹤《せんしょう》があることも発見される。

われが身はなげきこりけるこけさをや掃き集めつつ人となしけん（『散木奇歌集』）

述懐《しゅっかい》百首の一首で難解歌であり、これまで全く読めていなかった。けれども「こけさ」を西行歌に共通する用語とみれば、「私の身は投げ木（歎き）を切って生じた削り屑を掃き集めて人となしたのだろうか」という大意で通じ、木工権頭《もくのごんのかみ》としての文字通り「木端《こっぱ》役人」という自己認識が表れた、沈淪《ちんりん》の身を歎く述懐歌と読み解ける。西行歌は俊頼歌の「こけさ」を襲用《しゅうよう》し、「木の削り屑が川浪に寄せられてきたので、杣人が河上で鐇《たつき》を木に打ったに違いない」と推量した内容になる。下流に流れてきた具象物を眼前して上流で何が起こったかを推察する伝統的な発想に拠るが、一般に通用した「こけら」でなく、俊頼に倣い職人の専門用語「こけさ」を用いたことが注意される。新奇なことばによって新しい題材を掘り起こそうとしているのである。

西行は修行者として山野河海《さんやかかい》のあらゆる領域に足跡を残した。とくに他歌人に比して海の歌を多く詠んでおり、海洋詩人としての側面が注目に値する。それは次のような恋歌の修辞にも表れる。

瀬戸口に猛《たけ》る潮《うしほ》の大淀み淀むとどひのなき涙かな（『山家集』）

「とどひ」は従来、板本により「としひ」と改訂され、「年日」と解されてきた。しかし「年日」という語は不審であり、他本の校異に目を配ると「とどひ」の本文の方が有力である。「とどひ」が本来の本文であることは、方言トドイを視野に入れた上で、次の登蓮の歌が証左となる。

海路晩冷

淡路舟潮のとどゐを待つほどに涼しくなりぬ瀬戸の夕風（『登蓮法師集』）

『登蓮《とうれん》法師集』は藤原定家筆の古写本があり、本文の価値が高い。これにより一二世紀における「とどひ（ゐ）」という語の存在が裏づけられる。登蓮歌の「潮のとどゐ」という珍しい語句は次の俊頼歌が参照されていよう。

年の積りにはあやしきことのみ重なりて、よろづに引き入らるる身のありさまによそふ

秋津洲《あきつしま》潮のとどみに埋もれて隠れゆく身を訪《と》ふ人もなし（『散木奇歌集』）

この歌は釈教《しゃっきょう》に部類されるが、沈淪の身を歎く述懐歌的内容の中に万葉語「とどみ」を摂取している。「とどみ」は満潮の意で用いている。対して登蓮、西行歌の「とどひ（ゐ）」は満潮の意では歌意が取れない。方言トドイには①満潮、②干潮、③潮合い、の三義がある。登蓮の歌は、明石から淡路島へ明石海峡を渡る舟が船出に適した時刻を待つうちに夕方の風が涼しくなったと歌っている。瀬戸の船出で問題になるのは潮汐の干満でなく潮流であるとされるから、登蓮歌の「とどゐ」は潮合いの意で、俗に潮が死ぬという、上げ潮・下げ潮の交替する憩流《けいりゅう》の時を意味することばと取るべきであろう。西行歌の「とどひ」もこれと共通の用法とすれば意が通じる。すなわち「狭い海峡の入口に勢い盛んに荒れる潮流が大きく淀んで流れが留まることなく、滂沱《ぼうだ》と流れ下る涙よ」という歌意になる。俊頼・登蓮ともに筑紫下向の経験があり、西行は瀬戸内の旅を再度行っている。俊頼が万葉語「とどみ」を摂取した措辞から、登蓮・西行は瀬戸内海域で通用していた海洋民俗語とでもいうべき「とどひ（ゐ）」に取材する表現に展開させた。西行は登蓮と親交があり（『聞書集』）、おそらく先輩格の登蓮に倣ったのであろうが、海にかかわる語彙で仕立てた序歌の中に用いて、新味のある恋歌を詠んでみせた。このように和歌の新しい領域が開拓され展開した一面がある。

西行独自の語の採集

先達に倣うだけでなく、自らの体験によって採集したことばを用いて西行は作歌している。

正確な時期は不明ながら、およそ二六～三〇歳頃の間に敢行した初度奥州の旅にもとづいて次の歌は詠まれたとおぼしい。

いたけもるあまみが時になりにけり蝦夷《ゑぞ》が千島を煙込めたり（『山家集』）

難解歌だが、初句の語構成が似る次の歌と比較してみるとどうにか読み解けてくる。

俊高、頼政、清和院にて、老下女を思ひ懸くる恋と申すことを詠みけるにまゐり合ひて

いちこもるうばめおうなの重ね持つこのてがしはに面並《おもて》べん（『聞書集』）

源頼政らと同座して詠んだ俳諧歌的恋歌であり、こちらも難解歌。しかし柳田国男の初期民俗学を参照すると、「うばめおうな」は「姥神《うばがみ》」と通称される神格化した老巫女であり、それを「いちこ」（民間の巫女）が奉斎するものと初二句で詠んでいることが分る。ここの「このてがしは」は柏の異名であり、神祭に用いる巫女の採物。それに顔を並べようとは、老女に親しんで恋仲になるという諧謔を弄した座興と読める。この読解を踏まえて先引の『山家集』歌を振り返ってみると、「あまみ」は未詳ながら何らかの神で、上句は「いたけ」（「いちこ」と同じく民間の巫女）が「あまみ」の神を祀る時節の到来を詠んだと見えてくる。従って中央で

通用していた「いちこ」に対して、「いたけ」は陸奥《みちのく》の方言であろう。柳田は巫女にかかわる地名の中にイチコ、イタケ等の語が表れる事例を指摘している。奥州の地で巫女が「いたけ」と呼称されていることに接し、西行はその方言をそのままに取り用いて歌っている。某年一〇月より翌年三月までの間、平泉に滞在した時の見聞に拠る作歌らしいので、結句の「煙込めたり」は火を用いる行事の付随する小正月の祭祀にかかわるようだ。ともかく西行という歌人は、中央の通用語に対して、辺境の地で使われた方言を取り込んだ作をものしているわけである。

初度奥州の旅の経験からは次の歌も詠まれている。

里人が大幣《おおぬさ》小幣《こぬさ》立て並《な》めて馬形《むまかた》結ぶ野つ子なりけり（『山家心中集』）

「のつこ」が『山家集』では「のへに（野辺に）」だが、それは西行の関知しない派生本文で、原本文の「野つ子」という珍しいことばが埋もれてしまったのである。古写本が残る『山家心中集』により原本文が発掘されて貴重。ところで「野つ子」は奥州方言でなく四国方言で、現在でも香川・高知県にノッゴという発音の方言が分布する。野の一隅に牛馬を祀る農業神である。近畿ではノガミ（野神）と称するものに相当するから、西行は仁安三年（一一六八）、五一歳のとき讃岐に旅して、現地でこの語をはじめて知ったと推測される。従って三〇歳頃以前の初度奥州の旅の経験にもとづくこの歌は時間の前後関係を逆にして経験を再構成し、後に作られた虚構の歌と考えられる。土地柄から讃岐の「野つ子」は牛を祀るものであったろうから、陸奥では類似の農神《のうしん》を里人が馬の人形を結んで祀っていることを発見し、気づきの「なりけり」によって表現している。「そうか。讃岐では牛を祀っていた農神「野つ子」を、ここ陸奥では里人が大幣《おおぬさ》小幣《こぬさ》を立て並べて馬の人形を結んで祀るのだったか！」というわけである。遠隔地の民間信仰の類似を詠むのは生涯の旅人ならではで珍しいが、それよりも経験の集積の中から見出された知的発見を虚構の歌に仕立てている点は、これまであまり注意されていない西行の作歌方法として記憶されてよい。西行は天性の「歌詠み」と評されることが多いが、「歌作り」の一面をも有していた。地方で採集した方言に刺激された詩的感興を歌作の源泉のひとつとしていた歌人は同時代に稀有であろう。

次の歌も旅の途上で仕入れたことばに拠っていよう。

我ハ見テ人不ルレ知ラ恋（我は見て人知らざる恋）

余呉《よご》の湖《うみ》の君を見し間《ま》に引く網の目にもかからぬあぢのむらまけ（聞書集）

恋の題詠だが、琵琶湖の北に位置する余呉湖の鳥網漁という珍しい題材を取っている。「見し間」に地名「三島」が掛けられているであろうが、余呉湖付近の小字にも「三島」は残っていないから、当時の現地でなければ知りえない地名と思われ、おそらく北陸の旅途上の現地取材にもとづく歌と推定される。「あぢ」は味鴨《あじがも》のことだが、「むらまけ」という語は不詳。

西行にもう一例「鯉のむらまけ」があり、宇治川を下る鯉の群れを詠んでいるから、「むらまけ」は諸注釈書に「群族の意か」と推測されている通りであろう。しかし「あぢのむらまけ」は中世・近世の文献に見えないきわめて珍しい語である。千葉県の手賀沼《てがぬま》では戦前まで鴨猟が行われており、当時を知る古老の言に「中でもあじが一番多くてその大群が一斉に飛ぶ時、これを「あじのおおまけ」と称し空が黒く見えた」という。「むらまけ」と「おおまけ」と多少語形は異なるが、文献に表れない語が息長く時空を越えて民間に伝承されていた。そのような狩猟民俗語彙に西行は取材して作歌していたのである。

　ところで味鴨の大群は印象が深く、早く『万葉集』に「味村」の語が見えている。降って院政期には万葉語の再発見の風潮の中で「味の群鳥」という歌語が成立し、源俊頼・俊恵《しゅんえ》父子、待賢門院堀河《たいけんもんいんのほりかわ》、殷富門院大輔《いんぷもんいんのたいふ》など西行が影響を受け、親交のあった歌人たちが作例を残している。そして西行にはその両方の作例がある。

閉ぢそむる氷をいかにいとふらんあぢむら渡る諏訪の水海《みづうみ》（『夫木抄』）

敷きわたす月の氷を疑ひて篊《ひび》の手まはるあぢの村鳥（『山家集』）

西行は万葉語「あぢむら」、院世期成立の歌語「あぢの村鳥」、狩猟民俗に取材した特殊語彙「あぢのむらまけ」と、同じ題材を三様の異なることばに拠って詠み分けている。ことばの多様性を開く歌人として西行を見直してみなくてはならない。

ことばの多様性をひらく

前節に引用した「いたけもる」と「いちこもる」の二首で西行が民間の巫女を意味する中央で流通した「いちこ」、陸奥の方言「いたけ」をそれぞれに用い、詠み分けていたことを述べた。「いちこもる」の歌の「このてがしは」はここでは柏の異名として詠んでいると言うに留めておいた。実はこの万葉語の実体は早くから不明となり、万葉注釈学から平安期以来の歌学、本草学、近代植物学を通じて議論され、諸説様々に提出されて確説を見ない。主要な説だけでも①女郎花《おみなえし》・男郎花《おとこえし》の類の異名、②柏《かしわ》・楢《なら》の類の異名、③側柏《このてがしわ》（現在のコノテガシワ）に三大別され、草本から広葉樹、針葉樹にまでわたっている。「いちこもる」の歌では『能因歌枕（広本）』『奥義抄《おうぎしょう》』などに見える柏の異名とする説に依拠したようである。四月神祭の「このてがしは」を詠む例歌もあり、それを西行は巫女の神祭の題材に応用したわけであろう。

ところで西行には「このてがしは」を詠むもう一首がある。

磐余野《いはれの》の萩が絶間の隙々《ひまひま》にこのてがしはの花咲きにけり（『山家集』）

歌枕「磐余野」の名物である萩が一面に咲く絶間の隙間ごとに花を咲かせている植物を詠んでいるのだから、これは樹木ではありえない。女郎花・男郎花の異名として詠んでいるであろうという指摘がある。それは『秘府本万葉集抄』に藤原範永《のりなが》が奈良坂で万葉語「児手柏」の実体がオホドチであることを知り得た逸話として見えるような説に拠る。顕昭《けんしょう》の『袖中抄《しゅうちゅうしょう》』にも引用され、オホドチは女郎花に似た男郎花の異名だという。顕昭はこの説に懐疑的だが、『山家集』の歌の詠みぶりに即してみた場合、西行はこのような秘説に依拠して詠んでいることは疑いない。字面は同じく「このてがしは」ながら、西行は異なる歌学説に拠り、それぞれに違う題材を詠み分けているのである。

西行がことばの多様性を開くことに多大な関心を向けて詠歌していることが窺えるもう一対を引く。

まさき割る檜物工《ひものたくみ》や出でぬらん村雨《むらさめ》過ぎぬ笠取の山　（『山家集』）

葛城《かづらき》を過ぎ侍りけるに、折にもあらぬもみぢの見えけるを、何ぞと問ひければ、まさきなりと申しけるを聞きて

葛城やまさきの色は秋に似てよその梢は緑なるかな　（『山家集』）

後者は地名「葛城」に「かづら」を掛け、その縁で季節外れに紅葉する「まさきのかづら」の略称「まさき」を詠んでいることは明らかである。この明白な例に惑わされて前者の「まさき」も「まさきのかづら」の略称と誤解されてきた。この歌の本文自体からして第二句「ひ

だのたくみ（飛彈の匠）や」、第四句「村雨過ぐる」という校訂本文に拠って受け取られてきたのだが、諸本の校異を考慮すれば掲出本文が原本文と考えられる。西行が櫃《ひつ》や曲物《まげもの》の生産に従事する檜物工という職人を和歌の題材に取っていることは、今まで誤った派生本文に拠っていたために、全く気付かれていなかった。そもそも飛彈匠が史料に表れるのは一〇世紀が最後で、西行在世時の一二世紀には実体がなくなり、詠歌の題材にする場合は飛彈匠に寄せて思いを陳べる寄物陳思型の発想に拠る伝統的詠法が継承されていた。西行歌は寄物陳思型の発想に拠っていないので、飛彈匠を詠む歌ではありえない。

「まさき割る」の歌は奥山で檜の榑《くれ》を柾目《まさめ》に割る作業に従事する檜物工の仕事を思いやって詠作されたものである。笠取山は醍醐寺の寺域内に存する山で、一二世紀当時の醍醐寺に寄人《よりうど》身分として奉仕する檜物職人がいたことを証する史料もあり、西行は現実の檜物工の行動を推量して詠んでいるのである。「笠取山」の「笠」には「檜物工」の縁《えん》で檜を柾目に割ったへぎ板で作られる檜笠が想定されていよう。一首は「山麓から見ると村雨が通り過ぎた、笠取山を。山上で「まさき」を割る作業に従事する檜物工は、お手製の笠を被らずに手に取り、難儀せずやすやすと山を出ただろう」と読み解くことができる。

この「まさき」は「まさきのかづら」の略称ではありえない。神楽の採物《とりもの》に用いる「まさきのかづら」は実体が不分明で諸説あるが、いずれもつる植物を当てることに変りはない。つる植物を割って細工することなど、たとえ飛彈匠であってもできない相談である。ここは当然、割裂性のよい温帯針葉樹である杉・檜の類を想定すべきであり、「檜物工」という本文に拠ったわけだから、檜を柾目に割って作る用材を意味する語と見るのが妥当する。おそらく職人の専門用語であるため稀少語彙で、大部の辞書類にも出ていない。『源平盛衰記』巻三三「平氏着屋島事」に「檜物船トテ、マサノ木積タル舟」とあり、檜の用材を意味するであろう類似語「マサノ木」が注意される。一で論じた「こけさ」のように西行は職人の専門用語に並々でない関心を持ち、詠歌に取りこんでいた。この「まさき」も同様の関心にもとづいており、「まさきのかづら」の略称「まさき」とは同じ字面ながら全く異なる特殊語彙を用いた歌を詠んだのである。ことばの多様性を開いて詠歌することを試みた一例となる。

音韻への関心

ことばの多様性への関心は語義の面にとどまらず、音韻の面に相渉っていることに注意を向けておこう。西行は耳をすます歌人でもあった。

鶯はゐなかの谷の巣なれども訛《た》みたる音《ね》をば鳴かぬなりけり（『山家心中集』）

『山家心中集』古写本に見える「たみ」が原本文・原発音で、『山家集』ほか他集の伝本では「だみ」「だび」と読み変えられ、写し変えられていったらしい。この歌で解釈上、誤解してならないのは「ゐなか（田舎）」という語は都の外の地をいうのが本義であって、都を離れた地方の意ではないということである。冬を谷の古巣で過した鶯は、春になると都へ往来して鳴くと認識されていた。それはたとえば次のような歌によく表れている。

春来ればいづれの谷の鶯も花の都に来つつ鳴くなり（『堀河百首』藤原公実）

であるから、「京都郊外の鶯は谷を住処としているけれども都へ往来する習性があるので、そうか、訛った音《ね》は鳴かないのだったか！」と西行は歌う。気づきの「なりけり」によるこの表現は、地方の鶯は訛った声音で鳴くことを西行が聞き知っていたことを前提として踏まえていると考えられる。それは三〇歳頃以前に行われた初度奥州の旅の経験による可能性が濃厚である。鶯の鳴声には変音・添加音による地方差のあることが知られ、東北地方のウグイスには句の終りにnの音が添加してホーホケキョンまたはホーホケンキョンと鳴く個体が多いという。耳のよい西行は、初度奥州の旅において平泉で越年した折に現地で辺境の鶯が訛った声で鳴くことを聞き分け、その知識をもとに先の歌を詠んだと見てよいであろう。

ことばの音韻が表現の要になっていると目されるもう一例を引こう。

串に刺《さ》したる物を商ひけるを、何ぞと問ひければ、蛤《はまぐり》を干して侍るなりと申しけるを聞きて

同じくはかきをぞ刺《さ》して干しもすべき蛤よりは名も便りあり（『山家集』）

　西国の旅の途上に詠まれた、瀬戸内海の漁師の罪を主題とする一連の問題作の中で、京から真鍋島へ下り、塩飽島《しあくじま》に渡って商いをする魚商人の商売物を見ての詠である。干し蛤の串刺しを商い物にしているのを見て、「同じことなら「かき」を刺して干したらよいだろうよ。蛤よりは名に縁があるから」と相手に詠みかけた体である。仏者の立場から漁師や魚商人の犯している殺生の罪の問題に詠歌を通じて言及している。「かき」の部分がどういう表現契機を通してどういう意味作用のはたらきを意図して詠まれているかの理解が肝要であろう。『去来抄』にいう「看経《かんきん》」の含意をここに読み取るのは、語彙の時代性から見て疑問。「かき」は「牡蠣」を主意に、下の「蛤」に掛けた「栗」の縁語である「柿」を掛けていると取るのが通説であり、基本的な理解はそれでよい。魚貝を殺生して商うのは罪深い業だから、「牡蠣」ならぬ、「干柿」という名に縁のある「柿」を刺して干したら、罪を免れてよいではないかという提言を裏に含んで詠みかけたことになる。

　この着想の契機に音韻の問題が絡んでいよう。現在の岡山・広島県は東京式アクセント地帯であり、京都アクセントとは「牡蠣」「柿」の発音が高低逆になる。これは遡って西行当時も同様であったろうから、備前国（現岡山県）において漁師達の発音する「牡蠣」の語が、京都アクセントを身に備えていた西行には「柿」と聞えたのである。この聞き分けにもとづき、京下りの商人に詠みかけたことから歌の趣意は了解される。「同じことなら殺生の罪とならない「柿」を刺して干したらよいではないか。なぜならここの地元の漁師たちは「牡蠣」を「柿」と言っているわけだから」という含意。通解よりは「柿」の意が前面に出て作用していると受け取るべきか。皮肉の棘はありながら、むしろ笑いを催す俳諧歌的発想に拠っている。殺生の罪という重い主題に向かいつつ、罪を犯す者を断罪するのではなく、絶望の深刻を救うのは笑いであることを告げているようでもある。そこに仏者としての西行の度量の広さを見るとともに、現地に根生いのことばを掬い上げながら人間を守る歌を詠む歌人としての器量の大きさを認めておきたい。

西行から芭蕉へ

述べてきたように西行は主に非歌語によって新しい和歌の領域を開拓する詠歌行為に及んだ。一方で都の貴族の文化に寄り添ううるわしい歌語による歌めいた歌もそつなくこなしながら、このように和歌の可能性を極限まで押し広げているところに西行の巨人たるゆえんを見る思いがする。決していたずらに珍奇を求めるのでなく、詩的感興にもとづく詩的言語の発見がそこには看取され、何よりも西行という個人の経験に由来する声を発しているところに文学を認められる。自ら徒渉《としょう》した列島の山野河海のあらゆる領域に題材を求め、西行の詩魂は遍満する。和歌に詠めないものなどなく、どんなものでも和歌に詠む楽しみを見つけうるという信念にもとづき西行は歌っているかのようだ。ことばの多様性を開く西行の和歌は和歌史に継承されるのみではない。伝統和歌を越えて俗なるものを取り込みながら文学の範囲を拡大した、松尾芭蕉（一六四四—一六九四）をはじめとする俳句の世界にもやがて豊かな系譜を引いてゆくことになる。

第3章●

【和歌の広がりをどう見ていくのか】

和歌はあらゆるところに生きている。
日本文化を、奥深くから、ゆたかに築き上げてきたのが和歌である。
図像、庭園、占い、景観、飲食をとりあげてみた。
和歌の広がりにきっと読者は驚くだろう。

1 図像

和歌をめぐる図像——密教化する秘説の視覚性

松本郁代

詠まれた和歌の生命はそれで終わることなく、密教や神話によって新たな解釈の次元を獲得し、その世界観のなかで読み継がれていく。歌書の中の歌とは、時に密教的な文体となり、新たな神話が降り立つ解釈の時空間となる。その時空間を視覚的に図像化したものとは、どのような言葉の接続や形の連想があり、何を引き寄せ、表現していたのか。『古今集』の詠み人知らずの歌を読解したものに、「鳥神」の図像がある。『日本書紀』の異伝では、イザナギ・イザナミに「交《とつぎ》の道」を教えた鶺鴒《にはくなぶり》との関係が、どう変型して、彼らを「鳥神」として描くに至ったのかを読み解く。

はじめに―秘説による図像化とは

和歌をめぐる図像は、注釈によって歌の本質が探究される過程において登場した。中世になり、藤原俊成《しゅんぜい》、定家《ていか》にはじまる御子左家《みこひだりけ》が和歌の家として中心的な地位を占め、為家《ためいえ》以降、二条派・京極派・冷泉派に分立した。鎌倉時代から南北朝にかけての歌壇は、和歌の家々が歌壇の主導権を競合しながら、その学問的世界が育まれた側面がある。特に『古今和歌集』（以下、『古今集』と称す）に関する注釈は、秘伝として相伝や伝授の対象となり、仏教における灌頂《かんじょう》儀礼を模していたため古今灌頂、古今伝授《こきんでんじゅ》と称された。

『古今集』の秘伝として登場したものに、三鳥（「百千鳥《ももちどり》」「呼子鳥《よぶこどり》」「稲負鳥《いなおおせどり》」）や三木一草《さんぼくいっそう》（「をがたまの木」、「めどの木」、「けづり花」、「かはな草」）が挙げられる。これらは『古今集』に収められた和歌から登場した鳥や植物であり、その解釈は歌書のなかで視覚的に想起される連想的な秘説としても形成された。これらの鳥や植物を直接描いた図像の種類は少ないが、それらの現存や実体を探求しようとする注釈は多く、その指向性は、必然的に鳥や植物の視覚性という問題に結びつく。

ただし、和歌をめぐる図像は形式化されていない上に、図像の細部が注釈のなかで説明されているわけではない。しかし、少なくとも本稿で取り上げる注釈における図像的発想や図像化は、掛詞や縁語や見立てなどの修辞によって接続される景物や自然が、和歌に多元的な意味を与えたように、注釈の連想を引き継ぎ、更に密教世界と接続する図像として解釈できると考えられる。

「いなおほせどり」とは何か

古今伝授の秘伝の一つである三鳥の一鳥に「いなおほせどり」という鳥がいる。本稿ではこの鳥に関する図像の解釈を試みる。まずはこの鳥が登場する『古今集』の和歌を示す。

題しらず　　　　よみ人しらず

わがかどにいなおほせどりのなくなべにけさ吹く風にかりはきにけり

（『古今集』巻第四・秋歌上）

この和歌の主旨は、我が家の門に「いなおほせどり」が鳴くようになり、今朝吹く風に乗って雁が飛来したことよ、というものである。歌に登場する「いなおほせどり」については、「秋来る渡り鳥だというだけで、実体はわからない。いわゆる古今伝授の三鳥の一つになっている」（『日本古典文学大系8　古今和歌集』岩波書店、一四三頁）と説明される。この鳥が『古今集』秘伝の「三鳥」としてまとまって称されるようになったのは、鎌倉時代後期とされる。その解釈は様々で、例えば平安時代に成立した歌書で六条源家《げんけ》の俊頼《としより》による『俊頼髄脳《としよりずいのう》』（一一一三年成立）では「にはたゝきといへる鳥」としての「とつぎ教へ鳥」であるとする。また、六条藤家の清輔《きよすけ》による『奥義抄《おうぎしょう》』（一一二四～一一四四年成立）では、様々な解釈があるとして「にはたゝき」に「鶺鴒《せきれい》」や「鶺鴒《せきれい》」の漢字が宛てられ、『日本私記』の注では「とつぎをしへ鳥」と記されている事例や、「稲負鳥」の注に「いなおほせどり」と読むことが記され、さらに「ことゞり」と解釈されている事例などを引き合いに出しながら、「いなおほせどり」の実体をめぐる仮名文字と漢字があてられている。さらに意味や実体としての鳥とが混在し、さまざまに登場する解釈の順序が識別されていない、などと指摘する。次第にこの鳥を含む「三鳥」が秘伝となりさまざまな解釈に展開してゆく。

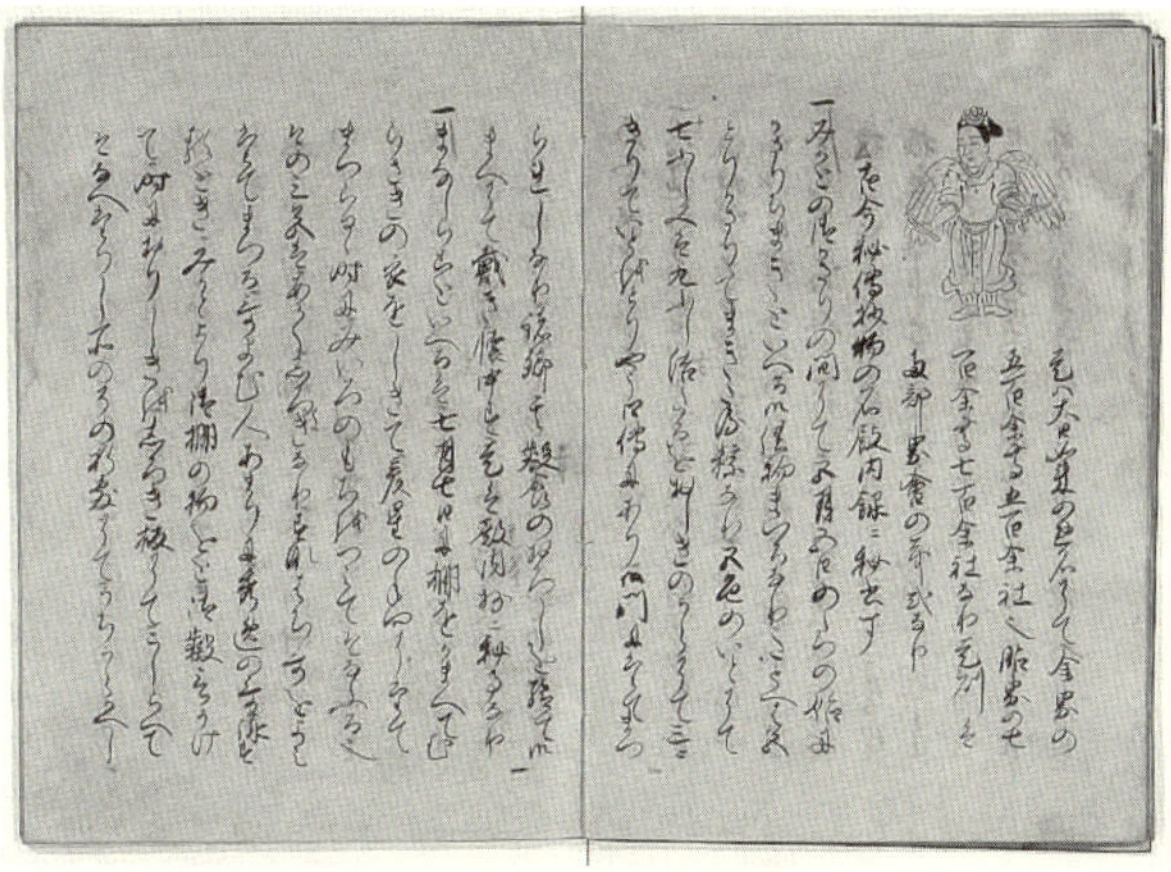

【写本1】『古今相伝深秘』第一、江戸時代写
（京都大学附属図書館所蔵中院文庫）

時代はだいぶ下るが、室町時代の摂関家で有職故実家である一条兼良《いちじょうかねよし》（一四〇二〜一四八一）による古今伝授の書である『古今集小切紙伝』では、「百千鳥・呼子鳥・稲負鳥」の実体について「稲負鳥の事、鶺鴒といふ鳥也。二神のその鳥を見給ふにより、とつぎ鳥ともいふ。此鳥のいたる時、かならず秋田をかりおさむるなり。（以下略）」などと説明され、その補注には「右、是迄は、両家（引用者註―二条・冷泉家）の切帋《きりがみ》とて申伝る一伝也、（中略）是等の説〳〵ハ、皆秘事云々と申せども、世に流布して大方存せぬ人なし。直伝は、一道の専要なれバ、ひとつとして知る人なし。知りても言（は）ざれは、しらずしてハ、猶いはれぬ事也。努々《ゆめゆめ》他見をいましむ、穴賢」と記し、稲

負鳥の解釈が「秘事」とされつつも世間に知られており、直伝は知られていないとする。兼良は同書のなかで、「古今の三鳥の中にしてハ、よぶこ鳥、一鳥にてすむなり。むかしより此三鳥の実名治定せず。治定せぬを以て口伝とするなり」や、「是を口伝とするハ、躰なくして、躰のある物なれバ治定せぬものを、こゝにて治定せさするが大事也」と記すなど、「治定」できないものを無理に定めずにわからないことを認めることが、大事であると結論づけている。

注釈から生まれた秘伝とされる口伝や大事は、次第に公然の秘密の決まり事となり「三鳥」など結局その実体がよくわからない物に対しては、これまでの解釈の応酬を脱して、より合理的な追究姿勢へと変化していく様を読み取ることができる。しかし、和歌注釈の痕跡としての解釈は、様々な物や世界を生み出し、豊かな文化相伝の体系を作りだした。

✿「いなおほせとり」とは何者か?

次に挙げるのは、この「いなおほせどり」の図像が収められた江戸時代写『古今相伝深《こきんそうでんじん》秘《び》』第一（内題「古今和歌集相伝抄深秘勘」）である。この他「をがたまの木」に関する図像も掲載する。本書は、特定の和歌の家に伝持された歌書というよりは、様々な流派によって改編されたもので、成立は伏見《ふしみ》天皇崩御後の文保元年（一三一七）以降とされる。また、和歌の家々による流派争いの中で成立した本ではなく、家の派閥や灌頂伝授《かんじょうでんじゅ》の意識が薄くなった頃の成立とされる。本書に掲載される「いなおほせどり」の図像は、三鳥と三木の秘説に関わる説明とともに描かれるものである。

以下、図に関わる部分の秘説を引用する（引用に際しては句読点を適宜付し、説明の必要上、内容を適宜改行し①から④にわけた。更に「いなおほせどり」を太字にし、和歌の部分に波線を引き、歌の引用部は「　」で示した）。

【資料1】

古今相伝秘事奥《ヲク》之書《シヨ》

①一、**伊冊負世取**の事、是は伊弉諾尊《いざなぎのみこと》・弉冊尊《いざなみのみこと》ひき合（い）給て、**いなおほせどり**と云也。しかれば伊の字男子、勢ノ字女人、鳥とかきたるを其形を絵にあらはせり。すなはち天男地女を表す金胎両部是なり。鳥ト云ことは、かのいざなぎ・いざなミの尊までは鳥神にてましませり。かほ手足は人にて、左右の翅《(朱)ハカイ》（翅カ）あり。共ニ天の上よりトび来り給し故ニ、鳥の詞あり。されバ哥ニ、

②一、吾門に**稲負鳥**鳴なへに、今朝吹風と雁は来る也、《ベキ歟》まづ此哥の一面に心不審多し、**いなおほせどり**鳴（き）て「雁《(朱)カリ》はくるべき」か、本証いかんぞや。難して云、「我門《(朱)カド》」と御門なしてよみ出すべき詞也。「我が門」とは延喜の御門なればあらはせり、されバ御門の御始は神代なり。その中にもいざなぎ・いざなミの尊とより、男女の嫁《(朱)フルマイ》を始め人の種をおろし始終残《(朱)ノコシ》給けり。およそ世中にあらぶること、みな此大明神しらしめ給へり。然（れ）ば「我門」にと、わがいにしへの一門のご先祖とあそばしたり。**いなおほせどり**とは、いざなき・いざなミの尊也。「鳴給へ」とハ鳴（く）ゆへなり。「鳴」

をバ唱るを「鳴」とよめり。鳥の詞の縁によせて「鳴」と云へり。「今朝吹風」とハ、「けさ」とは朝の字なり。御門を朝公《(朱)チウキン》朝家《カ》と申せバ、「けさ吹風」にと申せり。「風」と云文字を、めぐミとよむゆへに、君の恵といはんとて、「けさ吹風」と云へり。

③「雁ハきにけり」とはかく《(書)》なり。凡文字をば鳥の飛吹をミて作れり。雁の例証如レ此也。されば「雁の来る」ハあらず、**いなおほせどり**のをしへによりて、古書明むるによ（つ）て「来」は君の風によるとあり。鳥文字の跡しるす伝をあそばさむとて、「雁はきにけり」とは、隠し題の御哥也。さてこそ此哥の不審はひらけてきこえ侍り。それ胎金両部の出現これみな和光内塵等の説人倫なり。されば始め給（ひ）しかバ古哥に云、あふこどを**いなおほせどり**のをしへずは、人は恋路にまよはざらるむ、是は秘中にして秘なり。努々一言も他外の人に漏すべからず。

④一、天神地神そのおそれはかり難し。**いなおほせどり**の名本説秘伝一大事、伊弉諾イナヲホセトリ、タネヲマクミトノかやうによむなり。もろ〳〵の種子の中の長人と種なり、人種嫁《(朱)トツギ》の道より出むす。かの人の命をたすくる物第一に米の稲種なり。是等の種を教へ給（ひ）しなり。此神の御事《ワザ》なれは稲を教へし鳥とも申すめれ。風国王宮原まては鳥にたとへり。すなはち、かの御神ハ鳥神なり。その御子、伊勢天照大神宮国土のあるじと出生し給ふ由、神をバおほひるめたまむちとも申す。又ハ天照大日尊ト云。是ハ大日如来の惣名にて金界の五百金尊五百余社也、胎界の七百余尊七百余社なり。是則は両部界会の義式なり。（京都大学附属図書館所蔵・中院文庫『古今相伝深秘』第一）

紙幅の関係で一つ一つの解説は施さないが、以下要点を示しておく。まず【資料1】の①（以下、【資料1―①】と示す）の部分は、鳥の姿であるイザナギとイザナミについての説明である。この姿は図像が示されているため、後ほどその解説を含め言及する。②は典拠となる『古今集』の歌のうち、「いなおせどり鳴（き）て雁はくるべきか」という疑問に対する解説である。和歌のうち「我門」とは「延喜の御門」（『古今和歌集』の撰集を命じた醍醐天皇）を指し、天皇の始祖は「神代」の「イザナギ・イザナミ」が「男女の嫁《フルマイ》」を始めたことによると説明し、「御門」を「わかいにしへの一門のご先祖」と解釈する。そして「いなおほせとり」とは、イザナギ・イザナミのことで、「唱《となえ》る」を「鳴」と詠むのだという。また、「今朝」の「朝」は「朝公・朝家」のことで、「風」は「めぐミ」のことであり、「けさ吹風」とは「君の恵」のことであるとする。

③では、鳥の「雁ハきにけり」について説明されている。文字とは「鳥の飛吹《とびふく》」姿をもとに作られたのであり、雁の飛来がそれを例証するという。「雁の来る」とは「いなおほせとり」の「をしへ」によるもので、それは「君の風」、つまり「君」＝「朝公・朝家」の「風」＝「恵」が「鳥文字の跡を記す伝え」をお詠みになろうとして「雁はきにけり」としたのであり、これを「隠し題」とするという。更に密教の金剛界・胎蔵界を一対のものとして捉える「胎金《たいこん》両部」の出現は、「和光内塵《わこうどうじん》」の説であり「人倫」であるとする。そして「始め給（ひ）しかバ古歌」を一首（波線部）を「秘中にして秘なり」として挙げている。

そして④は、「いなおほせどり」の解釈のうちイザナギ・イザナミによる「嫁《トツギ》の道」に関する秘説を展開している。これによると、「伊弉諾」は「イナヲホセドリ、タネヲマクミトノ」と読むのであるとし、「タネ」(種)を撒く意味に結びつけられている。更に「人種《ひとだね》」は「嫁の道」から出て、「人の命をたすくる物第一」に「米の稲種」があり、この「稲種《いなだね》」を教えたのが「伊弉諾」であるから「稲を教へし鳥」ともいわれ、「伊弉諾」がいた「風国王宮原」(高天原に相当するカ)までは「鳥」に喩えられる「鳥神」として、その子「伊勢天照」は「太神宮」「国土」の主として出生し、「おほひるめたまむち」(大日孁貴神)、または「天照大日尊」と称するとする。これは「大日如来の惣名」として、「金界の五百金尊五百余社」「胎界の七百余尊七百余社」のことを指すといい、これらは「両部界会」の「義式」(金剛界と胎蔵界が一体となる儀式)によるものであるという。

以上に示したように「いなおほせどり」の正体は、鳥神としてのイザナギ・イザナミであり、その夫婦関係である「嫁の道」によって、皇祖神のアマテラスや「人種」を生み「稲種」を伝えたことから「稲を教へし鳥」と称されるようになった由来が説明されている。そして、アマテラスと両界曼荼羅の至高尊である大日如来との習合が提示されることにより、密教界におけるアマテラスの繁栄を表現したものとなっている。

✿羽のある人物は誰か

(1) 図像の構成

先に示した【資料1—①】の注釈のとおり、イザナギ・イザナミはもともとは「鳥神」であり、「かほ手足は人にて、左右の翅（翅カ）あり」という姿（【図1】は【写本1】の人物をトレースしたもの）であるという。神々の姿は仏のように尊容が定式化していないため、本地垂迹説《ほんじすいじゃくせつ》による権現神や人の姿をとる神像としての姿が構想されるようになる。本地垂迹説を背景とする視覚的な神への指向性は、単独の尊容をもつ神としてではなく、注釈行為によって様々な性質を生み出す傾向を生む。【図1】をよく見ると、背中の翅以外に、両手には何か握っており（後掲【図2―①】【図2―②】）、頭には何かを載せている（後掲【図2―③】）。しかし、注釈にはこれらが何を意味しているのか、またこの姿がイザナギ（男）かイザナミ（女）かも不明である。描かれた姿については、まさに顔・手足は人であり、左右には翅がある以外の情報は記されていない。ただ、「伊冊負世取／いなおほせどり」がイザナギ・イザナミであり「鳥神」である主旨を伝えるインパクトはもつが姿の詳細は注釈にない。このことから注釈の目的は、「鳥神」の姿よりもむしろ「伊冊負世取／いなおほせどり」が和歌の意味や解釈にどう機能し作用していたのか、という点におかれていることがわかる。よってこの図像には、その主旨を左右するほどの大きな意義は与えられていない。

【図1】鳥神
（【写本1】人物トレース）

　注釈に説明されていない形については、「鳥神」としてのイザナギ・イザナミの性質からある程度は姿の意味を捉えることができる。イザナギ・

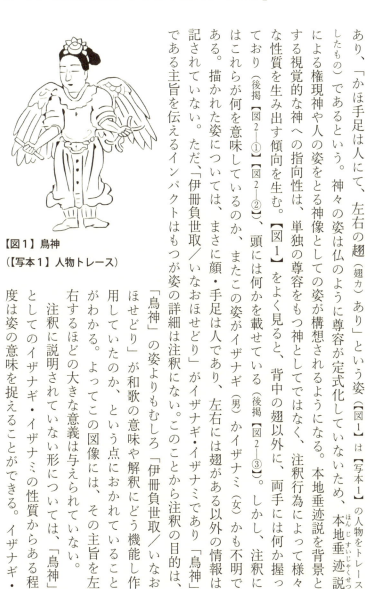

イザナミは【資料1―①】注釈のなかで「伊・勢」「男・女」「天・地」「金・胎」と表現され、両者一対にある夫婦関係が示されている。たとえば「伊勢」の文字解釈に関しては「伊勢二字、伊弉諾・伊弉冉といふ事／伊勢の二字、伊は男、勢は女、伊は種、勢は収／伊勢物語といふ、吾が国は神国なり、太神宮伊勢国に跡を垂れ始め給ふにより、男女の行合始まる故にいふ」（『伊勢物語髄脳』所収「伊勢物語最極秘密灌頂」鎌倉時代後期成立カ）とあり、『伊勢物語』を男女和合深義の書とする秘伝書に登場する。このように注釈に表れるそれぞれの解釈は、別の秘伝書を典拠にして編纂されているものが多い。

また「伊勢天照」の出生とその後の繁栄が記されていることから、イザナギ・イザナミ夫婦の交わりによってアマテラスが生まれたという敬愛、注釈の「人種嫁《トツギ》の道」が大きなテーマとして想定できる。そして、この鳥神が生命の「人種《ひとだね》」とそれを助ける「稲種《いなだね》」を教えたことが子孫繁栄としてのイザナギ・イザナミ像を作り上げている。

(2) 左右の持物

【図1】（【写本1】掲載の図像をトレース）の姿の構成のうち、まず、上記を踏まえ左右の持物と頭の飾りについて一つの可能性を読み解いてみたい。右手には両先端が二股になっている棒状のものを握っている。先端は刺股にも似ているが、そこまでは大きくない（【図2―①】）。そして左手には笛のような一本の棒が握られている（【図2―②】）。これが左右両手の持物の図である。そして、髪を結った頭頂には、三重にとぐろが巻かれているように見える玉と周囲に花びら状のようなものが八枚ある（【図2―③】）。

この【図2―①】と【図2―②】は双方共に形としての不完全性を示すことから、両者が一対の関係にあるものが想定される。持物としては、両先が三つ股になった三鈷杵《さんこしょ》か五鈷杵《ごこしょ》である。金剛杵《こんごうしょ》は仏の持物や密教手法の法具の一つであり、独鈷杵《とっこしょ》をはじめ様々な形状のものがある。金剛杵は煩悩の払拭を武具に象徴したものである。五鈷杵は図像にした場合平面になるため先端の鈷《こ》の部分が重なり、三鈷杵のようにみえることがある。また五鈷杵は縦に割り、互い違いに二分割できる割五鈷杵《わりごこしょ》がある。それぞれ片方に二鈷、もう一方が三鈷になっている（【図3】「五鈷杵（割）」のイメージ図）。三鈷を頭に見立てると両手を挙げたような人の形をしていることから「人形杵」ともいわれ、醍醐寺三宝院流では「彼杵二ヲ合為二一肘一也。是男女夫婦之義也、是両

【図2－①】

【図2―②】

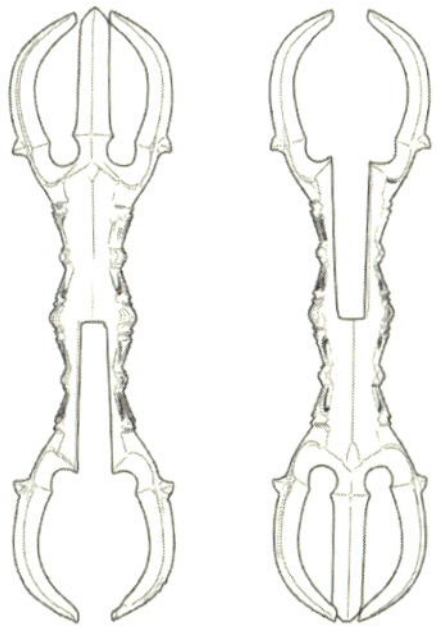
【図3】五鈷杵（割）

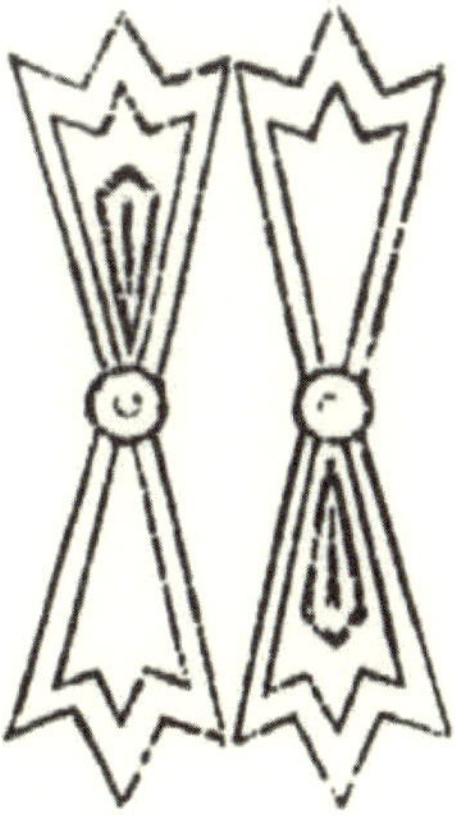
【図4】人形杵

杵ヲ合スレハ五古(鈷)ト成也」（成賢撰『遍口抄』所収「人形杵事」）と、この割五鈷杵《わりごこしょ》を互い違いに合体させることを「男女夫婦之義」とした（【図4】人形杵、『大正新修大蔵経』所収『遍口鈔』「人形杵」より）。また、男女の敬愛法として、割五鈷杵のなかに舎利を入れた愛染明王《あいぜんみょうおう》を本尊とする「如法愛染《にょほうあいぜん》法《ほう》」が行われた。ただし【図2―①】【図2―②】の持物の図像は三鈷杵か割五鈷杵なのか、描写からは判断しかねる。

（3）頭上の飾り

次に【図2―③】で即座に想起されるのは、蛇《へび》がとぐろを巻いたような玉が宝珠《ほうじゅ》、その上部を囲む葉弁状のものが八葉蓮華《はちようれんげ》である。八葉蓮華は、両界曼荼羅のうち胎蔵界の中央に描かれた「中大八葉院《ちゅうだいはちよういん》」と呼ばれるもので、中央に大日如来、八葉の花弁には仏陀が四体、菩薩が四体配置されているものである。【資料1―①】に従えば胎蔵界はイザナギであるから、この姿は女神のイザナギということになる。ただし、胎蔵界八葉の上には大日如来が配置されるのが本来であるが、宝珠状のものが置かれている。この形をよく見ると、とぐろをまいた蛇身のような形状をしている。この形に似る神として弁財天の頭上に座す宇賀神《うがじん》が挙げられる（【図5】弁財天頭上の宇賀神イメージ図）。弁財天は密

【図2―③】

【図5】宇賀神（弁財天頭上）

教と習合した神で、頭頂部にとぐろを巻いた蛇の形をした宝珠を戴き、女神の海上神の市杵嶋姫命《いちきしまひめのみこと》と同体視されている。ただし、とぐろを巻いた蛇か宝珠か、そこまで詳細な情報は不明である。

また、このとぐろを巻いた蛇と関わる密教修法に「愛染田夫本尊《あいぜんでんぶほんぞん》」がある。この本尊は梵字（サンスクリット）の一音節で愛染明王を表す種子《しゅじ》の「吽（𑖮𑖳𑖽）」を蛇の形に表現したものが蓮華の上に描かれたものである。真言律宗寺院で奈良の西大寺に江戸時代写の図像が残されている（「愛染田夫本尊」（青蛇形）一幅、「愛染田夫本尊」（三鈷杵上）一幅、ともに江戸時代成立）。これを本尊とする「愛染王田夫法」は、敬愛や福徳を目的とし、修法の起源は平安時代の醍醐寺小野流の仁海《にんがい》に仮託された修法である。神奈川県立金沢文庫所蔵の建治三年十二月十七日付「愛染王田夫法事《あいぜんおうでんぶほうのこと》」や鎌倉時代写『愛染秘田夫』一帖には、種子や三昧形をはじめ修法の由来が記されている。その中に「二種ノ真言ヲ置並用レ之、種子𑖮𑖳𑖽賀字虵形也」という一文がある。このうち「𑖮𑖳𑖽」は「ウン」という読みであり、「𑖮𑖳𑖽」「吽」などと表現される愛染明王の種子《しゅじ》である。この一文にある「𑖮𑖳𑖽賀」と「宇賀」の音は「ウンガ」と「ウガ」で共通性を見るが相互関係は不明である。

いずれにしても、蓮華《れんげ》と三鈷杵の上に愛染明王の種子の形をした蛇のイメージは、鳥神の頭頂と持物を最もよく表現している。また先に示した『愛染秘田夫』の冒頭には「金剛サタ妻也、一切仏ノ能生母也」と愛染王の女性性も記されている。愛染明王は他の秘伝書では男神として解釈されるものであるが、先に示した割五鈷杵を用い愛染明王を本尊とする「如法愛染法」が男女の敬愛を祈願する修法であることから、鳥神のテーマである夫婦の敬愛との共通性がみられる。

今ひとつの可能性としては、八葉の上に宝珠を戴く「密観宝珠形舎利容器《みっかんほうじゅぎょうしゃりようき》」との関連である（【図6】「金銅火焔宝珠形舎利容器」イメージ図）。密観宝珠の基本的な構成は、金剛杵茎の上に蓮華座にのる宝珠を戴くもので、この密観宝珠を如意輪観音の三昧耶形《さんまやぎょう》とする説や、これを本尊とし左右に愛染明王と不動明王を配置した秘法としての三尊合行法などが想定され、いずれも真言密教の秘法とされる。また「種子」に関していえば、【資料1―④】には「米の稲種」や「人」の「種」としての「種子」が登場する。一方、密教の「種子」は梵字一字で諸尊を表す形を意味する。従って、それぞれ生命の種となる「種子」の一つ一つと、一つ一つの密教尊としての「種子」とのダブルイメージを想起させる。それは、同じく注釈の中でアマテラスが五百の仏尊たちの惣名である大日如来に比定されることと軌を一にしている。以上、「いなおほせどり」として描かれた「鳥神」の図像に特徴的な持物

【図6】金銅火焔宝珠形舎利容器

と頭頂物についての分析を試みた。

最後に、何故イザナギ・イザナミが「嫁の道」を伝える「鳥神」になったのか――『日本書紀』神代上の一書（第五）には、この二神が「其の術《みち》」を知らずにいた時に「鶺鴒《にはくなぶり》」が「飛び来りて其の首尾《かしらを》を揺《うごか》す」ことを見て学び、「交《とつぎ》の道」を得た事に起源する。これを本説に、二神が子孫繁栄の「鳥神」にまで注釈が進められたといえる。

図像は注釈以上の意味を要求されない。しかし注釈行為は解釈の前提となる意味を背景に持つことから、注釈にはコトバ以上の意味作用が期待される。形イコール意味ではなく、形を通路として見える意味の総体が、密教や神話によって仏教的世界観に収斂されていくところが問題となる。だからこそ単純な形ほど様々に注釈され、多様な注釈が施され饒舌となる。

❀密教における図像

本来、図像とは密教解釈のための手段として登場した。大同元年（八〇六）十月二十二日、唐より帰国した空海は、請来した経論や仏像・曼陀羅・法具の目録と上表文である『請来目《しょうらいもく》録《ろく》』を朝廷に奉献したが、そこには仏物が列挙され、讃釈《さんしゃく》による空海の解説が付された。このうち仏像菩薩金剛諸天像・伝法阿闍梨の影十鋪《えいじゅっぽ》が図像であることの理由について、空海は以下のように説明した（原漢文、読み下しは『弘法大師空海全集』第二巻、筑摩書房による）。

法は本より言なれども、言にあらざれば顕はれず。真如は色を絶すれども、色を待ってすなはち悟る。（中略）加以《しかのみならず》、密蔵深玄にして翰墨《かんぼく》に載せ難し。更に図画を仮りて悟らざるに開示す。種種の威儀、種種の印契、大悲より出でて一覩《いっと》に成仏す。経疏に秘略にして、これを図像に載せたり。

すなわち、「法」＝真理は言葉を離れているが、言葉がなくては真理を表せない。「真如」すなわち絶対真理は「色」＝現象界のものを通じて初めて悟る事が出来る。（中略）なかでも真言密教＝「密蔵」は、「深玄」であり、文章で表現し尽くすことは難しい。そのため曼荼羅や祖師像等の「図画」を「仮《か》」り、悟らない者に「開示」するのである。種々の威儀や印《いん》契《げい》は仏の「大慈悲」から出て、一目で成仏できる。経典や疏《しょ》には密かに略されているが、図像にはそれが示されている、というものである。

真言密教における図像の製作は、悟りを得る方法であり、図像は文章を超越した悟りを表現する媒体として位置づけられている。一方、仏教的世界における和歌の場合、和歌を詠むことが悟りを得る方法であり、注釈は悟りの手段の一つに位置づけられる。よって、和歌注釈に描かれた図像の形は、その悟りの内実を理解する一過程に登場するものといえる。このような和歌をめぐる図像において、両界曼荼羅や仏像などの存在は、悟りの内実を説明するための物やメタファーとして登場することもあるし、本質を理解する手段として「鳥神」のような意味と形をもつ図像として登場することもあった。

和歌注釈の中には、解釈の図式化（胎内五位図など）や意味が曼荼羅化された図像のほか、視覚的な物の解釈によって和歌の本質が探究されていく。空海のいう密教図像が「絶対真理」を悟るための究極的な存在意義を有していたのに対して、和歌は悟りの内実や本質を連想の内に理解する一過程において、その図像化が登場したと考えられる。

おわりに

和歌が図像化される背景には解釈がともなう。中世になり和歌は歌書による注釈や注釈行為を通じて様々な秘説が形成された。古今伝授の中心となる三木一草・三鳥の秘伝は、一首としての主旨を離れ、和歌世界を密教や神話にもとづく世界観へと結びつけられた。しかし、それは必ずしも和歌の修辞技法や典拠、語句や作法などに即したものではなかった。和歌の本質を明らかにするという目的から、連想的な言葉や物に結合される言説の欠片に、更に注釈が重ねられ、本質は悟りのための意味性を含み、多元的に展開する解釈学に取り込まれた。このような傾向は、中世における和歌注釈に限られたことではなく、物語や謡曲などに対する注釈行為も同様であった。その意味で注釈とは、意味を完結させる行為としてのみならず、本質的なものを保証する時代的な価値観や世界観に帰結させる行為であり、その結果、原典から逸脱した言説の群れが残されてきたのだといえる。

テキスト（文学）とイメージ（絵画）の関係は、たとえば古代ローマの叙情詩人のホラティウスが「絵は詩の如く」（『詩論』）と表したように、西欧では絵画や図像と言葉や文学との密接な相互性を理想とする理念が成立していた。一方、日本では平安時代以来の絵巻の詞書《ことばがき》や、葦手絵《あしでえ》にみる文字の装飾、中世におけるお伽草子、「書画一致」や「詩書画三絶」の理念をもつ水墨画や画賛、江戸時代の絵入本や絵本などの物語と挿絵の関係、引用や比喩に俳諧や戯曲を用いた摺物絵、字隠絵《じかくしえ》や文字絵などの仕掛け絵や、コトバを絵に置き換えた判じ絵などの事例に見られるように、両者は独立した存在ではなく一体のものとして捉えられてきた。

和歌に関する秘説やそれに基づく図像も単独では意味が成立しない。和歌は秘説の典拠にはなるが、秘説は和歌の音節や文字列から構成されるため、和歌がそのまま図像化されることはない。その秘説をもとに描かれる形は、解明のための図式や図像、解釈のメタファーとして成立するが、図像の形イコール図像としての意味をなさず、和歌と形を通路とする意味の総体が、一つの図像的な世界観を作り出している。だからこそ西欧的なテキストとイメージのように、それぞれに意味と役割を分割することはできない。和歌をめぐる図像とは、言葉の形と形の言葉による注釈的な連想の内に図像化され、意味が溶け合う一つの形として捉えることができるのではないか。

▼参考文献
伊藤聡『中世天照大神信仰の研究』法蔵館、二〇一一年
小川豊生編『日本古典偽書叢刊第一巻　和歌古今灌頂巻　玉伝深秘巻　伊勢物語髄脳』現代思潮新社、二〇〇五年
武井和人・西野強編『古今集古注釈集成　一条兼良自筆　古今集童蒙抄［影印付］・校本古今三鳥剪紙伝授』笠間書院、二〇一三年
三輪正胤『歌学秘伝の研究』風間書房、一九九四年

山本ひろ子『異神』平凡社、一九九八年
慶應義塾大学附属研究所斯道文庫監修『古今集注釈書影印叢刊4　古今密勘註　古今灌頂巻・和謌灌頂試合秘密抄・幽旨』勉誠出版、二〇〇九年

※本文中の引用文には、読者の便を考えて濁点を入れました。

2 庭園

六《りく》義《ぎ》園《えん》から歌を見る――日本文化の力

島内景二

和歌では、現在だけでなく、過去も未来も歌える。どんなに長い時間でも収納できる和歌には、人間の営んできた歴史が結晶している。文化が進化してきた道筋を示す標本のようだ。そして和歌は、自分の生きている場所だけでなく、想像力で外国のことも歌えるし、宇宙のことも取り込める。つまり、広大な空間を凝縮した地図・地球儀・天体図のようだ。時間と空間を凝縮できる和歌は、これまでの文化の蓄積を踏まえて、新しい文化を作り出す貴重なエネルギー源となる。

生命力に満ちた和歌の力の具体例を、大名庭園の傑作と言われる駒込の六義園に探ってみよう。

空間芸術を目指した和歌

長い歴史を誇る日本文学で、長く玉座に君臨したのが短詩形韻文である「和歌（短歌）」と、和歌を取り込んだ『源氏物語』だった。和歌は本来、時間芸術である。

袖沾《ひ》ちて結びし水の凍《こほ》れるを春立つ今日《けふ》の風や融《と》くらむ（『古今和歌集』春上・紀貫之）

（暑い夏には袖を濡らして手に汲んだ水は、寒い冬の間は凍っていた。けれども、今日は立春。きっと暖かい風が東から吹いてきて、冷たい氷を融かしてくれることだろう）

夏から立春までの長い時間が、この歌の中には流れている。その間には、さまざまな出来事が、歌を詠んだ人の上にも起きたことだろう。

このように、春夏秋冬の四季の推移や、恋の始まりから恋の成就、恋の終わりまでというように、和歌には時間が内在している。旅の歌にも、旅立ちと旅の途中、そして旅からの帰還という時間の流れがある。

「今の悲しみ」を歌い上げる絶唱もあるが、これも歌によって時間を止めようとするものだから、時間芸術の窮極の姿と言ってよい。

一方で、時間芸術とは別に、空間芸術がある。「文学や音楽は時間芸術で、美術や建築が空間芸術である」という説明が、最もわかりやすい区別だろう。

ところが、時間芸術でありながら、空間芸術となりおおせた和歌がある。たとえば、『伊勢物語』第九段の八橋《やつはし》の場面。恋の挫折から都を逃れた在原業平《ありわらのなりひら》は、東下りの途中、八橋で「かきつばた」の花を見て、和歌を詠んだ。この歌は、「五七五七七」の五句それぞれの最初の一字に、「かきつばた」を置いていた。

から　ころも
き　つつなれにし
つ　ましあれば
は　るばるきぬる
た　びをしぞおもふ

「かきつはた」を、耳で聞いただけで理解することは困難である。紙に書かれた「五行分《わ》かち書き」を目で見たり、頭の中で想像したりして初めて、感動が湧いてくる。文字の記された空間を必要としているから、この歌は空間芸術である。と同時に、都から三河の国の八橋まで、はるばる下ってきた旅の時間を内在しているので、時間芸術でもある。つまり、時間と空間とが立体化し、重層している、ということである。

六義園の遊芸門と久護山

ところで、空間芸術へと昇華した和歌の最高傑作が、江戸時代の六義園《りくぎえん》である。徳川綱吉

（一六四六～一七〇九）の側用人《そばようにん》として絶大な権力を掌握した柳沢吉保《やなぎさわよしやす》（一六五八～一七一四）が造営した大名庭園である。「和歌の庭園」と呼ばれることが多い。時間芸術である和歌が、庭園という空間芸術と化した奇蹟を、二十一世紀の今日まで伝えている。

六義園は、東京都文京区駒込の地にある。完成した元禄十五年（一七〇二）の頃は、武蔵の国である。広大な武蔵野の、まさにど真ん中に出現した「和歌の庭園」。それが、六義園だった。

元禄時代には、むろん山手線は走っていなかった。人々は、山手線の駒込駅からではなく、神田川に架かる一口橋《いもあらいばし》（現在の昌平橋《しょうへいばし》のあたり）を渡り、儒学の拠点である湯島聖堂の前を通り、加賀前田家の屋敷（現在の東京大学）の前を通り、六義園の東側に到着した。六義園の入口は、現在は南側にあるが、かつては東側にあった。

地図で確認すると、六義園は、江戸城のほぼ真北に位置している。江戸城の艮《うしとら》（北東＝鬼門）に位置する湯島聖堂が、儒学の力で江戸城の将軍・綱吉を守る役割を担っていたとすれば、北に位置する六義園は「和歌の砦《とりで》」だったのである。ちなみに、江戸城の乾《いぬい》（北西）の方角には護国寺があり、仏教の力で綱吉を守っている。湯島聖堂の復興も、護国寺の創建も、そして六義園の造営も、綱吉の時代になされている。

六義園の東側の入口は、「遊芸門」（ゆうげいもん、ゆきのもん）と名づけられていた。六義園には「八十八境」と呼ばれる八十八の名所があるが、音読みと訓読みを併用することが多い。「遊芸《ゆうげい》」（芸に遊ぶ）は『論語』にある言葉で、為政者には教養を楽しむ心の余裕が大切である、という意味である。ただし、地名（国名）の「安芸」を「あき」と発音することから、「遊芸」

を「ゆき」とも読んでいる。ちなみに、「遊」という字は、「ゆ」の変体仮名でもある。これは「靫《ゆき》」(矢を入れて背負う武具)の掛詞《かけことば》だと思われ、神社の随身門《ずいじんもん》の矢大臣が矢を背負って神域を警護しているように、六義園の主である柳沢吉保が、江戸城を南に望む武蔵野の「北の守り」を固めていることを示している。

和歌は平和を作りだし、維持するための武器であり、天下泰平を謳われた元禄の御代、すなわち五代将軍徳川綱吉の治世を守る手段だったのである。

六義園の最北端には築山《つきやま》があり、毘沙門天《びしゃもんてん》を祀《まつ》る祠《ほこら》があった。毘沙門天は、多聞天《たもんてん》とも言われるが、北方にあって帝釈天《たいしゃくてん》を守る四天王の一人である。すなわち、柳沢吉保は、「帝釈天＝徳川綱吉」を守る毘沙門天だった。

毘沙門天を祀る築山は、「久護山《ひさもりやま》」と命名された。にわかには信じがたいけれども、この「久護」は、「毘沙門」と同じ意味だと言う。

「毘沙門」は、「びしゃもん」のほかに「びさもん」とも発音する。当時の日本語の表記は、濁点を表記しなかったから、「ひさもん」と書く。

ところで、「雁」という鳥は「がん＝かん」のはずなのに、「かり」とも発音する。また、「播磨」という地名も、普通なら「ばんま＝はんま」のはずなのに、「はりま」と発音する。この二つの例から、「ん」は「り」と置換可能である、という結論が得られる。

そこで、「ひさもん」は「ひさもり」であり、毘沙門《びさもん》を祀る築山は久護山《ひさもり》であるということになる。

この強引ながら、反論の難しい「掛詞＝駄洒落」を唱えたのは、北村季吟《きぎん》（一六二四〜一七〇五）という和学者である。『源氏物語』と『古今和歌集』の最高権威で、『湖月抄《こげつしょう》』という『源氏物語』注釈の決定版を刊行し、「古今伝授」の伝統を受け継いだ季吟は、元禄二年（一六八九）、柳沢吉保によって京都から江戸へと招かれていた。

季吟は、綱吉と吉保とが作り上げた「元禄文化」を支えるブレーンだった。政治家である吉保の夢の結晶である六義園は、源氏学者にして歌人でもある季吟の夢の結晶でもあった。和歌の教えを現実のものとする、すなわち、和歌の教えを空間化すること。それが、京都から江戸まで、はるばる「東下り」してきた季吟の野望だった。

武蔵野のど真ん中の大海原

季吟は、江戸に下ってくるまで、京都の新玉津島《にいたまつしま》神社（現在の下京区）に住んでいた。ここは、中世の和歌文化の源流である藤原定家《ていか》の父俊成《しゅんぜい》の居宅の跡地という伝承もあり、紀州（紀伊の国）の玉津島神社を都に勧請《かんじょう》したので、「新玉津島神社」と言われる。本家の玉津島神社は、海に面している。『万葉集』で、山部赤人《やまべのあかひと》が「和歌浦《わかのうら》に潮満《しほみ》ちくれば潟《かた》を無《な》み蘆辺《あしべ》を指《さ》して鶴《たづ》鳴《な》き渡《わた》る」と歌った和歌浦の海である。和歌浦に潮が満ちてくると、干潟が無くなってしまうので、蘆辺の方へと、鶴が鳴きながら飛んでゆく、という情景である。

定家の子孫は、二条《にじょう》家・京極《きょうごく》家・冷泉《れいぜい》家の三つに分裂したが、中世の和歌文化の正統を任じたのは、二条家である。定家の曾孫に当たる二条為世《ためよ》の門下で、「四天王」と称された歌人たちの筆頭が、頓阿《とんあ》（一二八九〜一三七二）。『徒然草』を著した兼好も、四天王の一人である。頓阿の子孫は、代々、歌壇の権威だったが、この教えが、後に「古今伝授」として歌壇のみならず文化的に重きを置かれるようになる。なおかつ、頓阿は、新玉津島神社を室町時代に再興した人物でもあった。

江戸時代の季吟は、新玉津島神社の社司《しゃし》（神官）を勤めることで、俊成や定家や頓阿を経由して「古今伝授」として集大成された中世の和歌文化を体現したのである。その実績を引っ提げて、江戸に下ってきた。

彼の役職は、幕府歌学方《かがくかた》。簡単に言えば、将軍の和歌指南である。むろん、大奥の女性（将軍の母や妻室たち）にも、和歌を指導する。大奥に出入りする「奥医師《おくいし》」待遇になるため、季吟は髪の毛を剃って僧体になった。肖像画では、頭巾をかぶった姿で描かれている。季吟は加えて、将軍綱吉から寵愛されて五百三十石から十五万石の大名へと上り詰めた「側用人《そばようにん》」柳沢吉保とその妻室の和歌指南も、個人的に行った。かくて季吟は、柳沢吉保の下屋敷である駒込の敷地を、六義園とする構想にも深く関わることになった。

吉保は季吟と出会う以前から、駒込の造園に着手していたが、「六義園八十八境」の構想が具体化したのは、季吟と親しくなってからである。正確には、季吟から古今伝授を受ける前後からである。

ここは、武蔵野。丈《たけ》の高い草が見晴るかすかぎり生《お》い茂る、広漠とした原野である。駒込は、「山里《やまざと》」とも称される。その山里の真《ま》っ直中《ただなか》に、和歌浦の海岸風景が忽然として出現した。

これは、元禄九年（一六九六）に開削された千川上水の水を、惜しげもなく取り込むことで初めて出現可能となった「幻の大海原」なのだった。

この大海には、紀《き》ノ川《かわ》の水が注ぎ込んでいる。「紀ノ川」の「紀」は、紀貫之の「紀」。実は、千川上水を六義園に取り込む場所に、八十八境の一つである「紀川上《きのかわかみ》」という名所が作られている。ここから、『古今和歌集』の和歌に関する秘説である「古今伝授」の教えが、庭園の中を流れ始めるのだ。そして、時計回りに一周して、和歌浦の大海に注ぐのである。

だから、六義園を時計回りに一周すれば、紀貫之から流れ始めた和歌の長い歴史をたどることができる。すなわち、和歌が詠まれ続けてきた時間が、六義園の空間として造型されている。時間芸術である和歌を空間化したのが六義園であると、これまで述べてきたのは、この意味だったのである。

新玉松という和歌の聖地

六義園の中央部には、水が漫々と湛《たた》えられている。それは、紀ノ川が和歌浦に注ぎ込むまでの水の流れによって、「今に生き続ける」和歌の歴史と生命力を象徴させるためだった。

和歌は、水である。

和歌の神は、水の神である。

それは、民俗学者の折口信夫《おりくちしのぶ》が唱えた「水の女」という発想とも共通している。「人間の作った罪」を清める女神の癒《いや》しの力が和歌にはある、ということである。

和歌の神を、「和歌三神《さんじん》」と言う。そのうちの一人(一柱)が、玉津島明神である。玉津島姫、あるいは衣通姫《そとおりひめ》とも言う。この和歌の女神を祀ったのが、和歌浦の海辺に建つ玉津島神社であり、それを都(京都)に勧請したのが、新玉津島神社だった。

この「新玉津島神社」の和歌の女神が、古今伝授を体現した北村季吟と共に、京都から東海道を下り、はるばると江戸へ下ってきた。そして、駒込の山里に忽然と出現した紀州和歌浦の大海のほとりに、鎮座ましましたのである。

水、水、水。

右を見ても、左を見ても、水ばかり。

圧倒的な水の量。それは、『源氏物語』と『古今和歌集』などの研究に一生を費やした北村季吟が、書斎ではどんなに願っても叶えられない夢の具現だった。実際、京都の新玉津島神社の境内には、水がない。それが、綱吉と吉保(将軍+側用人)の権力と財力で、江戸の武蔵野のど真ん中に出現したのだ。

六義園を初めて訪れた人は、「なんだ、ここには、ただ水があるだけじゃないか」と思うかもしれない。だが、その「水がある」ことが、和歌の生命力が永遠であることを保証していたのである。「遊芸門」を潜《くぐ》って、この庭に遊ぶ者は、「永遠」に触れることができる。その永遠こそ、和歌の別名だった。

六義園の海の東側には、八十八境の一つ「新玉松《にいたままつ》」という名所があり、七本の松が植えられていた。本家の玉津島神社には、鳥居の替わりに七本の松が立っていた、という古い伝承がある。ちなみに、六義園のプランナーである北村季吟は、「七松子《しちしょうし》」という号も持っていた。北端の久護山は、将軍を守る「毘沙門天＝多聞天」だった。それに対して、新玉松は和歌の女神である玉津島姫（＝衣通姫）を祀り、和歌を愛する人すべてを「永遠」へと連れてゆく役割を担っている。ここが、六義園の真の「聖地＝サンクチュアリー」である。

『古今和歌集』には、紀貫之が和文で書いた「仮名序《かなじょ》」がある。ここに、和歌には「六種《むくさ》＝六種類」があると書いてある。これは、漢詩で書かれ、儒教の精神を体現しているとされる『詩経《しきょう》』が、漢詩の種類を「六つ＝六義《りくぎ》」だとしていることと対応している。中国と日本、漢詩と和歌、儒教と神道が、立体化しているのである。六義園の別名が「六種《むくさ》の園《その》」であるゆえんである。

さて、『古今和歌集』には、仮名序のほかにもう一つ、紀淑望《きのよしもち》が漢文で書いた「真名序《まなじょ》」がある。その真名序にあって、仮名序にはない、重要な文章がある。大意を示そう。

「どんなに地位が高くて、権力がある人でも、また、どんなに巨富を蓄えた富豪であったとしても、人間は死んでしまったら、それまでで、その人がこの世に生きた証《あかし》は、すぐに朽ち果ててしまう。ところが、歌人は、和歌の力で、どんなに時代が経《た》っても、その人の名前は永遠に語り継がれる」。

これが、永遠の思想である。

和歌は、人間が永遠へ至る有効な、いや、唯一の道である。

そして、和歌は水に宿る。

正しく生きるとは

徳川綱吉と柳沢吉保は、はなはだ学問を好んだ。この時代の学問とは、「儒学＝朱子学」のことである。だから、吉保が駒込に造営した庭園も、正式名称は「六義園」だった。綱吉と吉保は、政治家として「天下泰平」の元禄時代を永続させたいと念願している。すなわち、平和の維持である。

平和。

「パックス・トクガワーナ」（徳川の平和）とも呼ばれる江戸時代の長期間の平和は、日本史上、まことに珍しいことだった。

平和の反対語は、戦争。そして、内戦。応仁の乱（一四六七年）を端緒として、全国的規模で下克上の戦闘が拡大した。この戦国時代の大混乱が収束したのが、大坂夏の陣（一六一五年）だった。数百年ぶりに訪れた平和を、これからどうすれば維持できるのか。

まずは、儒学の力を利用することである。人間関係、中でも主従関係の秩序を肯定することで、平和は維持できる。そのためには、「上に立つ側」である為政者の心の持ちようが重要となる。

現在の六義園は、庭園部分だけである。だが、江戸時代の柳沢家の下屋敷は、北半分が六義園であり、それとほぼ同じ広さの敷地が南側にあり、多くの建物が建ち並んでいた。建物部分と庭園部分との境界に、「六義館」（りくぎかん・むくさのたち）という建物が建っていた。ここから眺めると、和歌浦の海岸風景が開けているという、絶好のロケーションである。その六義館から庭園を望む正面に、八十八境の一つ「風雅松」という名所があった。音読みすれば「ふうがしょう」、訓読みすれば「かぜただしきまつ」である。

「風」と「雅」は、儒教精神に基づく『詩経』に言う「六義」のうちの二つである。柳沢吉保が自ら六義園造営の意図を書き記したとされる『六義園記』は、実際には北村季吟が執筆したと思われるが、そこでは、「風雅松」について、「風」と「雅」は「太平」の御代を生きる人々の喜びの表現だとされている。「雅」を「ただし」と呼ぶのは、為政者の正しい心がけによって、正しい政道が実現するという儒学の理念を表している。その心の持ち方を象徴しているのが、「風雅松」という松なのである。

人間が、ことに、政に携わる立場の人間が、「正しく生きる」とは、どういうことなのか。その答えは、この六義園に滞在し、六義園を歩き、眺め、思索することで得られる。だから、六義園は、「正しく生きる」とはどういうことなのかを考える空間である、と定義できる。

けれども、「正しく生きる」ヒントになるのは、儒学に限ったことではない。和歌もまた、「正しい人生」を願っている。たとえば、中世の和歌文化の源流である藤原定家は、源平争乱の激動期を生きた。そして、室町時代に「古今伝授」が受け継がれたのは、戦国時代の戦火の最中《さなか》だった。

『古今和歌集』や『源氏物語』の教えを受け継いだ古今伝授とは、「平和への祈り」の別名だったとも言える。この国にもいつか、きっと、平和な時代が来る。平和とは、自分の周りに、大切な人間関係が構築され、拡大してゆくことである。

主従関係、朋友関係、夫婦関係、親子関係、師弟関係。このような人間関係のネットワークを生み出す力が、和歌と物語にはある。なぜならば、『古今和歌集』の仮名序で宣言されているように、「男《をとこ》・女《をんな》の仲を和《やは》らげる」力が、和歌には備わっているからである。孤独な男と、孤独な女とを結びつけ、愛し合う男女を作り上げるのが、恋歌である。そして、和歌を用いて人間関係を作り上げるプロセスこそが、物語なのである。

このような人間関係を生み出す和歌の力を信じるからこそ、戦乱の時代に、和歌と物語が研究され続けた。その蓄積が、北村季吟によって駒込の六義園に注ぎ込まれた。

正しい人生。それを、儒学と和歌とのそれぞれのスタイルで教えてくれる庭園。それが、六義園である。

楽しく生きるとは

「正しい人生」が、そのまま「楽しい人生」あるいは「美しい人生」である時、私たちの心は大きな安らぎに包まれる。

和歌というジャンルは、「生きる喜び」と直結している。春夏秋冬の四季折々に人々の目を楽しませてくれる植物や動物、気象などの「自然」。愛する人と結ばれたいと願う「恋」。和歌のテーマは、「楽しい人生」と「美しい人生」そのものである。

六義園は、水の庭である。紀ノ川が、和歌浦の海に注ぐあたり、水の中に島が浮かんでいる。「中の島」である。

この中の島に、「妹山《いもやま》」「背山《せやま》」「玉笹《たまざさ》」という名所が設けられている。八十八境のうちの三つである。これらの名称の起源となっているのが、藤原信実《のぶざね》の歌である。

妹背山《いもせやま》中に生《お》ひたる玉笹の一夜《ひとよ》の隔てさもぞ露けき（『夫木和歌抄』）

妹山は「女＝妻」、背山は「男＝夫」の比喩である。笹には「節《よ》」（＝ふし）があるので、「一夜《ひとよ》」が「一節《ひとよ》」の掛詞。妹山と背山とを隔てているのが、玉笹である。玉笹の節と節との間が短いように、ほんの一夜、逢えないだけでも、愛し合う男と女は悲しくて、玉笹に朝露が降りるように、涙をこぼしてしまう。

だが、この歌は、逢えない恋の苦悶を歌っているのではない。「逢いたい」「結ばれたい」という願いを強調している。その証拠に、妹山と背山とを隔てている「玉笹」は、男性の陽物を象った石である。生命力と子孫繁栄の願いが、ここには籠《こ》められている。

中の島に渡ってすぐの場所には、やはり八十八境の一つ「鶺鴒石《せきれいせき》」がある。『日本書紀』によれば、イザナギとイザナミが初めて男女の交わりをした時、その手本を示したのが鶺鴒の雌雄だったとされる。鶺鴒の別名は、「嫁教鳥《とつぎおしえどり》」である。

六義園は、男女の愛が、親子関係へと発展してゆく空間でもあった。

人は、なぜ生きるのか

人は、何のために生きているのか。人間は、どこから来て、どこへ行くのか。この根源的な疑問に答えることができなければ、「正しい人生」も「楽しい人生」も「美しい人生」も、たちどころに雲散霧消してしまうだろう。

人生に、意味はあるのか。それに答えるのは、現代では哲学の役割である。江戸時代では、宗教であり、武士たちにとっては、禅であった。柳沢吉保は、若い頃から禅の修行を積んでいた。

六義園の八十八境には、「座禅石《ざぜんせき》」がある。また、宇治の黄檗山万福寺《おうばくさんまんぷくじ》の高僧たち（中国からの渡来層）も、六義園にしばしば招待されて、吉保と禅問答を繰り広げている。

六義園は、ここを訪れた者が、人生の意味を自力で見つけるための空間だった。

古代から現代まで

六義園の八十八境を一つ一つ見てゆくと、「古今東西」という言葉が思い浮かぶ。六義園の中を流れる水が、『古今和歌集』の紀貫之の教えを水源としていることは、以前に述べた。また、「和歌三神」の一人（一柱）である衣通姫が「新玉松」に鎮座していることも述べた。衣通姫は、『古事記』や『日本書紀』に登場する古代の神（人物）である。

六義園には、古代の和歌、すなわち、『万葉集』の和歌の要素は、どのくらいあるのだろうか。

「和歌三神」には、衣通姫のほかに、柿本人麻呂《かきのもとのひとまろ》と山部赤人《やまべのあかひと》がいる。共に、『万葉集』を代表する歌聖である。山部赤人は、六義園がその景を模した和歌浦で、「和歌浦《わかのうら》に潮満ちくれば潟《かた》を無《な》み蘆辺《あしべ》を指して鶴《たづ》鳴き渡る」の名歌を詠んだことから、六義園八十八境の中に、「蘆辺《あしべ》」という名所を残している。また「仙禽橋」（せんきんきょう・たづのはし）も、鶴が鳴きながら飛んでゆくのだから、赤人の和歌に因んでいる。さらに、中の島には、「詠和歌石」（えいかせき）という石があり、烏帽子《えぼし》をかぶった赤人が、「和歌浦に……」という和歌を、まさに詠もうとしている姿を象っている。

柿本人麻呂に因む命名は、八十八境の最初である「遊芸門」の次に、二番目として「見山石」（けんさんせき・やまみるいし）がある。この名前は、人麻呂（人丸）の和歌に基づいている。

大己貴神《おほなむち》・少名毘古那神《すくなみかみ》の造《つく》れりし妹背の山を見るぞ嬉しき（『拾遺和歌集』神楽歌）

「大己貴神」は大国主命《おおくにぬしのみこと》のことで、少名毘古那神は、大国主と協力して国造りをした「小さ子」の神である。この和歌は、大国主命が将軍綱吉、少名毘古那神が側用人である柳沢吉保の比喩となっている。

歌聖・柿本人麻呂が「見山石」に座って眺めているのは、妹背山である。男女和合・君臣和楽・子孫繁栄・天地長久のシンボルである。

このように、六義園には、古代の神や『万葉集』の歌聖たちも招き入れられている。彼らが見守る先に、『古今和歌集』から流れ始め、天下泰平の元禄時代まで流れ続けた「和歌の道」がある。

日本と中国と天竺

次に、「古今東西」の「東西」の要素について考えてみよう。これまで見てきたように、六義園には、古代から王朝・中世を経て、元禄時代に至るまでの和歌の歴史が空間化されていた。古代の和歌三神も、紀貫之のような王朝の歌聖も、藤原定家や藤原家隆《いえたか》などの中世の歌聖たちも、六義園の水の流れを豊かなものにしていった。ここには、日本の文化が、まるごと凝縮している。

この庭園には、中国の名所も存在している。「六義園」という名称は、中国古代の儒学に因んでいた。また、八十八境の一つ「剡渓流」（ぜんけいのながれ）は、王子猷《おうしゆう》が雪の日に舟に乗って友人を訪ねたが、舟から眺める気色に興じ、それで満足し、友人に会わずして帰ったという故事に因んでいる。王子猷は、書聖として知られる王羲之《おうぎし》の子である。

加えて、「座禅石」で述べた禅宗の要素も六義園にはあるが、禅は天竺《てんじく》（インド）から達磨《だるま》が伝えた教えである。

六義園は、日本と中国と天竺の空間が、古代から現代までの時間と共に収納されている庭園だった。仏教語の「世界」という言葉の「世」は時間、「界」は空間を意味している。ならば、六義園には世界のすべてがある。

六義園は、世界そのものの姿を形象している。

六義園には、世界のすべてが存在するだけではない。世界のすべてが、一つの秩序のもとに整理されているので、この庭園を歩く人には大いなる安らぎに包まれる。この「安らぎ」こそ、「平和」の別名なのである。

和歌は、異文化と調和する

奈良東大寺の正倉院には、シルクロードを経由した大陸の文物が収蔵されている。文物だけではない。日本は大陸から、さまざまな思想や宗教や政治システムを移入してきた。

舶来の思想や宗教は、元から我が国に存在していた思想や宗教と、当初は激しく対立し、時には排撃運動まで起きたりした。ところが、いつの間にか、「神仏習合《しんぶつしゅうごう》」が成し遂げられ、仏と神は同じものだとする「本地垂迹説《ほんじすいじゃくせつ》」も出現した。現代日本では、キリスト教のクリスマスやバレンタイン・デーも、日本の習俗に溶け込んでいる。

江戸時代は鎖国政策が取られていたが、長崎では医学などの「蘭学」が積極的に学ばれた。この時は、「和魂洋才《わこんようさい》」という理念で、日本とオランダが共存していたのだった。

六義園は、なぜ、二十一世紀の現在、日本文化の来し方と行く末を考える際に、重要なのか。その答えは、一つ。この庭園では、日本・中国・天竺の異文化、すなわち、神道と儒学と禅（仏教）とが、調和しているからである。そして、その「調和＝平和」の接着剤となっているのが、「和歌」だからである。和歌は、人間関係の接着剤であるだけでなく、異文化を統合させ、調和を作り出す文化統合システムとして、有効に機能している。「日本＝和国」の誇る和歌は、異文化の対立を和解させ、融和させるのだ。

柳沢吉保は、儒学を学んだ。また、禅も修行した。その吉保が、北村季吟から「古今伝授」を受け「和歌の力」を手に入れた時、彼が体験してきた文化のすべてが、一つに統合され、穏やかな調和を生み出した。

正しい人生は美しい人生となり、人生の意味を問うことが人生を肯定することにつながった。その奇蹟は、「日本・中国・天竺」の三層構造の根底に、日本の和歌を据えることで達成された。六義園は、「和歌の庭園」だった。和歌は、和歌以外のすべての異文化を吸収できる。

現在の六義園では、柳沢吉保が造営した当初の六義園には存在しなかった「しだれ桜」が名物となり、躑躅の花が咲き誇る。その一方で、「久護山」は崩され、「新玉松」も跡形もない。けれども、そういう変化を受け入れ、現代人にアピールする六義園へと進化してゆくエネルギーが、この「和歌の庭園」それ自体に内在していた。

世界に向かって常に開かれ、変化を取り込むことで、日本文化の本質を変容させ、新しい時代に適応した文化を生み出す。それが、和歌の力だった。

和歌・短歌の生命力

考えてみれば、現代短歌は、まことに不思議な文学ジャンルである。

仮名づかいの面では、「歴史的仮名づかい」でも、「現代仮名づかい」でも認められる。文法の面では、文語と口語のどちらも許容される。だから、現代仮名づかいの文語短歌もあるし、歴史的仮名づかいの口語短歌も存在している。

歌風では、万葉調でも、古今調でも、新古今調でも、玉葉風雅調でも、明星調でも、アララギ調でも、前衛短歌でも、自由律短歌でも、すべて存在を認められる。

ここに、「和歌・短歌」という三十一文字（三十一音）の短詩形文学が、千三百年以上も、人々の思いを吸い上げるジャンルとして機能し続けてきた最大の理由がある。

歴史の変革期においては、変化があまりにも速いので、それまでの歌の詠みぶりや、歌に対する解釈では、どうしても時代の変化に適応できなくなる。そういう時に、危機感を強く抱いた歌人によって、新しい短歌が創造される。それが、藤原定家だったり、正岡子規だったり、塚本邦雄だったりした。天才たちの働きかけによって、「和歌・短歌」は突然変異を起こし、「歌のＤＮＡ」が組み換えられたのだ。だが、次なる歴史と文化の変革期には、別の天才が新しい突然変異を主導することになる。

ところが、突然変異を起こさなかった「和歌・短歌」も、消滅しないでそのまま残る。その時代には適応できなかったとしても、数十年後、あるいは数百年後に、新鮮な感動で迎えられ、復活することがある。だから、現代短歌は、百花繚乱・百花斉放なのである。

和歌、そして『源氏物語』の力を信じる

六義園のプランナーだった北村季吟は、『古今和歌集』のみならず、『源氏物語』の最高権威だった。季吟の『湖月抄』は、『源氏物語』に関する最高の注釈書である。『湖月抄』には、藤原定家から季吟まで、五百年間もの『源氏物語』の読まれ方の歴史が堆積している。本文の横の「傍注《ぼうちゅう》」や、本文の上部の「頭注《とうちゅう》」に記された「読みの蓄積」は、『源氏物語』の読まれてきた時間を見事に空間化している。

六義園は、「水、水、水」だった。『湖月抄』もまた、「注釈書、注釈書、注釈書」である。定家、四辻善成《よつつじよしなり》、一条兼良《かねら》、宗祇《そうぎ》、三条西実隆《さんじょうにしさねたか》、細川幽斎《ゆうさい》、松永貞徳《ていとく》たちの『源氏物語』の読み方が、水のように滔々と流れている。現代を生きる私たちが、『源氏物語』の生命力をつないできた先人たちの下流に位置することが、感動と共に納得できる。

これまでに試みられたさまざまな読みのすべてを知り、それを否定せず、重層・立体化させ、調和させること。なおかつ、それで満足せず、二十一世紀のコンピューターの普及による「知のグローバリゼーション」の衝撃を、これまでの『源氏物語』の読まれ方の総体の上に、一段、積み上げること。そして、全体を転覆させずに、安定させること。そこから、現代人しかできない、世界に開かれた『源氏物語』の新しい読み方が姿を現す。

『古今和歌集』の和歌と、『源氏物語』の物語は、共に「古今伝授」の柱だった。時代に適応して変異し続けてきた。しかも、伝統を活かしながら、現代的でもありうる。それが、日本文化のエネルギーだった。

駒込の六義園は、そのような「古き良き日本の文化システム」の最良の遺蹟である。この庭園を歩きつつ、自分が「今、ここ」で生きていることの幸福を感じることができたら、和歌と物語の日本文化は、二十一世紀の今日にも生きていることになるだろう。そして、その人の「今、ここ」を自分らしく生きたいという切実な意欲によって、日本文化は現代にふさわしく変異することになるだろう。

3 占い 神が降りる、神と遊ぶ——歌占《うたうら》の世界

平野多恵

神社でおみくじを引くと和歌が書かれている。和歌は神のお告げである。素戔嗚尊《すさのおのみこと》が三十一文字の和歌をはじめて詠んだと伝えられて以来、日本の神は和歌を詠むと考えられてきた。お告げは夢や霊能者を通じて和歌で伝えられ、やがて和歌による占いも生まれた。それが「歌占《うたうら》」である。

神と人は和歌で心を通わせた。歌占の世界をひもといて、神と人をつなぐ和歌のありようを明らかにする。

✿おみくじ

京都祇園に八坂神社がある。毎年七月、疫病神を鎮《しず》める祇園祭が一ヶ月にわたって行われ、大勢の人でにぎわう。本殿の前に並んで順番を待ち、お賽銭を入れ、柏手を打って参拝する。御祭神は素戔鳴尊《すさのおのみこと》とその妻の櫛稲田姫命《くしいなだひめのみこと》の夫婦神だから、恋愛に御利益のあるパワースポットとしても人気が高い。

おみくじを引くと、「第一番 大吉」の文字が目に飛び込んでくる。「恋愛」の項目には「神の導きにより、周りから祝福される実り多き御縁となるでしょう」とあって、思わず笑顔になる。

ひときわ大きく書かれているのが次の和歌である。

八雲《やくも》立つ出雲《いずも》八重垣《やえがき》つまごみに八重垣つくるその八重垣を（八坂神社・おみくじ）

（雲がわき出して幾重もの垣をめぐらしたように見える。私も妻を住まわせる宮殿を造って幾重もの垣を作りめぐらそう。）

和歌の横に「祇園八坂神社の御祭神である素戔鳴尊とその妻の櫛稲田姫が御結婚の際に詠まれた日本で最初の和歌」と書いてある。この歌は、素戔鳴尊が結婚して出雲の国に宮殿を新しく造って、ともに住もうとしたとき、その地に雲が立ちのぼるのを見て詠んだと神話に伝えられている。おみくじを引いてこの歌が書いてあったら、どれほど嬉しいことか。恋する人と結ばれて大切にされるという神さまのお告《つ》げなのだ。

この出雲八重垣の歌は、日本で最初の五七五七七、五句三十一文字の和歌として伝承されてきた。『古今集』（延喜五年（九〇五）成立説が有力）の仮名序《かなじょ》には「ちはやぶる神代には、歌の文字も定まらず、素直にして、言《こと》の心わきがたかりけらし。人の世となりて、素戔嗚尊よりぞ三十文字あまり一字は詠みける」とある。神々の時代には歌の文字数も定まらなかったが、人間の時代となるころに素戔嗚尊がはじめて三十一文字の和歌を詠んだというのである。

このように、神社のおみくじには和歌が書かれていることが多い。それは、神さまが和歌で心を伝えると考えられてきたからだ。おみくじを引いても吉凶や学問や恋愛などの項目しか読まない人は多いが、そこに書かれた和歌こそがもっとも大切な部分、つまり神のお告げなのである。

神のお告げは夢やシャーマンなどを通じて和歌で伝えられ、やがて和歌による占いが生まれた。それが「歌占《うたうら》」である。和歌は、人が神を招き寄せるときにも用いられた。和歌を通して、神と人はどのように心を通わせたのだろうか。

神のお告げ

日本の神々は和歌を詠み、お告げは和歌で示されることがあった。それを「託宣歌《たくせんか》」という。

平安時代の歌物語《うたものがたり》『伊勢物語』一一七段に、託宣歌の古い例がある。ある帝が住吉神社（大阪市住吉区にある住吉大社）にお参りした。帝は海岸の美しい松を見て、

我見ても久しくなりぬ住吉の岸の姫松いく世経ぬらむ（『伊勢物語』）
（私が見ても長い年月を経ているように見える、住吉の岸の見事な松は、どれくらい時代を経ているのだろう。）

と詠んだ。すると、住吉の神が姿を現して、こう詠んだ。

むつましと君はしら波みづがきの久しき世よりいはひそめてき（『伊勢物語』）
（私があなたを親しく思っていることを知らないでしょう。遠い昔から大切にお守りしてきたのです。）

「白波《しらなみ》」が詠み込まれているのは、当時、住吉神社が海岸近くにあったからだ。岸に寄せる「白波」には、「知ら」ない、が掛けられている。「みづがきの」は「久し」につく枕詞《まくらことば》で、神社の周囲をめぐる「瑞垣《みづがき》」のことだ。神は松並を詠んだ帝に対し、住吉の岸に寄せる白波や瑞垣を詠み込んで返した。帝と神が住吉という場所で出会い、歌で心を通じ合わせたのである。

神が心を伝えるために和歌を詠んだことは、『後拾遺集《ごしゅういしゅう》』（応徳三年（一〇八六）成立）の神祇部《じんぎぶ》に収められた和泉式部と貴船明神《きぶねみょうじん》の歌のやりとりからもわかる。恋人捨てられた和泉式部は、貴船神社に参詣し、御手洗《みたらし》川で蛍が飛ぶのを見た。和泉式部は思い悩んで、さまよい出そうなおのれの魂を、ゆらゆらと闇を飛ぶ蛍の光にたとえ、「もの思へば沢の蛍もわが身よりあくがれ出づる魂《たま》かとぞ見る」と詠んだ。

すると、男の声で歌が聞こえてきた。

奥山にたぎりて落つる滝《たき》つ瀬《せ》の玉散るばかりものな思ひそ（『後拾遺集』）
（奥山に激しく落ちる滝の水しぶき。その水玉のように魂が散るほど思いつめてならない。）

貴船の神が恋に破れて思い悩む和泉式部を慰《なぐさ》めたのである。この歌には、和泉式部の歌と同じく、魂を意味する「たま」が詠まれている。おくられた歌と共通のことばを詠み込むのは、相手と心を通じ合わせる贈答歌《ぞうとうか》の方法であった。神は和歌を通して人を励ましたり、諭《さと》したりしたのである。

天皇の命令でつくられた勅撰和歌集《ちょくせんわかしゅう》のうち、神のお告げの歌をはじめて載《の》せたのは『拾遺《しゅうい》集《しゅう》』（寛弘二年（一〇〇五）頃成立）である。巻十の神楽歌《かぐらうた》に、住吉と賀茂の神の歌が二首収められている。続いて『後拾遺集』に、先にあげた住吉と貴船の二首があり、平安時代の終わり頃から、『俊頼髄脳《としよりずいのう》』や『袋草紙《ふくろのそうし》』などの和歌に関する知識や逸話を集めた歌学書《かがくしょ》に、神の託宣歌が多く載せられるようになる。鎌倉時代になると、『新古今集』（建保四年（一二一六）頃成立）の神祇部の冒頭に、日吉・太宰府・住吉・春日・熊野・賀茂・石清水・宇佐八幡と、計十三首もの神の歌が集中して収められている。

これだけ多くの歌が勅撰集などに収められたのは、神のお告げとしての和歌がこの時代に特に重視されたからだろう。ちょうどこの時期、神がかりした巫女《みこ》が託宣歌を示すことが多く見られるようになった。

巫女《みこ》の神がかり

巫女が神がかりして、神の意志を和歌で伝えることを「歌占《うたうら》」という。『後拾遺集』雑六に、神がかった伊勢の斎宮《さいぐう》による託宣歌がある。斎宮《さいぐう》とは伊勢神宮に巫女として奉仕する皇族の女をいう。長元《ちょうげん》四年(一〇三一)、斎宮の媄子《せんし》内親王に伊勢大神が依《よ》り憑《つ》いた。神がかった斎宮は、祭をつかさどる役の大中臣輔親《おおなかとみのすけちか》に、酒を飲む盃《さかずき》を与えようと言って、

さか月にさやけきかげの見えぬれば塵《ちり》のおそりはあらじとを知れ(『後拾遺集』)

(盃の中に清らかな月の光が見えるのだから、塵ほども恐れることはないのです。)

と詠んだ。伊勢の神は、盃に「月」を掛け、そこに映る月の清らかさを詠み、月のように清《せい》廉《れん》であれば少しも恐れる必要はないと伝え、輔親を安心させたのである。ここには「歌占」とは書かれていないが、これは神がかりした巫女によるお告げであり、後の「歌占」の先駆けである。

巫女の歌占は、平安時代末から鎌倉時代にかけて盛んに行われた。白河法皇・鳥羽法皇・後白河法皇には、それぞれ巫女の歌占にまつわる伝承がある。

八幡神の御利益を語る『八幡愚童訓《はちまんぐどうくん》』(鎌倉末期成立)には、後白河法皇の歌占の逸話が収められている。法皇は石清水八幡宮の巫女の託宣が本物かどうかを試そうとして、自分が手に握っているものを当てるよう巫女に命じた。「銀《しろがね》の壷を並べて水を汲めば水は汲まれで富み

ぞ汲まるる」(銀の壺を並べて水を汲むと、水が汲まれるのではなく富が汲み出された)という歌が詠み出され、そこには手の中にある銀の壺がたしかに詠み込まれていた。法皇はこの歌占は真実だと感嘆して信仰を深めたという。

巫女の歌占は、このように即興で詠まれた独自の歌の場合もあれば、有名な古歌に基づく場合もあった。

保元《ほうげん》の乱を描いた軍記物語『保元物語』上(半井本)には、勅撰和歌集に収められた古歌による歌占が描かれている。久寿《きゅうじゅ》二年(一一五五)の冬、鳥羽法皇が熊野本宮の神殿で夜通し勤《ごん》行《ぎょう》していると、こんな夢を見た。

夜中すぎに神殿の扉から白く美しい左手が出てきて、手を表に裏に三度かえして「これはいかに、これはいかに」という声が聞こえてくる。法皇はこの夢のお告げに驚いて、熊野でもっとも評判の高い巫女を呼び寄せて、その神意《しんい》を占わせた。熊野の神が依り憑いた巫女は、

手にむすぶ水に宿れる月影はあるやなきかの世にはありける(『保元物語』)
(手ですくった水に映る月の姿は、あるかないかも分からないほどはかない世の中にあるのだなあ。)

という歌占を出し、夢と同じ仕草《しぐさ》をした。法皇がこれこそ真実の託宣だと思い、その歌の意味をたずねると「来年かならず法皇は崩御《ほうぎょ》し、その後、世の中は掌《てのひら》を返すように変化するだろう」との託宣が示された。次に崩御の時期をたずねたところ、

夏果つる扇《あふぎ》と秋の白露といづれか先に置きまさるべき（『保元物語』）

（夏が終わって涼むのに使った扇を捨ててしまうのと、秋の白露が草葉に置くのと、いったいどちらが先になることだろう。）

という歌に続けて、「夏の終わり、秋の初め」という時期が予言された。最初の「手にむすぶ…」は『拾遺集』哀傷部《あいしょうぶ》に収められた紀貫之《きのつらゆき》の「手に結ぶ水に宿れる月影のあるかなきかの世にこそありけれ」という歌に、次の「夏果つる…」は『新古今集』夏部にある壬生忠岑《みぶのただみね》の「夏果つる扇と秋の白露といづれかまづは置かむとすらむ」に基づくもので、これらの二首によって法皇の崩御の予言が印象深く描かれている。

しかし、この歌占は事実ではなく、物語としての虚構であった。歴史書『愚管抄《ぐかんしょう》』巻四に、この託宣のもとになった記事が載せられているが、それによれば、この託宣は歌占ではなく、託宣の内容も白河法皇（『保元物語』では鳥羽法皇とする）の時代に世の中が変わることを示すだけのものだった。つまり、『保元物語』は、勅撰和歌集に載る著名な古歌《こか》を用いることで、鳥羽法皇の崩御の予言をきわめて印象的な「歌占」として描き出したのである。

室町時代には、『保元物語』にかぎらず、歌占に有名な歌を用いることが一般的になっていたらしい。それを示すのが、次にあげる謡曲『歌占』に見える巫者《ふしゃ》の歌占である。

✿謡曲「歌占《うたうら》」

歌占は本来、人の求めに応じて巫者が神がかりして託宣歌を詠み出し、それを読み解いて占うものだった。しかし、後には用いられる歌が固定され、そこから一首を選んで占う籤《くじ》形式の歌占が行われた。室町時代初期に観世元雅《かんぜもとまさ》がつくった謡曲『歌占』には、そのような歌占の様子が描かれている。

伊勢二見浦の男巫《おとこみこ》である度会《わたらい》の某《なにがし》は、諸国を巡りながら歌占を行っていた。巫者《ふしゃ》が短冊を結びつけた小弓を持ち、その弦《つる》を打ち鳴らす。占いたい人は、その弓の短冊から一枚を選び、巫者はそこに書かれた和歌を読んで、解釈して吉凶を占う。『歌占』には、次にあげる二首の歌が見える。

北は黄《き》に南は青く東白《ひがししろ》 西紅《にしくれなゐ》にそめいろの山（謡曲『歌占』）
（北は黄色に、南は青く、東は白、西は紅に蘇迷盧《そめいろ》の山が染まっている。）

鶯の卵の中のほととぎす しやが父に似てしやが父に似ず（謡曲『歌占』）
（鶯の巣の卵の中に混じっているほととぎすは、あなたの父に似ているようで似ていない。）

この二首は、実の父を探す子ども幸菊丸《こうぎくまる》とその連れの男が、弓の短冊から引いた歌である。
一首目は連れの男が自分の父の病を占ったもので、仏教世界の中心にある須弥山《しゅみせん》（「蘇迷盧《そめいろ》の山」）

が東西南北の四方が異なる色に染まっている様子を詠んでいる。男巫《おとこみこ》は五句目の「そめいろ」を「蘇命路《そめいろ》」と解釈し、父は重病であったが一命をとりとめると告げた。二首目はホトトギスの託卵《たくらん》を詠んだ歌だが、「鶯」は「逢う」ということばと縁《えん》があるから、幸菊丸は探している父にすでに会っていると読み解かれた。そして、それをきっかけに目の前にいる巫者こそが子どもの実の父だとわかることになる。

「そめいろ」を「蘇命路」と解釈したり、「鶯」から「逢う」を導いたり、和歌をどう読み解くかが歌占の醍醐味であり、巫者の力量であった。

この「歌占」に登場する男巫の子孫と言い伝え、歌占に携わった家が江戸時代まで残っていた。伊勢国二見郡三津村の北村家である。『伊勢参宮名所図会《いせさんぐうめいしょずえ》』巻五は、この北村家に伝来する「歌占の弓」の実態を伝えている。その木弓《きゆみ》は長さ三尺（九十cm）ほど、弦《つる》には八枚の短冊が結びつけられている。そのうちの二枚に先の二首が記され、残りの六枚には次の歌が一首ずつ書かれていたという。

ますかがみ底なる影に向かひゐて知らぬ翁《おきな》にあふ心地する（『拾遺集』雑下）

年を経《へ》て花のかがみとなる水は散りかかるをや曇るといふらん（『古今集』春上・伊勢）

末《すゑ》の露もとの雫《しづく》や世の中のおくれさきだつためしなりけり（『新古今集』哀傷・僧正遍昭）

物の名も所によりて変はりけり難波の葦は伊勢の浜荻（『菟玖波集』雑連歌・救済）

ちはやぶる万《よろづ》の神も聞こしめせ五十鈴《いすず》の河の清き水音（典拠不明）

ぬれて干《ほ》す山路の菊の露の間に散り初《そ》めながら千代も経にけり（『古今集』秋下・素性）

各歌の下に典拠を示したが、ほとんどが有名な古歌をふまえている。先に紹介した「北は黄に……」は当時の俗謡《ぞくよう》に、「鶯の……」は『万葉集』巻九の高橋虫麻呂の長歌《ちようか》を改作した当時流行の短歌に基づいている。歌占は、これらの歌を自在に読み解いて行われていたのだろう。北村家のような家の存在から、かつて歌占を職業としていた巫者が数多く実在し、伊勢を拠点として諸国の霊場を巡っていたと考えられている。

神おろしの歌

和歌は神霊を招き寄せるときにも用いられた。そのとき唱《とな》えられる呪文《じゆもん》としての歌が「呪《じゆ》歌《か》」である。室町時代の謡曲『葵上《あおいのうえ》』に、神霊を招くために梓弓《あずさゆみ》を打ち鳴らして神おろしの呪歌を唱える巫女が登場する。「寄人《よりびと》は　今ぞ寄りくる　長浜の　芦毛《あしげ》の馬に　手綱《たづな》ゆりかけ」という歌で、御伽草子《おとぎぞうし》『鴉鷺物語《あろ》』でも鵐《しとど》の巫女が雀藤太《すずめのとうた》の霊を呼び出すために同じ歌を唱えている。

室町時代後期頃の成立とされる御伽草子『花鳥風月《かちょうふうげつ》』は、巫女姉妹の花鳥と風月による、占いと口寄せを描いた物語である。

葉室《はむろ》中納言邸で行われた扇合《おうぎあわせ》で、ある扇に書かれた人物が在原業平《ありわらのなりひら》か光源氏かをめぐって論争になった。それに決着をつけるため、巫女の姉妹が招かれて、短冊の占いと口寄《くちよ》せが行われた。まず姉の花鳥が短冊を取り出して占い、さらに妹の風月が梓弓を打ち鳴らして「思ふこと言はでただにや止《や》みなまし我と等しき人しなければ」（心に思っていることを言わないで、そのまま黙っていようか。私と同じ人はいないのだから）という業平の歌によく似た一首を詠み出すと、それは業平のことばとして人々に受け止められた。

続いて、巫女姉妹は源氏方の人々の求めに応じ、神鏡《しんきょう》を取り出して祈祷《きとう》を行った。その後、「年を経て花の鏡となる水は散りかかるをや曇るといふらん」（ただの鏡は塵がかかると曇ってしまうけれど、長いあいだ花を映す鏡となっている水面は、花が散りかかるのを曇るというのだろうか）という歌を唱えると、巫女の脳裏に源氏の故事が思い浮かんだ。さらに祈り続けて「雲隠れせし夜半《よは》の月、光を又やあらはさん」（雲に隠れた夜半の月は、その光をふたたびあらわすだろうか）と三回繰り返すと、鏡に光源氏の姿が浮かび上がった。

このとき占いの前に唱えられたのが神おろしの歌であり、続く「雲隠れせし」の呪文と合わせて、鏡が真実を映し出すよう祈るためのものである。この「年を経て」の歌は『古今集』

所収の伊勢の歌で、先に紹介した北村家の「歌占」の短冊にも同じ歌が含まれていた。

このように、口寄せや占いの前には、特定の和歌、いわゆる呪歌を唱え、それによって霊が呼び出されたり、占いの結果が示されたりする。このとき和歌は、神霊と人をつなぐ役割を果たしている。和歌があるからこそ神と人がつながり、占いが成立するのである。

神おろしの歌は、室町時代末期から江戸時代にかけて、遊びとしての和歌占いにも取り込まれた。それを示すのが阪本龍門《さかもとりゅうもん》文庫蔵『歌占』（室町末期写本）で、六十四首の和歌に、彩色された挿絵が添えられたものである。阪本龍門文庫善本電子画像集（http://mahoroba.lib.nara-wu.ac.jp/y05/html/223/）で本書の画像が公開されている。その序文によれば、次のように占う。まず「天は澄み地は濁りつつ半ばなる人の心に占まさしかれ」という呪歌を三回唱える。天と地の間にある人の心に関する占いの結果が正しく示されるよう祈る歌で、口寄せで唱える呪歌と同じく神おろしの役割もあるだろう。

歌占で呪歌《じゅか》を唱える作法は、江戸時代に出版された歌占の本にも引き継がれた。天神《てんじん》（菅原道真）を歌占の神とする『天満宮六十四首歌占御鬮抄《てんまんぐうろくじゅうよんしゅうたうらみくじしょう》』（寛政十一年（一七九九）刊、以下『天満宮歌占《てんまんぐううたうら》』とする）では、次の歌を三度唱えてから占う。

ちはやふる神の子どもの集まりて作りし占《うら》は正《まさ》しかりけり（『天満宮歌占』）

（神の子たちが集まって作った占いは正しかったのだなあ。）

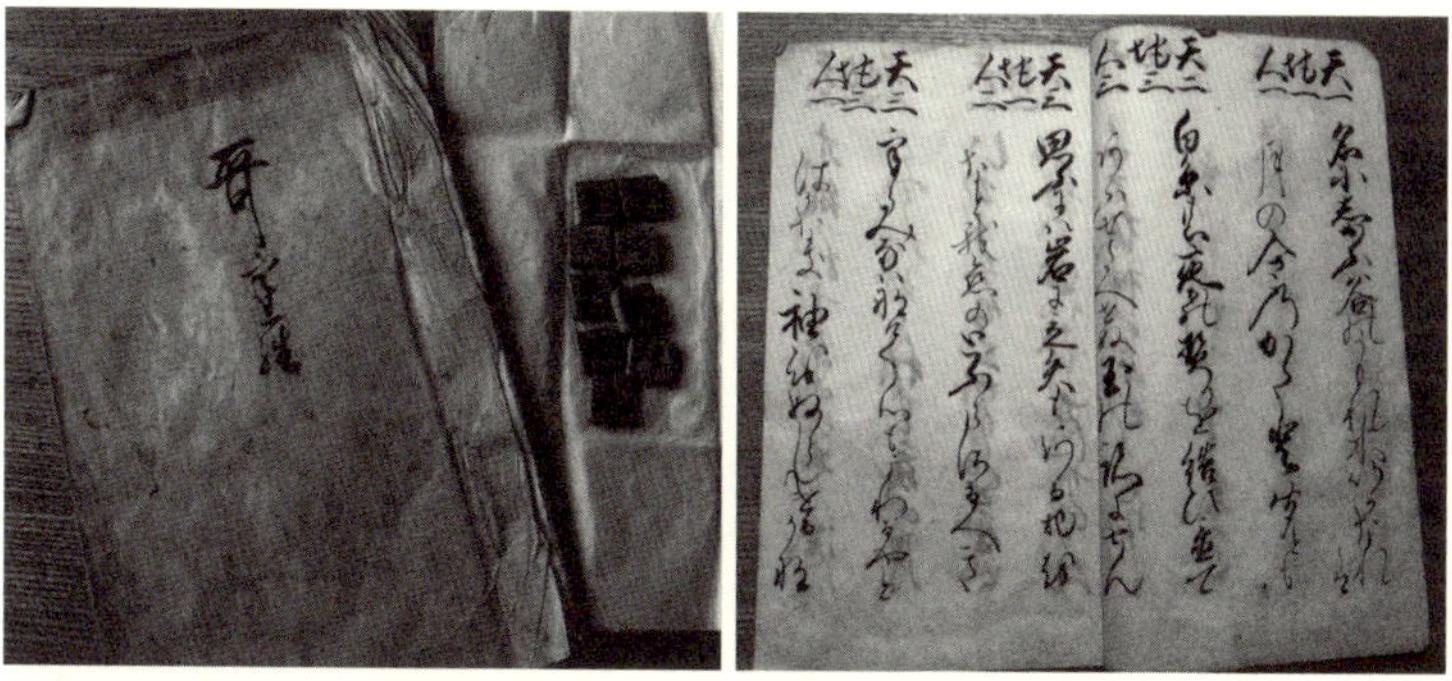

参考　写本『歌うら』と歌占に用いられた九個の賽（江戸後期、個人蔵）
六十四首の和歌からなる歌占本。占いに用いる9個の賽が付属。
天・地・人の文字が書かれた賽を投げ、それで得られた組み合わせに応じた一首で占う。
和歌は『歌占 萩の八重垣』（享和元年〈1801〉刊）に重なっており、一部に阪本龍門文庫蔵『歌占』（室町時代写、阪本龍門文庫蔵）と同じ歌を含む。

江戸時代の他の歌占でも「いにしへの神の子どもの集まりて作りし占ぞ正しかりける」（『晴明歌《せいめいうた》占《うら》』）、「千早振《ちはやふる》神の御末《みすゑ》の我なれば御《み》告げの占の正しかるべき」（梁瀬家蔵『歌占』）など、よく似た呪歌が用いられている。「神の子どもの集まりて作りし占」や「神の御末の我」という表現から、歌占の源には神とつながる巫者の存在があったと考えられる。

こうした呪歌は、平戸《ひらど》神楽《かぐら》の供米舞《くままい》で歌われる神楽歌《かぐらうた》の歌詞とも共通する。神をもてなす場で歌われる神楽歌と、歌占の呪歌とが類似するのは、歌占の根幹に神が存在するということだろう。

隠岐島の島前《どうぜん》神楽の巫女舞では、神をおろすために、次のような神歌《かみうた》が唱えられる。神楽の祭主が「いかにまた神もうれしと思し召すよきただ今の遊び舞する」という神歌の後に唱え言をいう。次に大御幣《おおごへい》と榊《さかき》を手にした巫女が「久方の天の八重雲かきわけて」という上句《かみのく》を歌うと、その場の一同が太鼓を激しく鳴らしながら「下りし神を我ぞ迎へん」という下句《しものく》を続けて神歌を掛け合う。このとき天井からつるされた天蓋《てんがい》が次第に大きく揺らされ、その下で巫女が神を迎えるための祝詞《のりと》を唱え神がかりがおこる。神をお迎えしようという想いを人が神に和歌で伝え、神はそれを聞き届ける。和歌が神と人をつなぎ、和歌によって神と人が共に生きる場が創り出されるのである。

時代を映す鏡

歌占は、その時代の流行と結びついて、多くの人に楽しまれた。江戸時代には様々な歌占本が出版されたが、それらの多くは六十四首から一首を選んで占う。この方法は、八卦《はっけ》と八卦を組み合わせた六十四卦から構成される易占《えきせん》の影響を受けたものである。先にあげた『天満宮歌占』は、江戸時代中期に易学《えきがく》を中興した新井白蛾《あらいはくが》（一七一五―一七九二）の影響で易占が一般に広まった時期に刊行された。易占の流行にともなって、六十四首で構成される歌占本が多く出版されるようになったのだろう。

『天満宮歌占』は、江戸時代に流布した漢詩による仏教系の観音籤《かんのんせん》（「元三大師御籤《がんざんだいしみくじ》」とも言われる）との関わりも深い。その占い方から観音籤の影響の大きさがわかるので紹介したい。まず心の中で天神経《てんじんきょう》を三度読誦《どくじゅ》して「大慈大悲観世音菩薩《だいじだいひかんぜおんぼさつ》」と三十三回唱え、先に紹介した呪歌を三回唱えた後、くじを三度振って出た数の組み合わせで吉凶を占う。ここでお経を読み上げて仏様の名前を唱える点が、観音籤を引くときの作法と共通する。この観音籤は中国伝来の観音菩薩によるおみくじである。この当時、神と仏が本来は同じであるという神仏習合《しんぶつしゅうごう》の考えかたが広まっており、天神の正体は十一面観音菩薩であると考えられていた。天神の歌占は、そのような考え方を背景に作られたため、観音籤の影響が強いのだろう。

歌占は、平安時代に陰陽師《おんみょうじ》として活躍した安倍晴明《あべのせいめい》とも結びついた。それは、江戸時代に晴明が占いの名人として知られていたからである。江戸後期の歌占本『晴明歌占《せいめいうたうら》』の序文には、安倍晴明が唐に渡って伯道《はくどう》上人の弟子となり、占いの伝授を受けたとある。これは晴明を撰者と伝える陰陽道の占いの書『三国相伝陰陽輨轄簠簋内伝金烏玉兎集《さんごくそうでんいんようかんかつほきないでんきんうぎょくとしゅう》』の由来を取り込んだものである。寛文二年（一六六二）に出版された浅井了意《あさいりょうい》の仮名草子《かなぞうし》『安倍晴明物語』は安倍晴明の一代記の後に、天文・日取り・人相の占いを付す。この本をきっかけに江戸時代に安倍晴明の名前を付けた占いの本が多く出版されるようになった。『晴明歌占』も、こうした流行を背景に刊行されたのである。

歌占は江戸時代に流行した百人一首とも結びついた。歌舞伎『傾城金秤目《けいせいこがねのはかりめ》』（増山金八作・寛政四年（一七九二）初演）の第一幕目には初花という歌占の巫女が登場する。百人一首の上句を記した紙捻《こより》の束から一枚を引き、それに対応する下句を解釈して占っている。江戸時代の末には、『百人一首倭歌占《やまとうたうら》』天保一四（一八四三）年刊や花淵松濤《かえんしょうとう》著『百人一首歌占鈔』嘉永元（一八四八）年刊のように、百人一首に易占の要素も取り込んだ歌占本が出版された。この頃には、和歌に限らず、都々逸《どどいつ》など、当時流行の俗謡による占い本も「歌占」として出版されるようになっていた。

このように、江戸の歌占は、易、観音籤、天神信仰、安倍晴明、百人一首、俗謡など、当時のさまざまな流行に影響を受けながら普及していったのである。歌占は時代を映し出す鏡でもあった。

明治時代になると、明治維新で神仏分離令が出され、神と仏を同一であると見なす神仏習合が廃止された。同じ境内にあった神社と寺院も分離されることになった。そのため、寺院と同じく神社でも用いられていた仏教系の観音籤が、神社では避けられるようになり、その代わりとして神社が独自のおみくじを創り出しはじめた。そのとき重視されたのが、日本の神のお告げとしての和歌であった。こうして、神社のおみくじに和歌が書かれるようになったのである。

＊

神は和歌で心をあらわし、そのお告げは和歌で伝えられた。それが先に紹介した託宣歌である。人も和歌で神に心を伝えた。口寄せや歌占、神楽の場で神を招き寄せるために唱える呪歌や神歌がそれである。

『古今集』仮名序には、「生きとし生けるもの」はすべて歌を詠み、その歌は「力をも入れずして天地を動かし、目に見えぬ鬼神《おにがみ》をもあはれと思はせ、男女の仲をもやはらげ、たけき武士《もののふ》の心をもなぐさむる」ものとある。和歌は、人だけでなく、天地や鬼神の心も動かした。神と人は和歌で気持ちを通わせ、お互いに楽しみ、心を慰める。和歌は心を伝えるコミュニケーションの手段なのである。

だから、もしあなたが神さまと話したいと思うなら、たずねたいことを心で強く念じながら「和歌みくじ」を引こう。おみくじの和歌は、神さまからあなたへの一対一のメッセージなのだから。その歌が自分にとって何を意味するのか。いったい何を伝えようとしているのか。自分の状況に合わせて読み解いてみる。それが神さまと対話するということである。おみくじを引いたら、そこに書かれた和歌をじっくりと受け止めて、そのことばに耳を澄ませたい。

4 景観 歌枕の危機——姨捨山《おばすてやま》と余呉《よご》の海

浅見和彦

全国各地に歌枕で知られる土地がある。『万葉集』や『古今集』の昔から歌に詠まれ、地元には歌にちなむ伝説も生まれた。歌枕の美しい景観を求めて多くの旅人が訪れた。松尾芭蕉もその一人である。だが今や、歌枕の景観は全国各地で失われようとしている。高速道路、原子力発電所などの建設によって景観が壊されつつある。時代の必然という意見もあるだろうが、このまま消えてしまってよいのだろうか。

歌枕の豊かさを掘り下げて、景観保護の必要性を説く。

姨捨山《おばすてやま》

わが心なぐさめかねつ更科や姨捨山《をばすてやま》に照る月を見て　（『古今集』雑上・よみ人知らず）

『大和物語《やまとものがたり》』（一五六段）『俊頼髄脳《としよりずいのう》』『今昔物語集』（巻三十ノ八）などにも引かれる姨捨山の明月《めいげつ》を謳《うた》った歌である。歌意は「私の心はどうしても慰められない、この姨捨山に照り輝く月を見ている」といったところであろうか。

周知のようにこの歌の背景には有名な姨捨山棄老《きろう》説話がある。高齢となった姨《おば》を妻が捨てて来いと夫に云う。夫は妻の言葉に従い、八月十五夜の夜、姨を背負って山に入る。山頂近くに姨を置き去りにしてくる。姨は「をいをい（オーイ、オーイ）」（『今昔物語集』）と呼び叫ぶが、男は逃げ帰る。置き去りにされた姨は一晩中、月を眺めて、この歌を口ずさんだ（『俊頼髄脳』）。

『大和物語』、『今昔物語集』などでは作者に異同がある。逃げ帰った男が明月を見て、悲しんで、この歌をうたった。結末にも違いがあり、男が連れ帰った、姨が一人で戻って来た等、伝承にはかなりはばがある。それだけこの伝説が広汎な拡がりを持っていたということになるだろう。

しかし、姨捨山といえば棄老、姨捨山といえば明月という結び付きは強く、いささかも変わることはない。

更級《さらしな》や姨捨山《をばすてやま》に月見ると都にたれか我を知るらん（『千載集』羇旅・藤原季通）

恨《うら》みけるけしきや空に見えつらん姨捨山を照らす月影（『千載集』釈教・藤原敦仲）

更級《さらしな》や姨捨山に旅寝《たびね》してこよひの月を昔見しかな（『能因集』）

雨雲《あまぐも》の晴るるみそらの月影に恨みなぐさむ姨捨の山（『山家集』）

など、姨捨山を取り上げた歌人は多く、和歌は枚挙にいとまがない。

和歌ではないが松尾芭蕉（一六四四―一六九四）は貞享五年（一六八八）秋八月、「さらしなの里、姨捨山の月見ん事、しきりにすすむる秋風の心に吹きさはぎて」（『更科紀行』）、美濃から姨捨山をめざした。

山（＝姨捨山）は八幡《やはた》といふ里より一里ばかり南にあたりて、西南に横をりふして、すさまじう高くもあらず、かどかどしき岩なども見えず、ただ哀《あはれ》深き山の姿なり。なぐさめかねしと云ひけむも理《ことわ》りと知られて、そぞろに哀しきに、なにゆゑにか老たる人を捨てたらむと思ふに、いとど涙落ちそひければ、

俤《おもかげ》は姥《うば》ひとりなく月の友　（更科姨捨月《さらしなをばすてつき》之《の》弁《べん》）

と、感興の一端を書きつけている。この芭蕉の文章には自ら足を運び、実見した者の実感がある。

＊

姨捨山がどの山であるかを決定づけるのは諸説あっていささか難しいのであるが、通常、長野県千曲市にある冠着山《かむりきやま》（一二五二メートル）のこととされている。

その前には冠山《かぶりやま》とぞ云ひける。冠《かぶり》の巾子《こじ》に似たりけるとぞ語り伝へたるとや。

（『今昔物語集』巻三〇ノ九）

という記述と合うといえるかも知れない。巾子《こじ》とは冠の頂上に高く突き出ている部分のことである。

事実、この冠着山は周辺の山々より一段と高く突き出て、たしかに冠の巾子とよく似ている。

この冠着山に上ってくる月の姿は絶品に違いない。残念ながら私自身はまだ姨捨山の月を見るという眼福《がんぷく》に浴していないのであるが、ある時、現地を訪れた時、偶然居合わせた老翁が、私は八十年余り生きてきたが、今年の中秋の名月ほど美しいものはなかった。冠着山の向こうにぽっかり月が浮かんで、皓々と照る月はもう息をのむほどだった。あの世への土産《みやげ》話だ。

と私に語ってくれた。何やら昔語りの「古老」に出会ったような感じであった。

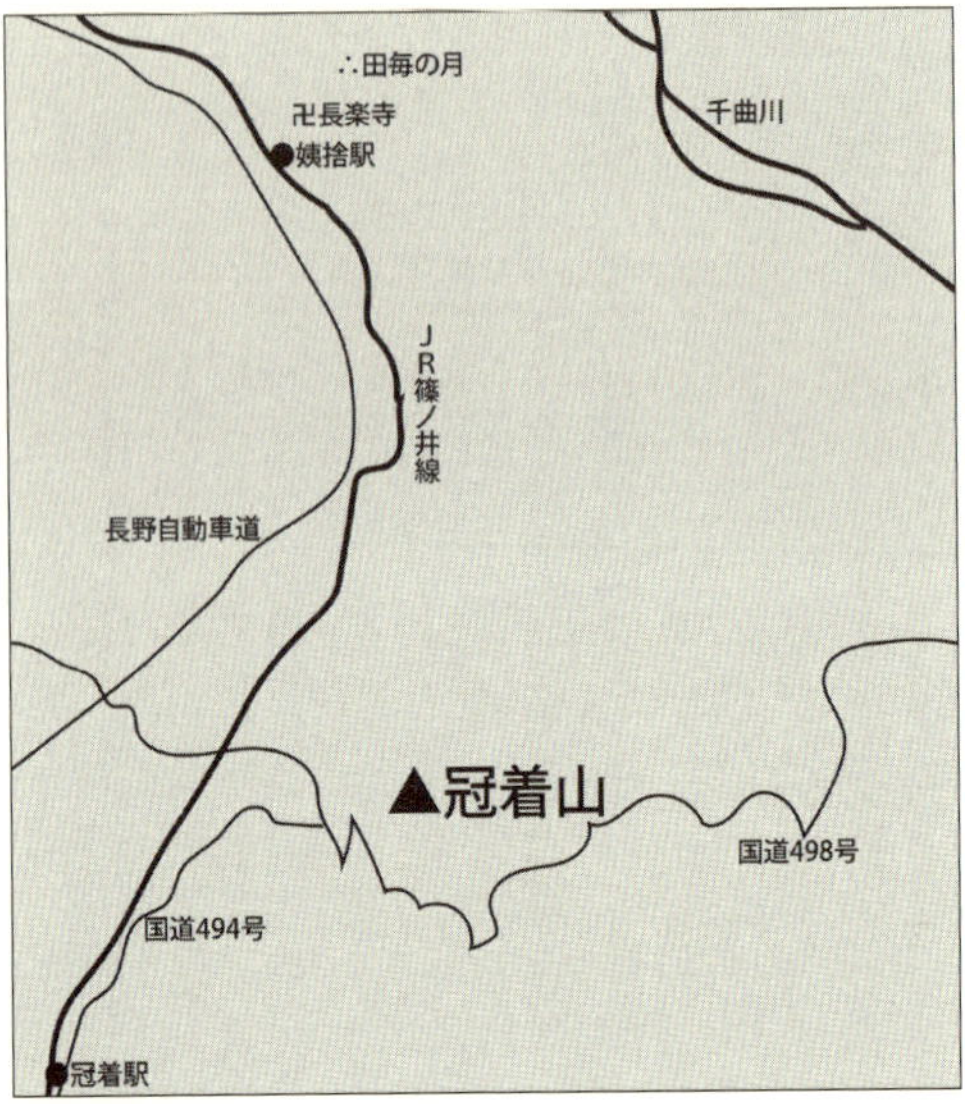

冠着山周辺

この老人の言葉にうそはない。JR篠ノ井線の姨捨駅に降り立つと、眼下に善光寺平が広がる。姨捨駅は標高五五一メートル、スカイツリーに近い高さである。全国でも珍しいスイッチバック式の駅である。ホームからは盆地中央をゆっくりと流れる千曲川《ちくまがわ》の姿を望むことができる。対岸には鏡台山《きょうだいさん》（一二六九メートル）、大峯山《おおみねさん》（八四一メートル）、有明山（六五二メートル）といった筑摩山地の山々が連なり、その山腹をしなの鉄道（旧信越本線）が走る。天気の好い日なら姨捨の駅から七つ、駅が見えるという。そんなことから日本三大車窓の一つに選ばれているのだろう。

駅を出て踏切を渡り、坂道を下りていくと、目の前に美しい棚田《たなだ》が広がる。「田毎《たごと》の月」として知られている。四十八枚田ともいわれ、西行が阿弥陀四十八願に因《ちな》んで名付けたともいわれる。

棚田を貫け、更級川を渡ると長楽寺という天台宗の古刹に辿り着く。境内には前に掲げた芭蕉の句のほか、

あひにあはぬをばすて山に秋の月　宗祇（一四二一—一五〇二）

姨捨や月をむかしのかがみなる　加舎白雄《かやのしらお》（一七三八—一七九一）

などの句碑が並び立つ。

圧倒されるのは、その背後にそそり立つ「姨石《おばいし》（姨岩）」であろうか。高さ二十メートル（五、六階建てのビルくらい）にも及ぶ巨岩である。地元の言い伝えでは、棄てられた老婆が恨みを遺《のこ》して、巨大な岩となったと伝えられている。

道を降って行くに従い、更に幾つかの詩碑が斜面のあちこちに立っているのが見受けられた。これらの碑が月光に照らされているところを想像すると、なぜか風流といった

ものとは凡そ縁遠い不気味な感じだった。

やがて道は自然にそれ自身断崖を形成している巨大な岩石の上に出た。姨石と呼ばれている石であった。棄てられた老母が石になったものだという。この石もまた不気味だった。

（井上靖『姨捨』）

本当に巨大で「不気味」な感じがする大きな岩である。棄《す》て置かれた老婆の怨念と悲哀がたっぷり詰っているような岩である。

ふと目を移すと側《かたわ》らに大きな桂の木が生えている。高さは約二〇メートル幹の周りは四メートルもあるだろうか。樹齢八〇〇年から一〇〇〇年といわれる古木で、天然記念物に指定されている。能「姥捨」で、

これに木高《こだか》き桂の木の　蔭こそ昔の姨捨の　その亡き跡にて候へとよ　さてはこの木の蔭にして　捨て置かれにし人の跡の　そのまま土中に埋《うも》れ草《ぐさ》　仮なる世とて今ははや昔語りになりし人の　なほ執心は残りけん

と謡われているが、これがその「桂の木」であるかもしれない。能では姨はこの木の下に捨てられ、そのまま土中に埋もれ、執心だけが残りとどまったというのである。

＊

姨捨の里は善光寺道にある。麻積《おみ》宿と桑原宿の途中である。善光寺道は正式には北国脇往還、今はJR篠ノ井線がそこを走る。四周は山に囲まれ、その中央を千曲川がゆっくりと流れる。静かで安らかな里である。夜ともなれば、黒々とした山影が、城壁のように取り囲み、その上に月が現われる。川の流れは月に照らされ、棚田の一枚一枚にも月が宿り、田毎の月の絶景を創出してくれる。歌川広重（一七九七―一八五八）の「六十余州名所図絵」はその雰囲気をよく伝えている。老女が化したという巨大な姨石、老女が捨てられたという桂の高木。この土地からこの棄老伝説を取り除くことはできない。

姨捨の里を歩いていると、何かあの世とこの世が交錯《こうさく》しているような感につい誘われる。古人たちもそうしたものに強く惹かれたに違いない。多くの歌人、俳人たちが繰り返し姨捨山の風景と物語りを繰り返し題材に選んだのは、姨捨山の美しさと哀しさに心を揺さぶられ続けてきたからであろう。

全国の歌枕の地が様々な理由から、その美観を失ない、その生命力を途絶えさせているなか、この姨捨の地はかろうじて歌枕本来の姿と機能を残している場所といってよいかもしれない。破壊されず、奇跡的に残った歌枕の例として挙げてよいだろう。

しかし、こうした評価は少し楽天的すぎるかもしれない。川村晃生が指摘しているように、この姨捨の里をぐるりと取り囲むかのように高速道路の長野自動車道が一九九三年、長野オリンピックに合わせて造られた。幸いこの道路は棚田や姨石のある長楽寺からいささか離れたところを通ったため、歌枕の地としての風光は何とか残されている。しかし、遠目には高速道路の無気質なコンクリート擁壁《ようへき》と橋梁《きょうりょう》は姨捨駅からはっきりと見える。近くに行けば、通過する自動車の走行音が響く。オリンピックの名のもとに、こうした日本の風景が一つずつ消滅していくことに危惧の念を抱く人は私だけではあるまい。

余呉の海

京都から北陸本線に乗る。米原をぬけ、やがて高月駅に着く。京都からはおよそ一時間半の行程である。

高月は古くから観音の里とよばれている場所である。一帯には十一面観音、千手観音、聖観音などおよそ六十体の観音像がのこされている。なかでも有名なのが渡岸《どうがん》寺（向源寺・長浜市高月町）の十一面観音立像だろう。眉から鼻へと柔かく鼻筋が通り、その面貌《めんぼう》には気品があふれている。左にわずかにひねった腰つきは官能的でさえある。左手にはなめらかな肌目の水瓶を持ち、慈愛に満ちた表

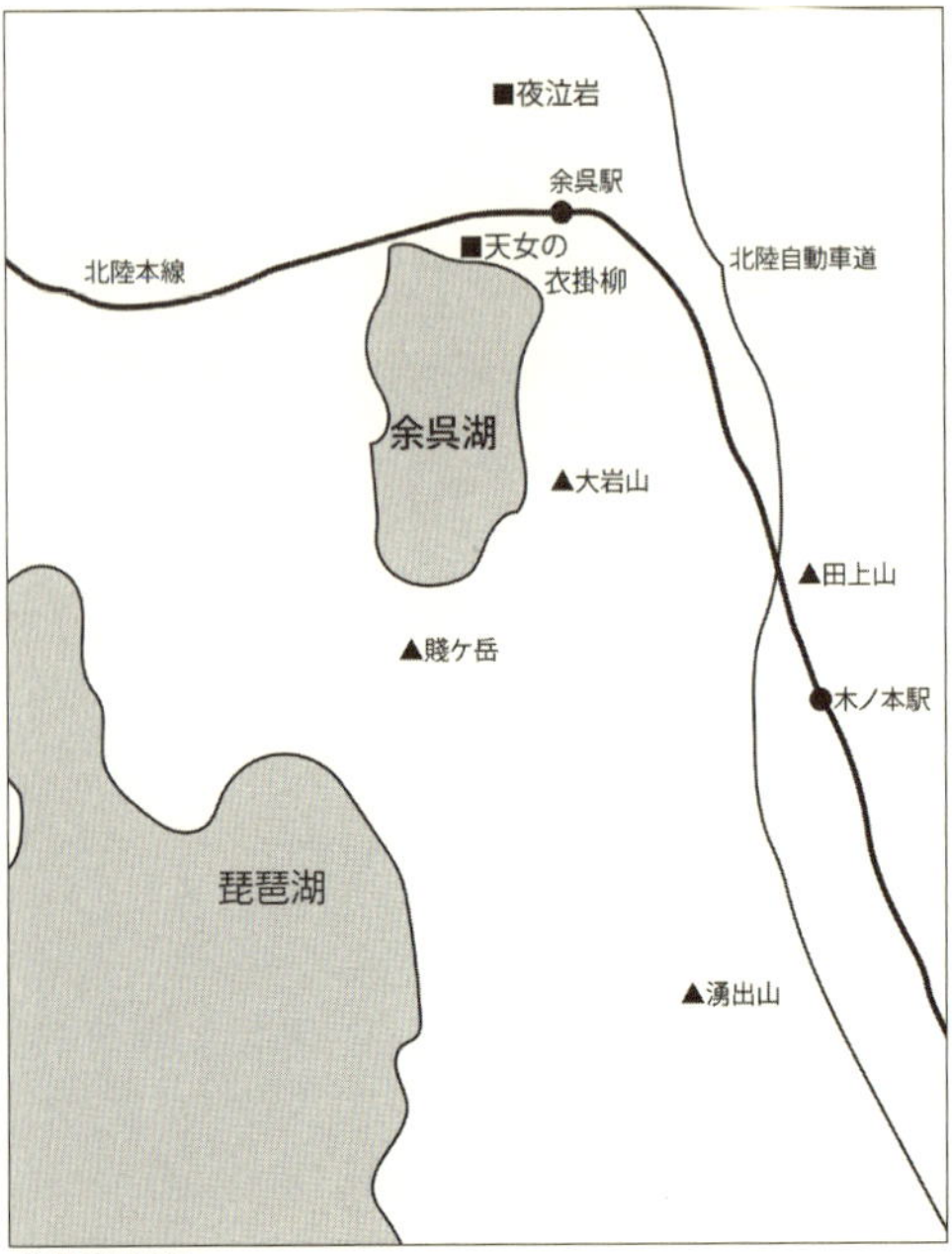

余呉湖周辺

余呉湖。湖面は静かになないでいる。

情の観音さまである。井上靖、水上勉、白州正子などの作家をとりこにした。平安女人の美しさをすべて取り揃えたような容姿といってよい。

寺伝によると、泰澄《たいちょう》作といわれ、平安時代前期の造像で国宝に指定されている。全国で国宝の十一面観音は七躯体《くたい》あるが、そのなかで最も美しいとされる。湖北のヴィーナスと呼ぶ人もいる。

言い伝えによれば、織田信長と浅井長政が戦った時、村人たちは難をのがれるため土中に埋めて守ったといわれている。湖北、奥琵琶湖を代表する御仏、いや日本を代表する十一面観音であるといっても過言ではない。

その渡岸寺から北国《ほっこく》街道を北に進むと左手に賤ケ岳《しずがだけ》古戦場、さらに歩み続けると、余呉湖《よごこ》が見えてくる。

余呉湖は周囲六キロメートルほどの小さな湖である、三方を山で囲まれている。琵琶湖からは一キロメートルしか離れていないが、海抜は四八メートルもの高低差があって余呉湖の方が断然高い。まさに山の奥の隠れた湖といった感じである。

水上勉はこう評する。

余呉の湖は四囲がすべて山であった。南から賤ケ岳、大岩山、赤子山、行市山と、そんなに高くはない黒髪《くろひだ》をみせた山々が重なって湖をとりまいていた。とくに、賤ヶ岳側は、嶮《けわ》しく切りたって落ちこんでいて、波一つない鏡面のような湖面は、山影をうつして蒼《あお》光《びか》りしていた。そういえば、この湖には、山からそそぐ川がなかった。昔から湖底に湧き水があるといわれ、如何なる旱魃《かんばつ》の年も水が涸れたことはない。琵琶湖より高いところにあって、水は手を切るように冷たかった。（水上勉『湖の琴』）

この風景は今でも基本的には変っていない。湖面は静かで、わずかな波音がかすかに聞えるくらいである。かつては鏡の湖とよばれ、透明度をほこっていたが、さすがに近年は落ちてきたという。

余呉の海は古くからの歌枕である。

鳥羽院大嘗会、悠紀方和歌、近江国、天仁元（一一〇八）年十一月、四尺屏風六帖和歌十八首

余呉の海の沖つ白浪寄せ来《こ》ねばのどかに見ゆる浜千鳥かな（『江帥集』）

悠紀方　近江国　風俗和歌十首

余吾海

四方《よも》の海も風静かにぞなりぬらし声おさまれる余吾《ママ》の浦波（『長秋詠藻』）

余呉の海は古くから風は静かで、波も立たず、というふうに都人の間でも認識されてきていたのだった。

山一つ越せば、もう若峡の国。冬ともなれば、北西の冷たい季節風が激しく吹く。余呉では今も大雪に埋もれることがあるという。

宇治前太政大臣の家の歌合に、雪の心をよめる　源頼綱

衣手《ころもで》に余呉の浦風さえさえて己高山《こだかみやま》に雪降りにけり（『金葉集』）

「己高山」は余呉湖東方の山（標高九二二・六メートル）、その麓《ふもと》近くには鶏足寺《けいそくじ》、石道寺《しゃくどうじ》、戸岩寺《といわじ》など古刹《こさつ》があり、十一面観音立像（重文）や魚籃《ぎょらん》観音立像などをおさめており、一見に値いする。

時には雪にうずもれ、北国の冬のきびしさも体験する。都からさほど遠くはないものの、この湖北の地は京都とは違う。平安京の騒々しさから解放される静謐《せいひつ》な里である。

＊

余呉の海にきつつなれけむをとめ子が天の羽衣干《ほ》しつらむやぞ（『袖中抄』）

顕昭《けんしょう》が『袖中抄《しゅうちゅうしょう》』に引く曾弥好忠《そねよしただ》の歌である。『好忠集』では初句を「田子の浦に」また は「よものうみに」として、このかたちでは見られないが、顕昭は、

これは曾丹三百六十首中に七月上旬の歌なり。歌の心は、昔、近江国余呉の海に織女の下りて水浴み給ひけるに、…（『袖中抄』）

と、天女の天《あま》の羽衣《はごろも》伝説を紹介する。顕昭は余呉の海の歌と考えていたようである。余呉の天人羽衣伝説は『帝王編年記』に引かれる『風土記』逸文（伊香小江）が古い。内容を摘記すると、

近江国伊香郡与胡郷《よごのさと》に伊香小江《いかのおえ》に天女八人が舞いおりてきた。西山の伊香刀美《いかとみ》はその美しさに「感愛」し、一番年下の天女の衣を盗み隠してしまった。七人の天女は帰天したが、末妹だけは帰れない。彼女は伊香刀美の妻となり、男二人女二人の子を生《な》した。天女は「天羽衣」を捜し出し、天に戻った。男は「空床」で「吟詠」し続けた。

（『帝王編年記』一〇、元正天皇養老七年）

天女の衣掛柳。右手に余呉湖が広がる。

「伊香小江」は余呉湖をさすと考えられ、湖岸には天女が羽衣を掛けたとする「衣掛柳」が大切に守られている。地元の伝説では天女の相手は余呉の漁師桐畑太夫《きりばたけだゆう》という男で、天女の子の一人が菅原道真、天に帰った母親を恋い悲しんで、子供らが泣いていた石のことを夜泣岩といって、今も湖畔にある。

そんな物語や伝説に彩られているのが余呉の海なのである。余呉の海を眺めていると、いかにも天女たちが舞い下りて、水浴するような錯覚にさそいこまれる。三方を山で囲まれ、鏡のような静かな湖面は神秘的でさえある。湖北のたくさんの観音さまは湖に舞い下りたという天女たちを模したものなのではないか。ふとそんな思いに駆《か》られてしまう。いつまでもこの余呉の風景と美しき観音さまたちは守っていってほしいものだ。

＊

しかし、現実は厳しい。今、延伸建設中の北陸新幹線がどこを通るか。金沢から福井、敦賀をぬけ、大阪まで延伸される計画であることはよく知られている。計画路線の一つ、米原ルートをとれば、この余呉の海、高月の観音の里はまさにその近傍を高速列車が走り抜けることになる。新幹線のあの無粋なコンクリートの橋梁は余呉湖の景観をぶちこわしてしまう。高速で走り抜ける列車の騒音と震動に湖北の観音さまたちはきっと驚かれるに違いない。そうなったら天女たちは絶対に舞い下りて来ないし、微笑をたたえる多くの観音たちはこんな穢土《えど》のさまをどう思うであろうか。心配はこれだけではない。

八田《やた》の野の浅茅色づく有乳山《あらちやま》峯の沫雪《あはゆき》寒く降るらし（『万葉集』巻二〇）

宿もなし今朝わびしらに越え来つる有乳の山の雪の夕暮（『拾玉集』）

と歌われた歌枕「有乳山（愛発山《あらち》）」を越えれば、すぐ越前、若峡の国である。若峡の国の沿岸には原子力発電所が密集する。敦賀、美浜、大飯、高浜と四つある。全国で一七箇所だから若峡にはその約四分一が集中しているのである。まさに原発銀座と異名されるとおりなのである。

もしも、この原発の一つでも重大事故を起こせば大惨事となる。余呉の海も高月観音の里もどこかにぶっとんでしまう。歌枕も観音も終りとなる。

歌枕がなくなれば、和歌は生れない。伝説も物語も作られることはなくなってしまう。美しい風景が破壊されれば、信仰もなくなってしまう。湖北の景観があってこそ、幾多の観音像が製作されたのである。

童話作家の新美南吉《にいみなんきち》は『おじいさんのランプ』の中で、こういっている。

「電気というものは、長い線で山の奥からひっぱって来るもんだでのイ、その線をば夜中に狐や狸《たぬき》がつたって来て、この近ぺんと田畠を荒らすことはうけあいだね」こういうばかばかしいことを巳之助は、自分の馴れたしょうばいを守るためにいうのであった。

村に電気を引くかどうかの村の会議でランプ売りの巳《み》之助が述べた反対意見であった。「ばかばかしい」意見かもしれないが、原発、新幹線、高速道路等の建設によって危機に瀕《ひん》している各地の歌枕を見ていると、巳之助の抱いた危機感、不安感を「ばかばかしい」ものとして葬り去っていいものだろうか。「狐」や「狸」の来襲は放射性物質とどこか重なり合ってくる。姨捨山の月、余呉の海も風景が失われれば、歌は作られない。歌枕は危機に瀕している。古人が深く愛してきた歌枕の風景。今まさに開発と保護の両者の間にそれをどう守っていくか。喫緊の課題である。

▼参考文献

川村晃生・浅見和彦『壊れゆく景観—消えてゆく日本の景観』慶応義塾大学出版会、二〇〇六年
浅見和彦・川村晃生『失われた日本の景観—「まほろばの国」の終焉—』緑風出版、二〇一五年

5 飲食

飲食は和歌や短歌にどう詠《うた》われてきたか

原田信男

食とは生きていくために毎日毎日繰り返される行為で、その中断は死を意味する。そして食には、食べ物そのものや食事場面などにまつわる思い出や状況、さまざまな感情がまとわりついているにも関わらず、和歌・短歌の世界では、歴史的にほとんど歌題とされてこなかった。小稿では、『万葉集』を起点に、近現代に至るまで、食が和歌・短歌のなかで、どのように詠われてきたかを検証する。とくに近現代で、短歌が文学としての市民権を得ると、歌人たちは、徐々に積極的に食を短歌のなかに取り入れるようになった。その過程を追求したい。

はじめに──飲食の位置

人は誰しも毎日毎日食べ続けなければならず、その行為の中断は死を意味する。近世の特異な思想家・安藤昌益《あんどうしょうえき》は、『統道真伝《とうとうしんでん》』糺聖失巻《せいしつをただすのまき》で、次のように述べている。「人・物、皆、食より生じ食を為す……故に世界は一食道のみ。然るに聖人・釈迦、品種の書説を為して食道の所以を説くこと無し。是れ已れ等直耕の食道を盗み、不耕貪食する故、これを耻じ食道を説かざるは重失なり」と記した。

生きるために重要な食の問題を、聖人たちが正面から捉えようとしてこなかったのは、彼らが農民たちの作った食物を横取りしていることを恥じていたためで、これは大きな誤りだというのである。確かに食の問題は、人間や社会の存続にとって極めて重大であるにも関わらず、旧来の伝統的知識体系のうちでは、考察の対象とはなりえてこなかった。しかし土着的な、この農本主義者にとっては、それは許しがたい過失と思えたのだろう。

食は、人間の生存を支える上で不可欠な問題であることから、これに必要な食物には旨味《うまみ》が与えられている。身体を形成する肉などのタンパク質、あるいは活動のエネルギーとなる油脂《ゆし》や糖類などのカロリーを、私たちは美味と感ずるようにできている。しかし、それは最低必要限度を満たすためのシステムで、食事も度を超せば贅沢となり、現代の生活習慣病のように、身体にも悪影響を及ぼす。つまり食には快楽や食害の要素も含まれており、これを意識的に排除してきた聖人たちの偏見にも、それなりの理由はある。

こうした食のもつ両面性は、人間の感情の発露である和歌・短歌という短詩型文学に、微妙な位置づけを与えた。食によって得られる楽しみという実感と、それがもたらす快楽や害悪に規範を与えようとする倫理との相剋《そうこく》が、文学という精神の営《いとな》みの奥に見え隠れする。そして、この葛藤は、その文化を取り巻く歴史的時代の価値観に大きく左右されてきた。そうした時代性を踏まえた上で、和歌・短歌に食がどう詠《うた》われてきたのかを考えてみたい。

✿和歌における飲食―古代・中世・近世

『万葉集』で食の歌といえば、誰しも思い起こすのが、大伴家持《おおとものやかもち》の「石麻呂に吾物申す夏痩に良しといふ物ぞ鰻漁り食せ」だろう。おおらかな『万葉集』には、食に関する歌もいくつかあるが、この鰻の歌をはじめとして、ほとんどが巻一六に集中する。乞食者がシカに成り代わって詠った「大君《おおきみ》に　われは仕へむ……わが肉は　御膾《みなます》はやし　わが肝《きも》も御膾はやし　わが肱《みげ》は御塩のはやし」のほか、「味飯《うまいひ》を水に醸《か》み成しわが待ちし代《かひ》はかつて無し直《ただ》にしあらねば」という失恋の歌や、食欲を素直に詠った「醤酢《ひしおず》に蒜《ひる》搗《つ》き合《か》てて鯛願ふわれにな見せそ水葱《なぎ》の羹《あつもの》」も、この巻に収められている。なお著名な山上憶良《やまのうえのおくら》の長歌《ちょうか》「瓜食《は》めば子どもおもほゆ栗食めばましてしのはゆ」は、巻五の所収だが、これは食を詠ったというよりも、子供を主題としたためだろう。ちなみに貧窮問答歌《ひんきゅうもんどうか》も巻五に収められている。

そうした意味で、巻一六は『万葉集』全二〇巻のなかでも特異な位置を占めており、独自の構成をもつ。土俗性の強く女性側に立った恋愛歌や戯笑歌のほか物名歌《ぶつめいか》・宴誦歌《えんようか》などの戯れの要素が強い雑歌《ぞうか》からなっており、口醸酒《くちかみざけ》の歌は女性の失恋歌、鰻の歌は戯笑歌、醤の歌は物名歌、シカの歌は宴誦歌に入る。飲食に関わる多くの歌が、こうした特別な構成をもつ巻一六に治められていること自体、おおらかな『万葉集』といえども、飲食がそのまま歌の主題とはなりにくかったことを示すものといえよう。

中世に入ると和歌は、勅撰集の時代となり、『古今和歌集』仮名序に象徴されるように、高度な文化的体系性を獲得する。そうした価値観のなかで、ますます飲食は歌題《かだい》から遠ざかっていく。藤原範兼《のりかね》に「あめつち（天地）のきはめもしらぬ御代なれば雲田のむらのいねをこそつけ」（『千載和歌集』）があるが、「雲田のむら」とは、平治元（一一五九）年の大嘗祭《だいじょうさい》で主基《すき》田《でん》に指定された丹波国雲田村（福知山市萩原）で、この歌は大嘗祭に献ぜられる稲の賛歌《さんか》にすぎない。つまり飲食の歌というよりも儀礼の歌とすべきだろう。

また平安後期の歌壇をリードした源俊頼《としより》に、「ほうしこ（法師子）のいねとみしまにもちゐればみそうづまでもなりにけるかな」（『田上集』）があり、インディカ米の味噌雑炊が詠われている。ただ俊頼は、当時の歌壇の革新に努め、歌詞・歌題の拡張を図るとともに、万葉調を重んじて、新たな歌境の拡大を志した歌人で、近江国田上にも住み、田園趣味をも歌題に取り込んだことも知られている。その意味では、この飲食を詠った歌も、当時の和歌のなかでは例外的なものに属しよう。象徴性や理知性が好まれた中世の和歌の世界では、飲食が詠われることは、基本的に少なかったとしなければならない。

さらに続く近世においても、和歌で飲食が詠われることは、基本的に少なかった。万葉調を得意とした賀茂真淵《かものまぶち》や古今調を重視した香川景樹《かがわかげき》などの歌人が活躍し、門弟も少なくなかったが、相対的に和歌が盛んだったとは言い難く、食を詠ったものは見当たらない。むしろ近世には、俳句・川柳・漢詩といった新たな文芸が社会的な興隆をみた。近世には、短歌よりも、こうしたジャンルで食が詠われた。

俳聖・芭蕉には食に関する句が多く、なかでも「苔汁の手ぎは見せけり浅黄椀《あさぎわん》」（『茶のそうし』）は視覚的にも鮮やかで、藤堂藩の料理人であった可能性が高いとされている（拙著『江戸の料理史』）。また蕪村には「三椀《さんわん》の雑煮かゆるや長者ぶり」（『蕪村句集巻之上』）があり、一茶にも「黒葡萄天の甘露をうらやまず」（『文政句帳』）がある。俳句よりも実生活を土台とした川柳《せんりゅう》には、食を正面から扱ったものが多く、「うまそうに何やらにへる雨やとり」「くじら汁わんをかさねてしかられる」（『誹風柳多留』九・一一篇）などがある。

またかつては儒者の素養であった漢詩も、荻生徂徠《おぎゅうそらい》が道徳的価値観から切り離し、独自の文学として自立させたことから、幅広い題材を扱うようになった。徂徠自身も、公用で甲州に出向いた際に、「甲州の馬乳《ぶどう》最も名高し……脚には嶮隘《けんあい》を嘗《な》むるも口に蒲桃《ぶどう》あり」（『風流使者記』）と詠んだほか、柏木如亭《かしわぎにょてい》にも食をテーマとした『詩本草』という漢詩集があり、例えば新潟の街について「海口波平らにして湊船《そうはく》を容れ／路頭沙軟らかにして游鞋《ゆうあい》を受く／花顔《かがん》柳態《りゅうたい》　人をして艶せしめ／火膾霜螯《かかいそうごう》　酒懐《しゅかい》を着く」などと詠《うた》っている。

近代短歌のなかの食―文学の一角を占めて

食の禁欲と楽しみ―斎藤史《ふみ》（一九〇九～二〇〇二）

儒教的禁欲主義が身に沁みていた近代の歌人たちには、食をめぐって微妙な揺れがあった。明治生まれで大正モダニズムの影響を強く受けた女流歌人・斎藤史は、二・二六事件に連座した陸軍少将・斎藤瀏《りゅう》を父とする。しかし「心の花」に所属した歌人で教養豊かな瀏は、史をかなり自由に育てた。そんな史にも、儒教的禁欲主義が影響しており、飲食について「日の央《もなか》わが額髪灰のせて飲食《おんじき》のことに虜はれやまぬ」（『やまぐに』）「うらぶれて身慄《ふる》ひ思ふ飲食に追はれて心すでに死にしや」（『杳かなる湖』）「食ふことをしんじつ喜び貪れどもなぜかかる美しからぬ時を持たねばならぬ」（『うたのゆくへ』）などと詠ったが、これらの短歌から飲食はマイナスのイメージとしてしか読み取れない。

しかし太平洋戦争中に、長野に疎開して農業を経験した後の短歌には、「土によごれし顔のままなり子も我も食ぶる《は》ことはたのしきものぞ」（『やまぐに』）「鐵板に獣脂《じゅうし》を溶けば我にまだいささかの愉楽煮えつまらせむ」「なかなかに隠者にさへもなれざれば　雲丹《うに》・舌《たん》・臓物《もつ》の類至つて好む」（『風に燃す』）があり、ここでは食を肯定的に捉えるようになっている。このほか食とは多者の生命を奪うことだとみごとに見抜いた「庖丁を凶器のごとく下げて居りなまぐさきものを夜毎に料《れう》る」（『風に燃す』）もあるが、何と言っても「土耳古青《とるこ》となりたる山の四時過ぎにげにすなおなる食欲ありぬ」（『うたのゆくへ』）の一首は、食に対する最大の静かな賛歌だろう。

西洋への憧憬と伝統回帰――北原白秋（一八八五～一九四二）

明治後年に、多感な青年時代を送った北原白秋は、詩人として出発し、俳句や童謡・民謡にも手を染めたが、処女歌集『桐の花』の刊行は大正二（一九一三）年のことであった。冒頭を「桐の花とカステラの時季となった五月が過ぎ……西洋料理店《レストラント》の白いテエブルクロスの上にも釣鐘草と苦い珈琲の時季が来る」とする散文詩で飾っている。ここには「サラダとり白きソースをかけてましさみしき春の思ひ出のため」「ナイフとりフオクとる間もやはらかに涙ながれしわれならなくに」「ウイスキーの強くかなしき口あたりそれにも優《ま》して春の暮れゆく」「やはらかきかなしみきたるジンの酒とりてふくめばかなしみきたる」といった短歌が並ぶ。

コーヒー・サラダ・洋食器・ウイスキー・ジンなど、西洋の料理や飲食がイメージされている。白秋の初期の詩や短歌におけるロマンチズムは、まさに西洋への憧憬そのものであり、人妻・松下俊子との恋歌も「楂古聿《チョコレート》嗅ぎて君まつ雪の夜は湯沸《サモワル》の湯気も静こころなし」と、すべて西洋の道具仕立てで飾られる。しかし白秋は姦通罪で牢獄に繋がれ、『桐の花』刊行の翌春に俊子との結婚を果たすが、翌年に離婚、その後、詩人・江口章子《あやこ》と再婚・離婚を繰り返し、三度目の佐藤菊子との結婚で落ち着いた。もともと白秋は、パンの会に所属して、西洋文化に憧れながらも江戸趣味に通じていたが、やがて童謡や民謡・小唄の作詞に専心することで、独自のリズムや歌風を獲得するに至った。

大正末期には、かつては背を向けた芭蕉の閑寂《かんじゃく》を求めて、東洋的枯淡《こたん》を理想とするようになった。そして昭和一五年の『黒檜《くろひ》』では「絲づくり光る鱵魚《さより》はすずしくて早や夏近し鉢の藤波」と和食を詠い、季節感や料理と器の取り合わせを巧みに読み込んでいる。また洋食を詠っても「朝の麺麭《パン》食むと面《かお》あてこの幼な睫毛《まつげ》も頬もバタまぶれあはれ」(『牡丹の木』)と気負った西洋への憧憬は消え、東洋的な伝統への回帰を果たした。

食物への固執—斎藤茂吉（一八八二〜一九五三）

白秋より少し早く生まれて、伝統的な短歌の世界に身を置きながらも、食を正面から詠ったのが斎藤茂吉である。医師を業とした茂吉は、普段から生と死を見つめざるを得ず、「隣室に人は死ねどもひたぶるに帚《ははき》ぐさの實《み》(とんぶり)食ひたかりけり」「にんげんは死にぬ此《かく》のごと吾《あ》は生きて夕いひ食《お》しにかへらなむいま」と死者の前でも食物を脳裏に浮かべたが、「けだものは食もの恋ひて啼き居たり何といふやさしさぞこれは」と詠って、動物が食を求める行動を「やさしさ」と表現している。

こうした茂吉の好物に鰻と納豆があり、しばしば歌題としている。「けふ一日ことを励みてこころよく鰻食はむと銀座にぞ来し」(『白桃』)には仕事への達成感と食事の充実が詠われているが、いっぽう「昼蚊帳のなかにこもりて東京の鰻のあたひを暫しおもひき」(『白き山』)「十余年たちし鰻の缶詰ををしみてここに残れる」(『つきかげ』)などと、やや滑稽なほど鰻への固執を表白している。また茂吉の故郷・山形は納豆の好まれる土地柄で、「山形のあたた新米《にひごめ》のかしぎ飯《いひ》納豆かけて食はむ日もがも」(『霜』)と詠ったが、若き日の留学先ウィーンでも、「納豆をつくるといひて夜も起きゐる留学生の心ともしも」(『遍歴』)と納豆造りに励んでいる。よほど納豆が恋しかったのだろう。

茂吉にとって好物を食することは生そのものの確認で、最晩年には「わが生はかくのごとけむおのがため納豆買ひて帰るゆふぐれ」「今ゆのちいくばく吾は生くらむと思ひつつ三島の納豆買ひつ」「われつひに六十九歳の翁にて機嫌よき日は納豆など食む」(『つきかげ』)と納豆を詠っている。近代に入って、短歌は和歌の文化的伝統から離れ、文学の一ジャンルとして自立を果たした。それゆえ人間存在の根底を支える食が見据えられ、その重みと喜びを短歌のテーマとなし得たのである。

現代短歌のなかの食—人間行動の表現として

料理と恋愛—俵万智(一九六二〜)と松平盟子《めいこ》(一九五四〜)

人と人との心がもっともよく繋がるのが食事という場である。孤食《こしょく》とは現代に生じた新しい現象で、もともと食事は共食《きょうしょく》が基本であった。一味同心という言葉があるが、同じものを同じ場所で同じ時間に食べることで心が繋がるから、恋人たちのデートでの食事や相手のために料理することに大きな意味がある。それゆえ現代の女流歌人たちは料理と恋愛を得意のテーマとした。「「この味がいいね」と君が言ったから七月六日はサラダ記念日」を掲げた処女歌集『サラダ記念日』がベストセラーになった俵万智には、「夕飯はカレイの煮つけ前ぶれを待ちつつ過ごす時のやさしき」(『プーさんの鼻』)「不確かな時をワインでつなぐため牛のしっぽを煮込んでおりぬ」「もう二度と来ないと思う君の部屋　腐らせないでねミルク、玉ねぎ」（『チョコレート革命』）などがあり、料理そのものに固執する。

やがて難しい恋に落ち、「水蜜《すいみつ》桃の吸わるるごとく愛されて前世も我は女かと思う」と性愛を詠い、「焼き肉とグラタンが好きという少女よ私はあなたのお父さんが好き」と自己主張するが、「君の妻が野菜を刻む音響く夕べかなしく橋を渡れり」（『チョコレート革命』）というのが現実で、やがてシングルマザーの道を選ぶ。「子を連れて冷やし中華を食べに行くそれが私の今日の冒険」（『プーさんの鼻』）は外食の短歌であるが、基本的に俵万智は料理が好きで、主に恋人と食べるまでのプロセスが大切に詠われる。

俵万智と対照的なのが松平盟子で、料理そのものよりもレストランなどでの食事風景に重要な主題が籠められる。「アヴォガドの青くささ海胆《うに》の潮くささいよいよ好む三十代は」「舌ざはり歯ごたへ香りとびきりの生ハムとわが憂鬱の裂《きれ》と」「対《むか》ひあひサラダ食《は》む口まじめにて精神的愛《メンタル・ラブ》など世にはあるとふ」には成熟した女性の心理が、白秋と同じく西洋料理を通して詠われるほか、「ロゼワイン心澄む夜をそそがれて馥郁《ふくいく》とせる時間《とき》が満ちたり」「赤葡萄酒のめば酔ふかな身のうちに天鵞絨《ビロード》がいま敷きつめらるる」（『シュガー』）、さらには「口移されしぬるきワインがひたひたとわれを隈なく発光させゐる」（『帆を張る父のやうに』）などがあり、料理とマッチしたワインの酔いが官能を予感させる。食もまた快楽の一つであり、近世までは歌題として敬遠されたが、若い女流歌人たちは、それを恋愛との関係で深く見つめ、感情の繊細な表現に努力したのである。

隠喩としての飲食—塚本邦雄（一九二〇〜二〇〇五）

前衛短歌の旗手で言葉の魔術師として知られる塚本邦雄は、隠喩《いんゆ》を多用し反写実的かつ幻想的なイメージの短歌世界を構築した。とくに初期の代表作『日本人霊歌』（一九五九年刊）では、食べ物の特性を見据え、これを巧みに利用している。この歌集は、戦後日本の未成熟な状況を愛憎半ばする視点から詠ったもので、「のぞみて日本に生まれしならず肉色に聖十二月のこほる人参」「喪章なす四月の若布《わかめ》　はじめよりわれわれは日本島の流刑者」では、味気ない凍った人参・喪章のような若布という比喩で、日本に暮らす不安と不満を表現している。

そして戦後の革命運動にも疑問符を投じ、「平和祭（メーデー）去年もこの刻《みぎり》牛乳の腐敗舌もてたしかめしこと」「平穏無事に五月過ぎつつ警官のフォークを遁げまはる貝柱」と詠う。さらに「平和祭とおもふすなはち黄昏のパン屋にひきずりこまるる麵麭種《イースト》」として、すでに黄昏れつつあるはずの俗流平和思想が増殖していくさまを描写している。また「貝賣りの手に貝類の無色の血　革命といへど人の死の上」「菠薐草《ほうれんそう》鍋に死につつこの午餐《ごさん》後もうたがはむ無血革命」とも詠っているが、革命という政治理念にこだわりを抱き続けていた点が重要で、やはり根底では平和を希求していた。

むしろ戦争に極度の嫌悪感を示し、「裂かれし獨活《うど》のごとくわれ立つ　寫眞展、キャパの〈倒れる兵士〉の眞下」と詠んで、兵士が戦死する場面の写真を見た衝撃を、灰汁《あく》が強くそのままでは食用としにくい独活を用いて表現している。そして何よりも日本の戦争を憎み、敗戦の日を「残雪のごとき鹽買ふ八月の巷　歴として今日日本の忌」として、生きていくために人々が求める塩を、塵にまみれた残雪だと形容した。さらに突然に招集されて戦場に赴いた兵士の死について「突風に生卵割れ、かつてかく撃ちぬかれたる兵士の眼」と詠った。そしてその三〇年後に、「原爆忌」と注記して「八月六日すでにはるけし灰色に水蜜桃のはげおつる果皮」（『不變律』）の一首を得た。

打ち抜かれた眼と割れた生卵、原爆症ではげ落ちる頭皮と水蜜桃の果皮、いずれも不気味ながらも、不条理な戦争による死の重みをシュールに実感させている。これは先の凍る人参・喪章なす昆布・裂かれし独活といった食材とは逆に、生卵にも水蜜桃にもみずみずしい生命感があり、これを戦争による死や絶望的な病疾の隠喩に用いたところに、この歌人の優れた力量が示されている。

食を詠う――佐佐木幸綱（一九三八〜）

佐佐木弘綱・信綱・治綱という三代続く歌人の家系に生を受けた幸綱は、若き日、ラグビーに熱中し激しい恋愛も経験した。「サキサキとセロリを噛みてあどけなき汝《なれ》を愛する理由はいらず」（『相聞歌篇』）という短歌があるが、これを小説家の北村薫は『詩歌の待ち伏せ』で「最初読んだ時はいい歌だと思いましたが、女性の立場から読み返せば、一〇年セロリを噛み続けるわけにはいかないでしょう。……相手の男が、あどけなさはさておき、人間である自分のどこに《敬意》を払っているのかが、気になる筈です」と評した。フェミニズムのお手本のような批判だが、これは詩歌の本質を見極めない発言で、爽やかセロリも愛する理由も比喩的表現にすぎない。これを含む一連の短歌には、「俺の子が欲しいなんていってたくせに！馬鹿野郎！」のタイトルが付されており、これは確かに失恋に終わったが、この一首は恋愛に夢中だった作者にとって、もっとも率直な実感であった。

豪快な酒飲みである幸綱には、「月下独酌一杯一杯復一杯はるけき李白相期さんかな」（『直立せよ一行の詩』）もあるが、「身の透ける白魚の身をかなしみて酒飲みおれば夜ぞ更けにけり」「内臓の煮込みの皿のどろどろの老人の嘘、俺の合槌」（『夏の鏡』）とも詠う。酒を飲みながら身の透《す》ける白魚を食べるかなしみを感じたり、どこの居酒屋でも見られるような酒飲み話を飲み込んだり、「赤ワイン飲みつつ読みき夜をこめて定家歌論のきわどきあたり」と深夜にワインを空けながら、専門とする歌論との格闘をも歌題としたりする。また「大皿に心豊けきパネクックゆっくりとここに時は流れて」（『旅人』）と詠い、オランダの大きなクレープ状料理の仲間との味わいを、心の豊かな極上の時間として実感する。

幸綱は、第八歌集『旅人』の作歌ノートに「食い物、飲み物の歌を、私は、昔から意識的に作って来ている。……食い、飲むという行為が、生存における根源的行為である以上、今後もまだまだ、さまざまな角度からうたわれつづけなければならないだろう」と記した。近代短歌では、史《ふみ》も白秋も茂吉も、比較的率直に食そのものを詠った。しかし現代短歌では、さらに幅を広げて、万智や盟子《めいこ》あるいは幸綱のように、生命の根源である飲食に託して、恋愛や人生のさまざまな場面を描いたり、邦雄のように食物を隠喩としてみごとに使いこなしたりするに至ったのである。

第4章◉

【短歌を詠んで生きるとは】

現代の歌人は、なぜ短歌を作るのか。
何を見つめて、どのように表現するのか。
和歌を研究する人は、古典歌人の「心」を見つめ、表現を味わう。
それなら現代歌人の「心」は、どうか。
垣根を越えて出会えるのではないか。

1 私の短歌作法

松坂　弘

日本の国は春夏秋冬という季節の変化のおおむね豊かな国である。短歌はこうした季節の変化に反応する心の動きを、五七五七七の定型に収める詩の一領域で千三百年もの歴史がある。ペンと紙とを手にする行為が創作のスタートになる。以下に、私の体験をもとにした短歌創作の一方法を提案してみた。この本を読んでぜひ短歌の創作に参加して戴きたい。

体験の一例

平成二十七年十月三十一日午後四時半ころ、茶の間で新聞を読んでいた私を、妻がベランダから大声で呼んでいる。

「あなた早く、椋鳥《むくどり》の大群が来たわよ！」

直ぐベランダに出る。すると南西の夕空に二千羽とも数千羽とも数えきれない椋鳥の大群が舞い遊んでいるのが見えた。

我がマンションは十五階建ての十四階で南向き、遮《さえぎ》る物が何も無く、抜群に眺めがいい。東京都板橋区、埼玉県寄りに位置していて、平均十五階建てで十数棟建っているのだが、武蔵野の面影を僅かに遺す欅《けやき》や楠《くす》の大木の群れが建物を取り囲んでいる。

ここ数年、十月下旬か十一月初旬になると椋鳥の大群がどこからともなく出現するので、ああまた来たか、などと思いつつしばらく眺める。眺めるというよりも、ぐんぐん引き込まれながら見る、と言った方がいい。

ここに越して来たのは昭和五十三年の春、もう三十七年にもなる。越して来て間もないころは木立ちの下の笹藪に梅雨のころに数羽の小綬鶏《こじゅけい》が来ていて「ちょっと来い、ちょっと来い」と甲高い声で鳴いていた。しかその後、グリーンボランテアなる活動組織が生れ、木立ちの下草を刈るようになると、小綬鶏が来なくなってしまった。

また、森の一角には孟宗竹《もうそうちく》の薮もある。椋鳥らはその竹藪で夜になると過ごすらしい。秋になるとかれらの好物の何かがその竹藪に見つかるのだろうか。

そこでは例年約半月くらいは過ごしているようだ。椋鳥は渡り鳥ではなく関東地区をあちこち移動して暮らしているらしい。

さて、椋鳥の動きは実に興味深い。大群なのに行動に統制が取れている事、めったに見られない反日常的な光景である事、などが私にはまことに興味深く感動的でもある。

さっそくボールペンと紙切れを手にしてしばらく椋鳥の観察をする。そして、言葉のひらめきを次々にメモにする。例えば、

①椋鳥の大群が薄くなり濃くなり広がる。
②二千羽か数千羽の椋鳥の大群が夕暮れの空を左右に旋回する。
③椋鳥の大群が細くなり太くなりする。
④長く伸び短く縮む椋鳥の大群。
⑤横に延び縦に広がり舞ひあそぶ椋鳥。
⑥リーダーの鳥がいるのかいないのか。
⑦椋鳥の大群は旋回する刹那《せつな》一瞬消える。

などというように…。

メモといっても私の場合、最近は最初から短歌に近い形でメモすることが多い。以前は言葉の断片である事が多かったのだが、経験が積み重なる内に短歌形式に近いメモになって来

ている。そうして集めたメモはおおむね数日後次のような試作品として仕上げておく。

①薄くなり濃くなり広くなりながら椋鳥の大群夕空にあらはる
②数百羽か千羽の椋鳥の大群はゆふぐれの空を左右に行き交う
③細くなり太くなりして椋鳥の大群はゆふぞら欲しいままにす
④長く延び短く縮む椋鳥の大群はゆふぞらをカンバスとなす
⑤横に延び縦に広がり舞ひあそぶ椋鳥の大群をしばし見上ぐる
⑥リーダーは一羽か数羽か知らねども一羽も椋鳥ぶつかる事なし
⑦椋鳥の群れは時計まはりするその一瞬に消ゆる時あり

といった具合に、である。

これをまた何日か寝かしておき推敲《すいこう》を繰り返し短歌雑誌などに発表する為に溜めておくのである。

「詠む」のか「書く」のか

私が短歌を詠み始めたのは十四歳ぐらいの時からである。動機ははっきりとしない。

短歌なるものに出会ったのも何時何処なのかはっきりとはしない。強いて言えば小学生の高学年になった正月、近所の友だちの家でやった『小倉百人一首』との出会いかも知れない。

中学では教科書で短歌は習わなかった。

　どういう時に短歌にしておこうという「心が動く」のか。

　良く晴れた春の日の夕方、西空に夕焼けを見た時。夏の雨上がりの午後、東の空に大きな虹を見つけた時。夏の夜、月下美人の開花を見た時。秋になって銀杏の黄金の葉を見た時。初冬のころ地下鉄に乗っていて地上に電車が出て急に身軽な感じがした時など…、実に様々である。

　心が動き、それを短歌にしようと思った時に言葉の断片が閃《ひらめ》く。言葉の断片は少し大袈裟にいえば「感動」の核のようなものである。

　寺田寅彦《てらだとらひこ》という物理学者は随筆『柿の種』の中で、「…日常の世界と詩歌の世界の境界は、ただ一枚のガラス板で仕切られている。このガラスは、初めから曇っていることもある。生活のちりによごれて曇っていることもある。二つの世界の間の通路としては、通例、ただ小さな穴が一つ明いているだけである…」と書いている。まことに暗示に富んでいて感心する言葉で、短歌にぴったりの名言である。

　短歌はまさに心に響いた「感動」を言葉や文字に塞《せ》き止《と》める行為が創作である。その創作行為はやや反日常的と言えるかも知れない。

　短歌ではこうした「メモ」行為を「詠む」と言い習わして来た。

　しかし、近年の若い歌人たちは「詠む」とは言わず「書く」と言い始めている。我々ロートルにはまことに耳障《みみざわ》りで仕方がない。

しかし、音声による伝達から文字による伝達へ、具体的にいえば、筆書きからペン書きへ、そして機械書きへと記録と伝達の方法が変化してゆくのと平行して「書く」という意識に変化が起こり「書く」という言い方が広まりつつあるのはやむを得ない時代の流れなのかも知れない。

その事により感動の質にも変化が起こるのは当然の事かも知れない。

ところで、島木赤彦《しまきあかひこ》は『歌道小見《かどうしょうけん》』という本の中で、短歌における「感動」というものの定義を次のように述べている。

「…私どもの心は、多く、具体的事象との接触によって感動を起こします。感動の対象となって心に触れて来る事象は、その相触るる状態が、事象の姿であると共に、感動の姿でもあります。…」と。

これはなかなかに明快な定義だと思う。

秋の夕刻、妻の呼び掛けでベランダに出て、椋鳥の大群を見た時、私は心にゆらぎを持った。その揺らぎをボールペンで紙にメモにした事により、短歌が生れた。

心にゆらぎをもっても、紙にメモしなければ短歌は生まれない。このささやかな行為を大切にし、創作という行為にどう移すか、これが大事なのだといえる。

「説明」「記録」「伝達」

「説明」「記録」「伝達」のバランス韻文は説明と記録と伝達という三つバランスをどう保

つかが何よりも難しい。

　この場合、短歌が歌謡である、という原点を忘れてはならないだろう。しかし、言うは安く行い難いのが表現行為というものである。

　私は推敲に際しては音読する、指折り数える、という行為を必ずしている。この行為は基本中の基本といってもよいものである。

　それは何故か。言葉は、文字と音声との程よいバランスによって成り立っている、と考えているからに他ならない。

　初心の内は「説明」と「記録」と「伝達」のバランスが旨く掴めない。この三つの程よいバランスの獲得はひたすら表現という行為の積み重ねによってのみ為されるものである。

　私の長い作歌経験からして結局のところは韻文の善し悪しは送りがなをどのように加除するかにという事によって決まる、という点に辿り着く。

　さらに、短歌は五句三十一音律であることを基本とした韻文である。さらにいえば、短歌は単文でありつつ、別の角度から見ると、複文であったり、重文であったりする側面を持っている。

　単文は主部と述部とから成り立ち、複文や重文は、主部と述部とのまとまり複数で成り立っているものを指している。

　そこに表現上の難しさが存在している。

　作品を例示してみよう。

葛の花　踏みしだかれて、色あたらし。　この山道を行きし人あり（釋　迢空）

「葛の花」で一文節、「踏みしだかれて、」で一文節、「色あたらし。」で一文節、「この山道を行きし人あり」で一文節と読み取るのが一つ目。

「葛の花　踏みしだかれて、色あたらし。」で一文節、「この山道を行きし人あり」で一文節と読み取るのが二つ目である。

というように、短歌は一つの単文でありつつ同時に複文・重文であるという側面も持っているのが特徴で、そこに表現上の難しさ、解釈上の難しさを持つ文体なのである。

最近の若い歌人たちは短歌の散文化に忙しいようだ。句跨《くまた》がりの多用、虚構の世界などの意味の重視、伝達の際のインパクトの強さへの偏重がはなはだしい、目に余る。

これらは、電子機器を中心とした機械文明の高度な発達のしからしむるものであるのはよくわかる。しかし行き過ぎは困るのである。

短歌も広い意味では「詩」という概念でとらえられる。しかし、五・七・五・七・七という基本的な表現形式を放棄してしまったのでは、短歌は現代詩の中に埋没してしまう。

初心を忘れない

私は十四、五歳の頃（中学二年、か三年の頃）から短歌を詠みはじめた。詠みはじめたけれども全く手探りだった。短歌を詠むための入門書があるのかさえもよく知らなかった。ただ詠みはじめた時に、短歌が五・七・五・七・七という表現型式をもっている、という事だけは何となく知っていた程度であった。

中学生くらいになって正月に遊びとしてやった『小倉百人一首』のカルタ取りの体験が少しは作歌に当たり何らかの影響をもたらしていたかも知れないがはっきりとはしない。

それから間もなく夢中になって「信濃毎日新聞」の歌壇に熱心に投稿をはじめた。それを誰に教わったのか、よく覚えていない。選者は斎藤史《ふみ》と五味保義で、一月に一度くらい入選するようになった。これが中学の校長の目にとまり、専門歌人を紹介された。宮原茂一《もいち》という歌人だった。

高校生になってから、毎月十首か十五首創って宮原家に泊りがけで訪問して見て貰うようになった。宮原も短歌の創り方について格別の指導はしなかった。入門書などについてもアドバイスもなかった。

ただ、添削するに当たって私の拙《つたな》い短歌を何回か音読された。時には節のようなものをつけて音読することもあった。しかし、なぜ音読するのかについては何も語らなかった。

後でわかったのは、短歌は韻文なのだ、リズム感が大事なのだ、という事を言葉ではなく、実践を通して私に教えていたのかも知れない。

今もよく覚えているのは、「自分の身のまわりの事を歌にしなさい」と言っていた事だけである。

だから、太田水穂《みずほ》の歌や島木赤彦の歌を読むように薦められたのは大学に入ってからである。好きだと思った短歌を暗記するように薦《すす》めた。しかし、短歌の入門書についてはついに何も薦める事はなかった。

こういう教え方をされた事に私は今深く感謝している。

歌会への出席の薦め

カルチャーセンターなどでよく「短歌の上達法を教えて下さい。」といわれる。

そのたびに、私は六十数年自分のやってきた過去の体験を振り返り、次のように申し上げている。

「短歌の上達法は、あるといえばある、ないといえばないです。しかし、私の長い体験からして次のような事はいえます。①に多作、②に多読、そして③に持続です、と。

これをもう少し補足説明すると、次のような事になるだろうか。

①多作…最初のうちは、あまり理屈を考える事なくただひたすらに作歌する事が大事である。自分の創った短歌がいいか悪いかなどは深くは考えない。そうして沢山創るうちにあれやこれや疑問が湧く。疑問が沢山になる事がまず第一歩。短歌の入門書は沢山疑問を抱えて読むのがこつというものである。

②多読…最初のうちは、他人の作品をこまめに沢山読む事が大事。他人の作品を読むと、

ああこういう感じ取り方があるのか、こういう表現の仕方があるのか、という事が少しずつわかる。

　他人の作品といっても漠然としていよう。私は最初は新聞雑誌の投稿欄の短歌を読む事からお薦めする。ついでは、近代短歌や古典和歌を暗記する事をお薦めする。長い年月にわたって愛読されている短歌の良さが理解出来る。自分作品に対する批評基準もしっかりとしてくるからである。

③持続…これは書道にも、華道にも、運動などにも共通していると思われるが、練習を休むと力が元に戻ってしまう。創ったり読んだりの間隔を出来るだけ少なくする、これが力の現状維持には欠かせないことである。二年やったから三年やった人よりうまくなるか、といってもそうはうまい具合にゆかないのが辛い所でありまたやり甲斐のある所なのだ。

良き先達良き仲間と切磋琢磨《せっさたくま》する事が大切である。

近年は新聞社や出版社などでの通信添削講座が盛んである。最初の内はこういう講座で勉強するのもいいだろう。しかし、作品についての批評は肉声で聴くのが一番いい。これは私の経験からしても言えるようだ。基本的な事が理解出来るまでは個人で学習し、その後カルチャーセンターなどに入って学習するのが良いと思う。

さらには、短歌結社の支部活動に参加することをお薦めする。この活動を歌会《うたかい》といったり、歌会《かかい》といったりする。

数人から十数人くらいの集まりがいい。多すぎると提出して批評や添削をして貰う作品数が少なくなってしまう。

多くの結社は二首程度を提出して批評しあう。出席者が二、三人解釈し感想を述べ、その後で会のリーダー格の人が総評するといった進め方である。

歌会で作品の批評を聞くという事は自分の作品が他者にいかように伝わったかを確認する場である。

歌会の席で他人の解釈を遮るようにして異を唱える人がいる。それは誠によろしくない行為で、自分の推敲不足を容認するのと同じなのである。

作品は一度提出された時点で他者のものになる。自分の表現意図とおりに相手に伝わらないのは推敲が不十分であるという事の証明に他ならない。

歌会という場は自分の作品を客観視する訓練の場、億劫《おっくう》がらずに出席することが上達に繋がる事請け合いである。

2　何を選び、何をうたうか

田宮朋子

歌を詠み、推敲し、納得してペンをおく。納得してペンをおくのは、表現上問題がないことを確かめた時だが、それだけではない。

歌の言葉は、心の内部の手触りにしっくりと合っていなくてはならない。何かが違うと感じる時はまだ推敲の途上である。

心の内部の手触りは人によって異なり、納得する文体は人それぞれである。

歌を詠む者は、自分の心の内部に正直であるほかはない。

何をうたうか

何を選び、何をうたうか――。結論を先に言えば、何を素材としてもよく、何をうたうかは人それぞれの自由ということになる。言うなれば、それぞれの心の内部の手触り、いのちのありようをうたうのである。

うたは『万葉集』の昔から長く詠み継がれてきた。五七五七七の詩形は変わらないが、作風は時代によって変遷してきた。ことに明治以降の和歌から短歌への転換は大きく、それ以後も時代が作品に直接間接に影響を及ぼして、新たな作風を生んできている。現代短歌は多様である。内容、表現ともに幅が広がり、これまで見なかった傾向の作品が生まれている。現代社会がさまざまな意味で複雑化して、人の心のありようが多様化しているのを反映してのことである。

しかし、どのような作品であっても、たとい虚構やファンタジーであっても、作品には作者の心の手触りがこめられている、と私は考える。だからこそ納得する一首ができたときは、慰藉《いしゃ》をともなうのである。心にかなう歌ができたときはうれしいものである。歌を詠み続けることは、こうした喜びがあってこそ可能となる。言葉をうまく五七五七七の形に組み立てても、心の襞《ひだ》に触れていないときは、満ち足りた気持ちになることはない。

そもそも「短歌をうたう」とは、どういうことなのか。

短歌は、抒情詩であるといわれる。「抒情」とは情を抒《の》べること、つまり短歌は情を抒べる詩ということになる。

「抒」を漢和辞典で引くと、「①くむ。すくいだす。②のべる、もらす。心に思うことを打ち明ける」などの意味が出てくる。おおまかにいえば、抒情とは「心の中から情をすくいとってのべる」ということになる。「叙情」とも書くが、「叙」は「順序立てて述べる」の意で、ニュアンスがすこし異なる。

では「情」とは何か。漢和辞典には「①こころ。心が物に感じて動くはたらき。心の作用。知情意。②なさけ。③ありのままの事実。④ありさま、⑤おもむき」などとある。こうした内容は、心の中に混沌《こんとん》とした状態で分かちがたく存在している。

このうち「知情意」について考えてみる。知情意、つまり知識、感情、意志。ここでは知識、意志、感情の順で述べることにする。

知識について言えば、知識は短歌を豊かなものにする。しかし、短歌は知識がなければ詠《よ》めないというものではない。日本語を話すことができる人なら、ことさらな知識がなくともだれでも短歌を作ることができる。実際、小学生から百歳以上の高齢者まで、多くの人が短歌を作っている。初心者の中には、「言葉を知らないので短歌ができない」と言う人がいるが、短歌を作るにはまずは手持ちの言葉で十分である。ふつうに使われている言葉だけで作られたすぐれた短歌はたくさんある。逆に知識をたくさん持っているからといってよい歌ができるとは限らない。知識を羅列しただけの作品は、短歌よりも散文で表現するほうがふさわしい場合もある。

もちろん短歌を作るのに知識がいらないと言うつもりはなく、短歌をまとめるについては語法上の知識はある程度必要である。それに、はじめに書いたように知識は歌を豊かなものにする。知性があれば切り口の鋭い短歌ができる。豊富な知識を持つ人は、それをもとに独自の作品世界を構築することができる。また古典和歌の素養があれば、枕詞《まくらことば》などの言葉を活かして使うことができ、五七五七七の調べに馴染《なじ》んでいることは短歌を作るうえで大いに役立つ。

けれども短歌を作るのに知識は必須というわけではない。知識は、短歌を作りながらそのつど吸収していけばいいことであり、それがないから始められないというものではないのである。

では意志はどうか。詠もうという意志がなければ短歌はできないから、その意味では短歌を詠むのに意志は必要である。

中国の古詩に、「詩は志の之《ゆ》く所なり。心に在るを志と為《な》し、言に発するを詩と為す」という詩の原点のような言葉がある。心にある志が言葉となったものが詩であるといわれれば、たしかにその通りだが、短歌の場合、「詩は志」というだけでは収まりきれないものがある。「詩は志」にはうなずいても、「短歌は志」といわれても違和感があるのではないか。

これには短歌の前身である和歌の歴史が関係している。日本では古来、正式文書や思想、宗教書は漢文で書かれる一方で、物語などは和文で書かれてきた。韻文《いんぶん》では、漢詩と和歌の両方が並行して作られ、情感の質は異なっていた。述志《じゅつし》の要素は漢詩のほうにゆだねられていて、和歌は「もののあはれ」という言葉で表されるような主観的な情趣をうたってきたのである。神仏への祈りの歌はあったが、これはいわゆる述志の歌とは違う。

　ところが明治以降、歌は大きく転換することになる。「和歌」から「短歌」へと呼び名も変わった。変化の要因はいろいろあるが、その一つとして、それまでほぼ訓読《くんよ》みの和語《わご》だけで作られてきた歌の中に音読《おんよ》みの漢語が入ってきたことが上げられる。その結果（理由はそれだけではないにしても）古典和歌には希薄だった思想性、男性性などが短歌に入りこみ、述志の要素の強い歌も詠まれるようになった。

おそらくは知らるるなけむ一兵《いっぺい》の生《い》きの有様《ありざま》をまつぶさに遂《と》げむ（宮柊二『山西省』）

　宮柊二《みやしゅうじ》は、第二次大戦中に中国の山西省で兵士として戦った。これは死を覚悟せざるをえない戦地で作られた作品で、自分の生を最後までつぶさに見届けようという強い意志が詠まれている。ほぼ和語で構成されている一首の中で「一兵《いっぺい》の」という漢語が効《き》いている。「一兵《いっぺい》の」は、近代的自我をもつ作者の立場を端的に表した言葉で、ほかの言葉に置き換えることができない。たとえば「兵《つはもの》の」などにしてみるとそれがよくわかる。

　しかし「一兵」以外はすべて和語で構成されている。和語を漢語に換えて言葉を配置することも可能なはずだが、そうしたのでは作者の心がこの作品のように表し得るかどうかは疑問である。和歌から短歌へ大きく変貌したとはいえ、短歌の底には和歌に通じる何かが息づいていて、意志を表す場合も情のうねりのようなものが強く絡《から》んでくる。漢語を使うか和語を使うか、それは歌の情感の質に微妙に影響する。

知識と意志について述べてきたが、感情はどうであろうか。「抒情」という言葉のなかに「情」があることからも、感情は短歌の芯ということができる。『万葉集』の部立は相聞《そうもん》、挽《ばん》歌《か》、雑歌《ぞうか》の三つだが、うち二つの相聞（主に恋愛の歌）と挽歌（死者を哀悼する歌）は、いずれも人間の感情がもっとも高揚するときに詠まれる歌である。短歌の芯である感情は、喜怒哀楽や愛憎、好悪、快不快、情操など、心の中に生じるさまざまなものを含む。

感情にはポジティブなものとネガティブなものがあり、短歌には当然両方が詠まれる。しかし、極端にネガティブなものは作品として成り立たない。たとえば殺意を何の反省もなく詠んだ歌は、どれほどうまく定型に収めてあっても、読者に受け入れられることはない。そこまで極端でなくとも、ネガティブな感情に終始した作品は、そのままでは優れた作品になりにくいように思う。短歌を詠むことの基底には、生きて在ることへの肯定の感情がある、と私は考える。

生きていれば、ときにはネガティブな感情が起きる。現実との軋轢《あつれき》で苦しみ、心に深い傷を負うこともある。現代社会独特の生き難さを感じることもある。そうしたことは短歌の大きなテーマである。生きるために困難と格闘するなかで詠まれた歌の中には、人間の刻印されたすぐれた歌がある。

排悶《はいもん》のために作りし歌一首作りたるのちためらはず捨つ（高野公彦『水行』）

排悶とは、悶々とした気持ちを排出すること。悶々とした気持ちを、短歌を作ることで排出するというのは多くの人の経験することである。排悶の歌といっても、すぐれた歌はある。しかし作者がそのとき作った歌は、低次元の愚痴や不満などを吐き出しただけの歌だったのだろう。それに気づいてためらわずに捨てたのである。短歌にはカタルシスの作用（心にたまっているものを吐き出すことで心を浄化する心的機能）があるとされるが、短歌が単なるカタルシスにとどまるものではないことを、この作品は示している。

私が短歌を初めて作ったのは二十代の前半だった。文学に関心がなかったわけでないが、とくに短歌に興味があったわけではなく、歌集を読むこともなかった。そのころの私にとって、短歌は日常のちょっとしたつぶやき、ためいきのようなもので、小さな手鏡に一瞬の思いを映すのに似ていた。できたときは喜びを味わっても、手鏡に映した心はゆらゆらと消えてゆく。短歌という手鏡を放してしまうと、しばらくは手にすることを忘れるという具合で時間が過ぎた。

ところがあるとき、どうにも気持ちを処理できない出来事が起こり、思いを吐き出すようにたくさんの歌を詠むことになった。ようやく授かった子が、月満ちて生まれたのに三日で亡くなってしまったのである。こうした経験をした人は世の中には稀ではなく、表現することなく心の内にしまう場合も多いはずだが、あのときの私は詠むほかなかった。むなしさ、かなしさ、くやしさ、申し訳なさといった負の感情が渦巻くなかで、それを夢中で短歌に詠んだ。しかし詠んでも心の内を詠みきったという思いは得られず、詠まずにはいられない気持ちは尽きることがなく詠みつづけ、それがきっかけになって三十歳の時コスモス短歌会に入会した。短歌会に入会したころの私は、まさに排悶の歌を作り続けていたといえる。

梢吹くしづけき風はきはまれる紅葉いく枚ふるはせてゆく（『雛の時間』）

入会して間もない頃の拙作である。当時抱えていた悲しみとは関係のない叙景の歌だが、この歌ができたとき、ふしぎなことに生な気持ちを具体的に表出した歌よりも、自分の心にしっくりと合うのを感じた。そして、何かしら心が晴れるような気がした。ごくあたりまえの小景だが、こうした小さいできごとも自然の営みのうちにあるということに頷《うなず》く思いがしたのである。

その三年後に生まれた二人目も生きられない子で、その直後はやはり気持ちを吐き出すように詠むほかなかった。それはそれで意味がなかったとは思わないが、ほとんどの歌はその後編んだ歌集には収められなかった。

わが産みしをみなごふたりかの世にて雛《ひひな》遊びの齢すぎけむ

（『雛の時間』）

このように詠めるようになったのはずっと後のことである。

さて、「感情」について述べてきたが、感じるという作用はいわゆる感情だけではない。感覚、つまり視覚、聴覚、嗅覚、味覚、触覚の五感もある。言葉にすれば五感だが、これに関する日本語の数は膨大である。たとえば触覚について言えば、手触りや肌触りだけでなく、暑い、涼しい、さわやか、などの季節感を表す言葉も入る。食べて、眠り、排泄するというような生理的な行為にともなう心の動きもある。意識の底には、こうした名状しがたい動物的なもの暗い情動が存在している。

一方、もっと人間的で高度な心の作用もある。政治、社会、歴史などについての世界観、思想、哲学、宗教にかかわる人生観、絵画、音楽、文学などにまつわる芸術的な情趣、スポーツの実践や観戦などの折の感興など。生理的な感覚は共通して持ち合わせているが、こうした世界観、人生観の分野は、人によって大きく異なる。

抒情の「情」の内容について便宜的に分けて考えてみたが、うたうべき情は、こうした心の作用の総体ということになる。心の中にはそれらのものが分かちがたくからまりあって、混沌（カオス）とした状態で存在している。

では、その混沌とした心からどのようにして情を汲み出して短歌を作るのだろうか。

心は、みづからのカオスを持て余し、絶えずサインを発して出口を求めてゐる。そのカオスは、自分と等身の言語と化したとき、初めて一すぢの脱出口を与へられるのである。

（高野公彦『地球時計の瞑想』）

短歌を詠む時の心のありようを示すものとして記憶している言葉である。何かをうたおうとするとき、私たちは心のカオスに思いをこらして、うちなるサインを受け止めようとする。そしてサインを捉《とら》えると、それにふさわしい言葉を探し、自分に合った言葉を得たとき、一掬《すく》いの情は、脱出口をくぐったように短歌になる。

心のカオスの状態も、短歌のサインの見つけ方も、言葉にするときの表現方法も、人によって違う。現代人の心の内部は、感じ方も、関心のありかも、価値観もさまざまである。性別や年代や生活様式の違いからくるものもあるが、それだけではない。近視の人もいれば遠視の人もいる。絶対音感を持つ人も音痴の人もいる。人間に見える赤い色が猫には見えないし、蜜蜂に見える紫外線が人間には見えない。そんな例えを思いつくくらい、内面の手触りは人によって違う。違うけれども、短歌は自分以外の読者を必要とする。そして自分は他者の作品を読むことになる。

宮柊二に「独白と伝達」という文章がある。短歌は独白、つまり一人で語るように作るのだが、他者への伝達の要素も大切で、他人に内容が伝わるような表現でなくてはならない。短歌は昔から座の文芸とされてきた。他者に読まれることを前提にして作られるのである（一人で作って一人で楽しむという人もいるが、その場合も自分という読者が存在する）。歌会の席で、あるいは歌誌に載せることで、批評を受ける。新聞投稿なら、まずは選者が読者である。宮柊二には「孤独派宣言」という文章もあるが、独白には「孤独」、伝達には「派」が対応する。

独白は告白という言葉にも置き換えられる。単純な告白かどうかはともかく、短歌が情を詠むものであるかぎり、自己の内部のありようを告白するという要素を含むことはたしかである。ときには臆面《おくめん》もなく私生活をさらすことになる。短歌を作るということは、告白の文芸であることを受け入れることである。

短歌に関心があっても自分では作らない人の中には、ここがネックになる人もいるだろう。内面を吐露することに気恥ずかしさを覚える。あたりさわりのない風景を切り取って詠んでみても喜びは浅く、短歌という小詩形に自分の存在の重さを託しきれない——。

もっとも人間には含羞《がんしゅう》があり、独白はそれをクリアする範囲で行われる。生きている時間には無限の瞬間があるわけだが、私たちはほとんどのものを切り捨てて、心にかなったものだけを歌にする。さらに自分の中にいる読者がそれを吟味し、取捨する。そして何らかの場に提出する。

そして読者がそれを批評する。歌会では、内容の吟味もさることながら、表現上の難点が問題になることが多い。はじめから卓越した表現力を身に付けている人はまれで、多くの歌詠みは指摘を受けて短歌の技法を磨いていくことになる。短歌の批評の際によく「説明的」という言葉が使われるが、これは作品が内容の叙述に終始していて、こめられるべき情が流露していないときにそう言われるのである。

「何を選んで、何をうたうか」というテーマに戻り、これから先は私個人が何を選び、何をうたってきたのかについて述べてみたい。

晩秋の越後平野の村ひとつ雲の真下となりて翳りぬ（『雛の時間』）

雪起し響動《とよ》みしのちのしづけさを眠れば夢のなかに雪ふる（『星の供花』）

今は地方に住んでいても、インフラが整備されていて居住空間は都会とほとんど変わらない。車でスーパーに行けば何でも買うことができる。インターネットを使えば最新の情報が手に入る。とはいえ、やはり田園地帯では自然に触れる密度が濃く、私にとって自然は大きなテーマである。

私が住んでいるのは新潟県の長岡市。雪国といわれる地方だが、除雪体制が整っていて冬でも日常生活に支障はない。「雪起《ゆきおこ》し」というのは、雪が降り出す前に鳴る雷のことである。ひとしきり鳴り響いていた雷の音が止んで静かになった夜、いつのまにか眠ってしまった。ときどき眠りが浅くなり、雪が降り出したかどうか気になりながら、また深い眠りに入っていく。そうした思いを「夢のなかに雪ふる」と表現した。除雪など生活上困難を伴う地域もあるが、私の住んでいる場所はそれほどでなく、それが「夢の中に雪が降る」というやや甘い内容に表れているかもしれない。

地球温暖化の影響のせいか近年は雪の量が少なくなった。それでも晩秋から春にかけては雪雲や雨雲に覆われる日が多く、太平洋側に比べたら太陽の照る日は少ない。半年近い雨冠の空の下での暮らしは、心のありように何らかの形で反映しているにちがいない。

河骨《かうほね》の花の間《ま》にゐる蝦《えび》の身は水中にして透きとほりたり（『雛の時間』）

ほんのりと月は照りたり雪原に蝶のさなぎのゆめ深むころ（『雛の時間』）

おほばこの引き抜きがたき細茎に天地《あめつち》とわれしばしつながる（『雛の時間』）

つゆくさはつきくさにしてほたるぐさ、とんぼぐさ遠き祖先《おや》も見し草（『雪月の家』）

里山や庭は、多くの生命がみなぎる小宇宙である。

一、二首目は、小動物の歌。一首目、生家の庭の池の記憶を詠んだものである。初夏になると、池の浅瀬にはコウホネの黄色の花が咲き、よく見ると水の中にはエビがいた。濁った水の中で、生き物であるエビの身が透けて見えたことが子ども心に不思議だった。二首目は、雪原のどこかで越冬している蝶を想って詠んだものである。

三、四首目は雑草の類の植物の歌。三首目、オオバコを手で引き抜こうとしてもなかなか抜けない。オオバコなりに大地に根を張ってふんばっているのだ。ここまでは草取りの様子だが、「天地《あめつち》とわれしばしつながる」は、歌を推敲しているときに出会った「自分と等身の言語」である。歌いたいことがあっても言葉にならず、掻き消えるように心の中のカオスに戻ってしまうことも多いが、この時は時間をおいて見直して推敲したお蔭で、自分なりに納得のいく言葉に出会うことできた。四首目は、ツユクサの古名や方言を並べて、遠い過去から生《は》えては枯れして咲き続けてきたツユクサの時間、私の時間を意識して詠んだ。

春になればハコベやイヌノフグリが咲き、夏になれば蟬が、秋になれば虫が鳴く。こうした自然は、あたりまえといえばあたりまえであるが、いくらあたりまえであっても私にとってはいたく新鮮だ。ことさら景勝地に出かけたり珍しい動植物を見に行かなくとも、身近なところで造化の妙に出会うことはできる。ヒトのDNAの全ゲノムが解読され、ゲノム編集をすることのできる時代でも、木の葉一枚造りだすことができないことを思えば、生命の神秘に驚きの目をみはらざるをえない。

中にはそう感じない人もいる。四季は繰り返すものであり、多くの人が詠んでいるから作品は類型、常套に陥りやすい。花鳥風月を詠むことを前近代的として退ける向きもある。しかし、自然は人間の母体である。千三百年もの間「うた」という詩形がつづいてきたのは、日本が湿潤で、ゆたかな四季があったことと関係があるのではないか。四季にまつわる語彙の多様さは、情感のひだのこまやかさを映している。

自然と幾重にも隔たっている現代では、いわゆる自然詠は減る傾向にあり、出てきても背景にとどまったりして生命感に触れないことが多い。時代を反映してのことだから、それはそれでいい。何をどううたうかは自由なのである。スマホ時代の人には、その内面から必然的に出て来る表現があるはずである。

ただ、私には自然詠は大きな課題である。現代に呼吸している者として、新たな自然詠を模索したいと考えている。

いやおうもなし通帳に「原子力立地給付金」振り込まれくる（『雛の時間』）

烈震に揺さぶられたる原子炉の奥に冥王《プルトー》目覚めざりしか（『雪月の家』）

厳《いつか》しき見張りおくべし原発は油断のできぬ異客であれば（『雪月の家』）

福島第一原発の事故が起こる以前から、原発については自然とは相いれない不気味な存在として強い違和感を抱いてきた。一首目、柏崎刈羽原発の二十キロ圏内に住んでいると、申請しなくとも預金通帳には「原子力立地給付金」が毎年振り込まれてくる。事故後原発が停止しても振り込まれつづけている。二首目は中越沖地震で柏崎市に大きな被害が出たときの歌。当時、変電器の火災がテレビで放映されているのに住民に向けての知らせはなかったことを、後の報道で知った。三首とも福島第一原発の事故が起こる前の作品だが、起きた後はいくら厳しい見張りをおいてもこの異客は制御しきれないのではないかという思いを強くしている。

国の原発政策の経緯を知れば知るほど、いろいろな疑念が生じるばかりである。原発事故が起これば、かけがえのない故郷を追われることになる。郷土に強い愛着を感じている者としては、それを根底から覆す可能性のある原発から目をそらすわけにはいかない。

しだり尾をながく曳きつつこの星のＤＮＡの真旅ひさしき（『星の供花』）

古歌《こか》の「あしひきの山鳥の尾のしだり尾の長々し夜をひとりかも寝む」を本歌取《ほんかどり》して作った歌である。今、少し前の人類が知らなかった地球史の謎がつぎつぎに解き明かされている。一般の者にもその成果がわかりやすく公開されていることがうれしい。太古の昔から変化しつつ受け継がれてきた遺伝子のＤＮＡ。ときどき見かける長い二重螺旋《らせん》の構造を図像化したものを、この歌では山鳥のしだり尾にたとえた。生命史は、とてつもなく長い。それは、〈生きよ、生きよ〉という大いなる願いの歴史だったともいえる。寺に生まれ育った私にはそれが仏の願いに重なり、「曠劫《こうごう》よりこのかた常に没し、常に流転して…」という言葉と重なるのである。はじめは「旅はひさしき」だったが、ＤＮＡの歴史を強調するために「真旅ひさしき」と推敲した。昔読んだ手塚治虫の『火の鳥』のイメージも意識した。

先つ世は楠なりし弥勒像とほき記憶に鳥が棲みゐむ（『星の供花』）

東京都美術館で開かれた「中宮寺展」を観て作った歌である。ほの暗い一室の中央に、国宝の菩薩半跏《ぼさつはんか》像が安置され、下から上から背後から効果的に光が当てられて、全体が陰影ゆたかに照らし出されていた。奈良の中宮寺には何度か行き、以前からこの菩薩半跏像には心惹かれていたが、このときは本来の堂の中よりもはるかに近く感じられた。

クスノキで造られている菩薩像。仏像になる前の木の枝には青葉が揺れていたことだろう。伐《き》られてから千年以上たつ今も、表情はまるで小鳥のさえずりを聞いているかのように安らかである。仏像を作るために命ある木を伐るのは不殺生戒《ふせっしょうかい》と矛盾しないかという見方があるが、仏教の不殺生戒は、命は根本的に他の命の犠牲なくして成り立たないことを前提にしている。一本のクスノキが大木になるためには、他の植物の芽が枯れることもあったことだろう。そうしたことを含めた生死のありようを、さまざまに思わせられる菩薩像との出会いであった。この時の心の揺らぎは大きく、五十首の連作にまとめることになった。前の「しだり尾」の歌もその連作中の歌である。

仏教的な内容の歌を出したが、他の思想、哲学をうたう場合にも、短歌ではドグマを説明するのではなく、情を抒《の》べることが基本である。

われわれは内と外とにおける時間の推移を作品から遁さないと共に、また現在が抱いている筈の永遠質をも注目して把えたいと思います。

（宮柊二「みずからの生の証明を――「コスモス」創刊に際して――」）

この文章の「永遠質」とは、詩的真実をさすのだろう。短歌は、現在という刹那《せつな》にこもる心の中の詩的真実をうたう詩形である。日常の一些事《さじ》であっても、それを三十一文字にうまく組み立てたら、「永遠質」という言葉を当てることのできるような小宇宙になる。刹那のうちに永遠を見る。これが日本人の心の特性に合っているから、この小詩形は長く続いてきたのだろう。

内面のカオス、その掬い取り方、表現の仕方は、時代によって人によって違っても、情を納得のいくように表現し得たときには、浄福感《じようふく》ともいうべきものが湧いてくる。自分でもよくわからない奥深い内面のカオスに耳を澄ませて、それを歌にしたい。それは未知の自分に出会うことでもある。

3 「ただごと歌」を創る

奥村晃作

わたしは「ただごと歌」を提唱してきた。どういう歌かは、このエッセイを読んでもらえばわかる。和歌史をひもとけば、小沢蘆庵《おざわろあん》が「ただごと歌」の提唱者であり、実践者であったことがわかる。わたしはわたしの一人の歩みであった。わが生の彫刻である。今は必ずしも「ただごと歌」にこだわらない。現時点での短歌観を書き記した。（参照・拙著『ただごと歌の系譜―近世和歌逍遥』本阿弥書店、平成十八年、ほか）

蘆庵の「ただごと歌」

江戸時代後期、天明八年（一七八八年）一月三十日、京都（平安京）大火。皇居、二条城を始めとしてほとんどの地域が、家々が炎上。小沢蘆庵《おざわろあん》も焼け出された。

二週間後の二月十三日、縁あって蘆庵は太秦《うずまさ》広隆寺の寺域にある一つの寺（堂）を借りて住むことになった。十年ほど住む人もいなかった廃寺同然の荒れ果てた寺であった。蘆庵六十六歳。以降、六十九歳までの四年間、六十代後半の四年間を蘆庵はこの寺に住み、論作において優れた仕事を成し遂げた。

蘆庵の家集『六帖詠草《ろくちょうえいそう》』から一首を引く。詞書《ことばがき》が極めて長いので先ずその詞書を以下に記す。

天明八年の正月はての日、賀茂川の東なる小家より火あやまちたるが、風あらましく吹きて時のまにひろごり、内裏よりはじめ京の家ゐ残りなく焼けたりしかば、おのれも住むべきところなくて二月十三日の夕べより太秦十輪院に移り住む。此の寺十とせばかり住む人なし。広き寺のいたう荒れたる所なり。移りける夜、ことのほか寒く夜もすがらいも寝ず

歌を記す。

荒れにけるはちをか寺の旅寝には春さへ寒し身を刺すがごと

廃寺同然の荒れたる寺は「十輪院」とも「はちをか寺」とも称された。「はちをか寺」だから一晩中寝られなかった寒さを蜂が身を刺すが如き寒さと小技を効かせた歌。

続く歌も引く。詞書を添えて。

夜明けて見れば軒に梅あり。いとよく咲けり。都は一木も残らず焼きうせたるをも知らぬ様なる色香なるもあはれにて

世離れて人もすさめぬ梅なれや思ひのほかの春にあふらむ

寺の様子を歌う作をもう少し引いてみよう。

長雨《ながあめ》降り続きていたく漏《も》りけるに詠める

しばしこそ漏るとはしつれ五月雨のふるやは瀧を居ながらぞ見る

「ふるや」は古屋と降るやの掛詞《かけことば》。

もう一箇所引く。これまた詞書が長いのでその詞書を以下に記す。

太秦に住みつきたる初め、ずさ（注・従う者たち、従僕）も二、三人侍りけるが、いと広く荒れたる寺の、秋になりて物寂しく、今また冬の初めなれば、ここかしこより吹き通すあらしの声絶えまなく、夜は何となき物音ひしひしとして凄き所なれば、皆えさらぬ事作り出で、去《い》に果てて今は姪のをみな一人残れり（注・以下は略す、歌も）

姪に助けてもらっての二人の生活となる。

作歌や執筆に倦《う》むと散策を楽しんだ。寺の廻りは一面に田や畑が広がっていた。農の人や農作業を詠む歌があまた家集《かしゅう》（『六帖詠草』）に収録されている。その類《るい》の歌から若干を引く。

早苗取る袂《たもと》は泥《うき》によごるれど心は清き賤《しづ》がなりはひ

うねごとに先づつかね置く早苗もて山田はけふや植ゑ尽すらむ

賤《しづ》の女《め》が門《かど》の乾し瓜《うり》取り入れよ風夕立ちて雨こぼれきぬ

家居《いえい》の折りの歌からも引いておく。

太秦の杜《もり》に響きて聞こゆなり四方《よも》の田歌の夕暮の声

暮るるまで歌ふ田歌に長き日も植ゑは尽さぬ早苗をぞ知る

響き来る田歌も今は友となりて稀《まれ》に聞えぬ暮れぞ寂しき

「太秦にひとり眺めて」と題する二十首の連作がある。結句は全て「秋の夕暮」。三首引いておく。

太秦の深き林を響き来る風の音《と》凄き秋の夕暮

山風はやや収まりて立つ霧に林も見えぬ秋の夕暮

鳴く鹿はこふる妻だにあるものを老いて友なき秋の夕暮

太秦居住三年目、寛政二年（一七九〇年）の秋、蘆庵（六十八歳）は二つの歌論《かろん》を一気に書き下ろした。「ちりひぢ」及び「あしかび」。
先ず、「ちりひぢ」から一部を引く。

元久・建保の頃（注・定家主導の新古今時代を指す）の体こそ、今めかしくやさばみて、面白けれど、後世に流るる一品あり。さる心より、詞のやさばみたるを求め、少しもこはごはしからんを除きて、やさしく奇ならんとのみ心がけたる故、歌といふものは、詞《ことば》の数定まりたるやうになり、或いは家々にて、庶幾せざるの詞いでき、甚だしきに至りては、伝授・口伝などやうのことさへいできにけり。これを知りたるを堪能・博覧と思ひ、これを知らざるを、未練・未達にて、歌道を知らぬなど言ひ合へり。見よ、伝授・口伝を得し人の歌の聞え難きを。思ふべし。その頃より次第に道せばくなり、その伝なき歌のよかりし事を。ここに至りては、歌の最第一は、心を先とするなど言う事、ゆめにも知らず（注・傍点、奥村）。言ひきかすれども通ぜざること、うるまの人に物言ふごとし。

次に「あしかび」から引く。

歌は、この国のおのづからなる道なれば、詠まんずるよう、面白からんとも、やさしからんとも、珍しからんとも、すべて求めて思はず（自然の道なるが故に求むれば自然をうしなふ）ただいま思へることを、わが言はるる詞をもて、ことわりの聞ゆるやうに言ひいづる、これを歌とは言ふなり。

右の小文の中に、小沢蘆庵の短歌観は尽くされている。

①「詠まんずるよう、面白からんとも、やさしからんとも、珍しからんとも、すべて求めて思はず（自然の道なるが故に求むれば自然をうしなふ）」

面白い歌を詠んでやろうとか、優しい歌を詠んでやろうとか、珍しい歌を詠んでやろうとか、そうした態度で歌うものではないと、蘆庵は戒める。

②「ただいま思へることを、わが言はるる詞をもて、ことわりの聞ゆるやうに言ひいづる、これを歌とは言ふなり」

事物に遭遇して、今まさに思えることを、自分の言葉で以って、誰が読んでも一読分かるように表現する。

以上に要約される短歌観が蘆庵の短歌観であり、蘆庵は自らの短歌を、短歌観を「ただごと歌」であると色々の場で明言している。

後年に「ちりひぢ」「あしかび」に続く第三の歌論「或問」が書かれたが、ここからも一部を引いておく。この歌論は蘆庵のお弟子さんが、問を発して、蘆庵がその問いに答える形に構成されている。

問云　貫之《つらゆき》言ふ所のただごと歌は、心の通りを飾りなく、ありのままに続けたるものとみゆ。

答云　貫之のただごと歌と言ふは、心を求めずして、思へる所を、詞《ことば》を飾らずして詠ずるを言ふなり。

問云　このただごと歌、面白きもあれど、あまりにただありにて、面白からぬもまた少なからず。わが思ふに、ひとふし面白かるべき心をこのただごとにて詠まんはいかが

（注・傍点、奥村）。

答云　その心大いに誤てり。心をむなしうしてよく聞かれよ。

歌はわが思へる心をのぶ。われは聞えたりと思へど、聞えねば人に通ぜず。通ぜざれば歌の用をなさざるが故に、修行してよく聞ゆべく詠みならふなり。よく聞えて、人もさなんめりと思はば、歌の用はたるなり。（略）

今思へる所を、ただ言に続けならひ、誰聞きても聞ゆるやうに、修練積りてのちは、いかなる事も、詞心《こころことば》にまかせて、自在なるべし。

私の短歌観

Ⅰ 感動に付いて

朝、眼を覚まし庭に降り立つと、千両が緑の葉の上に赤い実を幾つか付けている。見て心が動く。感動する。感動が歌のタネである。

隣接するお隣の庭の千両も同じように実を付けていたので、次の歌が生まれた。

千両が赤く色付く　わが庭に　隣の庭に　赤く色付く

三年ほど前に友人に一枝貰った千両であることを思い出して次のように歌った。

一枝を貰い挿《さ》したる千両に赤き実の付く三年を経て

更に、今頃赤い実を付けて、鳥に食べられはしないか、正月まで持つであろうかと考えて、次の歌が生まれた。

一ヵ月半後の正月千両の赤き実残っているであろうか

物事に出会って動く心を、感動を五七五七七、五句三十一音（語）に現わすのが短歌である。何を詠んでも構わない。感動の表現であるから。事物と出会っての感動。事柄の場合はその事柄を述べる。叙述する。物の場合は、その物を描く、描写する。

Ⅱ　最も小さな感動

気付き・発見・認識は最も小さな感動である。

次々に走り過ぎ行く自動車の運転する人みな前を向く

いつも見ているありふれた光景であるが、その折、改めて気付いた。運転手がまっすぐ前方を向いている。走行中の運転手はほぼ全員が前方を向いている事、わたしにとり改めての発見であった。

もし豚をかくの如くに詰め込みて電車走らば非難起こるべし

通勤のラッシュの車中。ぎゅう詰めに押し押されながら、ふと思った。もし豚がこのような扱いを受けたならば、轟々《ごうごう》の非難が起こるであろうと。

以来四十年が経ち、ラッシュの混雑に変りはないが、誰も文句は言わない。ひたすら耐えてやり過ごしている。

不思議なり千の音符のただ一つ弾きちがへてもへんな音がす

ギターを弾いていて一音違ってもすぐ分る。ピアニストが四十分弾《ひ》き続けていて、たった一音違っても分る。それはへんな音だから。

一回のオシッコに甕《かめ》一杯の水流す水洗便所恐ろし

ある折、この事に気付いた。昔はそのままに溜《た》めて肥《こ》やしにしたのに、今は水で流す。東京に限ってみても、これによる水不足の話は聞かないし、豊富な水があることにも驚く。

結局は傘は傘にて傘以上の傘はいまだに発明されず

これも四十年前に気付いて歌にしたが、事情は今も変わらない。同じ造りの傘を差している。

海に来てわれは驚くなぜかくも大量の水ここにあるのかと

ある折、海を見詰めていて、気付いた。わたしにとっては一つの発見であった。

Ⅲ　気付き・発見は創造である

風間博夫の第一歌集『動かぬ画鋲』から引く。

握らねば書くことできぬエンピツの使ひ切れない最後の部分

もう捨てるしかない、小さくなった鉛筆のあのちびた姿、形。それを見て心が動いた、感動した。その感動を歌の形に現わした。

誰も注目しなかった鉛筆のあの部分を歌に取り込んだのは手柄であろう。

更に、風間氏の次の歌。

水道の蛇口ひねればひた奔るホースの中の水の先端

庭に降り立ち、水を撒《ま》こうとして、ホースを手に持ち、水道の蛇口をひねると、たちまち水がホースの口から飛び出す。その以前、水はホースの中を突き進むわけ。ホースのなかを突き進む水の尖端。これの発見と表現により、そのものは（ホースの中の水の尖端は）、われわれの世界に姿を現わした。つまり、創造・創出されたのである。

Ⅳ 文語と口語

昔、三十年、四十年前は短歌は全て文語《ぶんご》であった。今は文語を骨格としながら、口語《こうご》が自在に取り込まれるのが標準の短歌の姿である。これをわたしは文語口語混合体短歌（或いは、ミックス短歌）と呼んでいる。

若い人らのなかには完全な口語短歌も生まれている。

事物に出会っての感動を歌に現わす。その現わし方は完璧でなくてはならない。ベストの表現を実現しなくてはならない。その結果として今の時代は文語口語混合体短歌となるのである。先駆者の一人、山崎方代《ほうだい》の歌から二首を引く。

宿無しの吾《われ》の眼玉に落ちて来てどきりと赤い一ひらの落葉

「どきりと赤い」がベストの表現。「赤き」では駄目。戦後間もなくの、六十年以上も前の歌。この時代は文語短歌の時代であったから、異例の事。つまり、先駆の作品なのである。もう一首。

白い靴一つ仕上げて人並みに方代《ほうだい》も春を待っているなり

「白い靴」「待っている」は口語。「なり」は文語。即ち、混合体短歌。

こんにちは混合体短歌の時代であり、プロもアマもそのベースは混合体短歌である。

一首全体についても、部分に於いても、ベストの表現を実現すれば、結果として混合体短歌となるのは、こんにちの短歌の普通の、自然のありようである。

時代の進行に従って、社会は、人々の生活は刻々と変わって行く、当然、言語とその現わし方も変って行く。ベストの表現を実現してその結果として変って行くのであり、非難は当たらない。ら抜き言葉についてもこの事は言えるであろう。

一五年前、二〇〇一年に刊行のわたしの第八歌集『ピシリと決まる』から一首を引く。

「出られる」は四音にして「出れる」だと三音だからピシリと決まる

Ｖ　字余りと正調・破調

昔は、四十年、五十年前は短歌は形がほぼ守られていた。五七五七七、五句三十一音（語）が普通であった。

今は違う。字が余る傾向にある。

四十年前、「コスモス」の東京歌会で宮柊二《みやしゅうじ》先生は初句《しょく》の字余りを強く戒められた。初句は五音ピタリが普通であり、六音になるのは未熟の場合が多かった。

今は違う。

おおよそに言うならば、初句六音大いにあり。この場合、三音、三音なら、先ず問題はない。例えば「さくらさくら」など。五音一音の構成はまずい。例えば「カキツバタが」。

第二句における一音の余りはかなり多い。音構成からゆくと五音三音はまだいいが、四音四音は韻律の上からも、弾んで弱く、宜しくない。七音に収めるなどの工夫が要る。

第三句は一首の要であり、自ずからに五音が守られている。

第四句はキャパシティが大きく、倍くらいまでが、つまり、七音のところが一四音くらいまであり、と思われる。

結句は一音余り、八音となる場合がかなり見られる。

以上、体験に基づく、観察に基づく各句の字余り傾向に付いて述べたが、字余り即破調《はちょう》ではない。

必然の字余りは正調である。緩みの字余りが破調である。

四十年、五十年前は定型がほぼきっかりと守られていたのに、こんにちはなぜ字余り傾向になるのか。社会が、人々の暮らしが変われば言葉も、言葉を以って現わす表現も変わってくる。より複雑な内容を現わすゆえに定型ピタリには行かない、と言うケースが生ずる。内容がまずあって、それが表現される。内容世界が複雑となれば、フォルムに収まりきらず、字が余る。それが必然の字余りである。

宮柊二の一首を上げる。

怒をばしづめんとして地の果《はて》の白大陸暗《しろたいりくあん》　**緑海《りよくかい》をしのびゐたりき**

句ごとに分けての表記で記す。

怒をば（五音）
しづめんとして（七音）
地の果《はて》の（五音）
白大陸暗《しろたいりくあん》　緑海《りよくかい》を（十三音）
しのびゐたりき（七音）

四句が十三音と大幅な字余り。でもこれは必然の字余りであり、ベストの表現を尽くした結果、たまたま六音余ったのであり、一首の形は、調子・リズムはこれが正解であり、正調であり、この一首は破調ではない。

例えば「白大陸《しろたいりく》」を取り去れば一首は五七五七七の定型作品となるが、内容世界が要求する形とはならない。あまりにも大きな怒りであったが故に「白大陸暗《しろたいりくあん》　緑海《りよくかい》」の十三音を要した。

あるいは「怒りをばしづめんとして」の重い抒情を、韻律を受けとめるための必然の表現が「白大陸暗《しろたいりくあん》　緑海《りよくかい》」の十三音の音群・語群であった。

4 私の短歌――震災以後

佐藤通雅

はてしなくつづく瓦礫《がれき》のまえに立ったとき、
人間が長い時間をかけて積みあげてきた一切が崩壊したと感じた。
「書きのこさねば」と思い立っても、ことばそのものが壊滅していた。
そのとき、定型がほとんど自動的に作動し、一首一首の歌としてくれた。

✿ことばの壊滅、その後

二〇一一年三月十一日十四時四十六分、東日本大震災は突発した。突発とはいっても、すでに近い将来、かなり高い確率で大地震が来ると予告されていた。だが、今日この日と特定されていたわけでないから、やはり突発である。

宮城県沖には地震の巣があるといわれ、私自身すでに二度遭遇している。大地震は、いきなり家屋が揺れるのではない。まず、はるかな地の底から、呪いのような、怒りのような、不気味な音が生じる。あっという間に周辺へ伝播し、つぎの瞬間、家屋・電柱・樹木などなど、地のうえのすべてがほしいままに揺すぶられる。天をも支配する勢いだった人力が、こんなにも無力だったとは。

仙台は、海沿い地区、市街地区、山沿い地区からなる。私ははじめ海沿いと市街の境に居をかまえていたが、現在は山沿いに暮している。その日、私は一階の書庫と二階の書斎を行き来しながら仕事をしていた。二階へもどり、パソコンに向かいはじめたとき、何処《いずこ》とも知れぬ彼方《かなた》で、不気味などよめきの起きるのを聞いた。ほぼ同時に、家屋は激しく揺れ、家具は悲鳴をあげ、ガラス器具はあちこちで破砕しはじめた。やっと揺れがおさまって階下へ降りると、書棚は総崩れで、足の踏み場もない。書庫にいたなら、頭に直撃をうけていたかも知れない。

電気・ガス・水道はただちに止まり、通信手段も完全に機能しなくなった。

夜になって周辺を見渡すと、家々の灯りは一つもなく、ただただ漆黒《しっこく》の闇。星座だけが一面に冴《さ》え返《かえ》り、まるで縄文時代にタイムスリップしたよう。

　唯一の情報源はケータイラジオ。夜を徹して聴くうちに、被害の甚大《じんだい》さをはじめて知った。上空には、ヘリがひっきりなしに行き交う。救援のため、また重症者を運搬するため、仙台と山形を往還しているのだ。

　私は、原民喜《はらたみき》「夏の花」の一句を思い出した。広島で被爆した原は、「このことを書きのこさねばならない」とつぶやく。

　自分もまた、大災害の渦中に置かれたことを、「書きのこさねば」と思った。酷寒の夜、為すすべもなく床にもぐりこむだけだが、とりあえず生きるがわにのこされた、紙と筆記用具もある、それならばまずは短歌でいまのいまを表現していこうと。

　二日後、福島第一原発のメルトダウンの報が入ってきた。仙台でも避難をはじめる人が続出した。自家用車で逃れるには、ガソリンが必要。ところがどこのスタンドも壊滅状態。鉄道も完全にストップしている。バスで山形へ行き、そこから航空便で遠方へ行くルートがあるのみ。バスの発着所には、幼い子を連れた長蛇《ちょうだ》の列ができた。そこに非情の吹雪が。

　数日後、やっと電気が復旧し、テレビ、パソコンによる情報も伝わってきた。その画面ではじめて三陸を呑みこむ津波の大舌《おおじた》を、瓦礫《がれき》と化した海の町を、そして町をあげて避難していく福島の人々を見た。

　ガソリンがやっと手に入るようになった四月五日、私は、名取市の親戚を訪ねつつ、閖上《ゆりあげ》港まで走った。途中には、南北を結ぶ高速道路東部道路がある。そこをくぐったとき、風景は激変した。家屋は完全に解体して無数の板切れとなり、多くの船が泥まみれのまま横たわる。乗用車は、まるでミニカーのようにあちこちに転倒、大型車もつぶれはて、横転したままだ。そして、瓦礫をかき分けながらも、自衛隊の人たちが捜索をつづけている。こういう風景が、南のはてから北のはてまで、限りなく広がっていた。

私は瓦礫のなかにかがみこみ、こらえようもなく、慟哭《どうこく》した。

つい先日まで親しんだ海の町、知人が何人も住んでいた町、それが一瞬の間に壊滅してしまった。

人間が長い時間をかけて築きあげてきた生活や歴史や文化、また倫理・哲学といわれるもの、それらが一気に崩壊し、リセットされてしまった。

そのことが総身《そうしん》を打ちのめした。リセットされた状態に見合うことば、それを一片も持ち合わせていないことも、自分を打ちのめした。

ことばは、人間の長い時間のなかで生成されたものであり、その根が崩壊した以上、手にのこっているものはなにもない。ただ茫然《ぼうぜん》と立ち尽くし、慟哭するほか為すすべがなかった。

閖上に立った二日後に、ふたたび大地震が来た。すぐ隣の団地では、3・11で土台に亀裂の入っていた家屋の数多くが総崩れとなった。被害は海沿いだけでなく、内陸にも数限りなくあったが、もはやそれらはニュースにもならなかった。

他方、放射能の飛散は、宮城県の広範囲でも確認され、牧畜・米作・果樹栽培をはじめ、山菜・渓流釣りにいたるまで、汚染されてしまった。そのため、生業を失った農山村は、一気に限界集落化し、小学校・中学校の廃校も出てきた。

原発稼働のための高度技術はあっても、事故が起きたときの対処能力がほとんど無力であることを、このとき思い知らされた。

さらに、核のゴミが無害化するまでには、十万年かかると知ったときには、文字通り、茫然自失状態になった。いま世界にある原発は四百基、それらは電力だけでなく、廃棄物も出しつづける。たとえ廃炉にしたとしても、無害にもっていくには、膨大な時間がかかる。それればかりか、核兵器を持つ国は、核をけっして手放そうとしない。

ということになれば、人類は、人類を自ら滅ぼす方向へ走っていることになる。

私は、メルトダウンに大きな打撃を受けた事態を目の当りにしながら、人類は、人類以後の時間まで抱えこんでしまったと、愕然《がくぜん》たる思いで認めざるをえなかった。

三月十一日、すなわち3・11、この日を境にわかってしまったことは、あまりにも大きい。もう一度くり返すなら、第一に自然の力の巨大さ。いったん事が起きれば、人間の生活も歴史も、一気にリセットされてしまうこと。第二に、科学力は核エネルギーを手に入れながら、同時に人類以後の時間まで孕《はら》んでしまったこと。

そして自分自身に立ち返るなら、これらの事態に見合うことばを、ひとつとして用意していなかったことに気づく。

それなのに直後から、「書きのこさねば」の思いも勃然《ぼつぜん》と湧いてきた。失語状態におちいっているのに、これは明らかに矛盾している。

そのとき、予期せぬ援軍が待っていてくれた。援軍とは、短歌定型である。ことばを磨くこと、飾ることなどはまったく念頭になく、ただ手持ちのことばで、いまのいまを、ことばにしてのこさねばと自分を促したとき、定型がほとんど自動的に作動し、歌にしてくれた。詠うことを、定型が助け、歌とすることを許してくれた。

この、いわくいいがたい感覚は、これまで味わったことがない。自分という個人が作ったのなら、創作・創造といえるが、それとはちがう。

この感覚は、自分だけのものではなかった。梶原さい子は、宮城県気仙沼市の唐桑《からくわ》半島の出身で、現在は「塔」に所属している。震災の当日、内陸で仕事についていたが、大津波警報にただならぬ事態だと予感する。案《あん》の定《じょう》、唐桑は大きな被害を受ける。梶原は途中まで車で行き、通行不可能になって、瓦礫をかき分けながら生家《せいか》へたどりつく。そして、周辺の惨状、何人もの知人の死去を目《ま》の当《あた》りにする。

そのときの作品群は、二〇一四年になって『リアス／椿』(砂子屋書房)としてまとめられる。

半身を水に漬かりて斜めなるベッドの上のつつがなき祖母

ああこれが夢といふものどこまでも瓦礫の道を歩いてゆきぬ

安置所に横たはりたるからだからだ　ガス屋の小父さんもゐたりけり

それでも朝は来ることをやめぬ　泥の乾《ひ》るひとつひとつの入り江の奥に

震災の後にも死ありあのときを越えられたのにと誰もが言ひて

ナビの指す「目的地」なれど家の跡すらわからざる夏草の丈

このような歌が、多数収録されたのが『リアス／椿』だ。

その梶原さい子は、インタビュー「言葉に赦されながら歌う」(「現代短歌新聞」二〇一六年三月号)で、

言葉に赦されながらできた歌ですので、どこか自分の歌という感じがしないところがあるんです。

と発言している。また、

亡くなった方がそばにいる感覚が強くて、短歌の言葉はその亡くなった方に近しく、文字や記号の羅列ではないということも強く思いました。

特に震災直後は五七五七七の定型、短いということ、それゆえに表現できることがあるんだ、と体で実感したところがあります。

と、当時の作歌心境をふり返っている。

ここに語られていることは、私の思いとも交叉する。「言葉に赦されながらできた歌」「亡くなった方がそばにいる感覚」など、表現にちがいはあるが、同じことをいっている。

3・11直後に、再度フィルムを巻きもどしてみる。

大震災は、いきなり生じた。予告なしの大災害に遭遇したとき、死のがわへ連れ去られるか、生のがわにのこされるかは、人力の及ばない偶然にすぎない。私はたまたま山沿いに住んでいて難をまぬがれたが、その日に海へ出かけていれば、死のがわへ拉致《らち》されたかもしれない。

思い起こせば、この年の三月一日から四日まで、私は石垣島へ旅行している。最初は八日から十一日までの日程を組んでいたが、沖縄発石垣島の飛行便に空きがない。やむをえず一週間先に組み替えた。もし最初の日程通り十一日に仙台空港着にしていたなら、時間によっては空港あるいは帰途に津波に巻きこまれたかもしれないし、飛行中に大震災がわかって引き返し、帰宅できない状態におちいったかもしれない。

他方に万単位の犠牲者がいるのに、自分はそうならなかった、これは単なる偶然というほかない。生と死の境界は紙一重の差でしかないという感覚は、ここから来ている。震災直後に、「書きのこさねばならない」という思いが勃然と頭をもたげたのは、「亡くなった方がそばにいる感覚」なくしては考えられない。
　さて、私は直後にどういう歌を作ったか、実例を示しておきたい。

背も足も冷えて眠れずｈｅｌｐ！ｈｅｌｐ！応へくるるは余震のみにて

冷凍の肉《しし》のごとくに冷えきりし肩にてのひら当てて明け待つ

食糧と水と薬と暖房とガソリン　この際同情無用

ペットフードの貼り紙ありて人並ぶ共に残りたる生命のために

震災の直前の手紙届きたりあはれはるけき過去《すぎゆき》として

死者の数、千否万の単位にも驚かずなりしわれを憤る

昔《むがす》むがす、埒《らづ》もねえごとあつたづも　昔話《むがすこ》となるときよ早《はよ》よ来《こ》よ

自註を加えておきたい。一首目、二首目は被災直後の晩。ライフラインすべてが消滅した以上、夜になってもなにもすることがない。とりあえず床に入って休もうとするが、酷寒が押し寄せるばかり。思わず「ｈｅｌｐ!」と叫びたくなるが、激しい余震が何度もつづくだけ。それでも床に入れるほうはまだよい、津波をかぶった人々はすっかり冷え切り、避難所で夜の明けるのを待っているだろう。

三首目。いまのいま欲しいのは、同情のことばなどでなく、最低限の生活必需品だけ。被災圏におかれて身に沁みてわかったのは、圏外からの反応とのあまりにも大きい落差だった。パソコンがやっと復旧したとき、入用の食糧はなにか、すぐにでも送ると知人から報があった。だがこちらは、郵便も宅配便も機能していない。雨に当ると放射能があぶない、外出から戻ったら水で洗うようにとアドバイスをくれる人もいた。こちらは水道がストップしているのに、なんという残酷な親切心と思うほかなかった。

四首目。食糧をもとめて、連日長蛇の列ができた。そのうちにやっと「ペットフード入荷」の貼り紙が出た。犬も猫も、共に生きるがわにのこされたものたちだった。事態が落ち着きはじめたころ、近くの寺院には犠牲者を悼む碑が建立されたが、すぐ隣には、獣類の横死を弔《とむら》う碑も並んだ。生ある者はすべて平等であるという精神風土を再認識した。

五首目。震災直後から郵便機能も停止したから、ポストの口もガムテープでふさがれた。やっと復旧したとき、まず届いた郵便は震災以前のものばかり。「あの日」以前が、はるかな彼方に感じられ、めまいを覚えたほどだ。

六首目。最初に、犠牲者の報を得るのは、夜を徹して聞いていたラジオからだった。大津波警報発令をくり返し報道していたアナウンサーは、しだいに各地に津波が到達したこと、火災が発生したことを伝えていた。その段階ではどれほどの大きな災害なのかわからなかった。やがて、いま入った情報として、荒浜地区では二〇〇人から三〇〇人の犠牲者が出たと伝えた。犠牲者数の報道は、このときが最初だ。荒浜地区には深沼海水浴場があり、これまでも何度となく行っている。そこに多数の遺体のあることを、ヘリが確認したという。震災のただならぬ大きさを知ったのは、この瞬間である。以後ラジオは、各地の犠牲者数を発表していく。瞬く間に百単位を越え、千単位になり、ついには万単位になった。いつしか数の多さにマヒしていく。そういうわが身に気づき、憤《いきどお》ろしくなった。

七首目。つぎつぎと届く情報。海際の町の犠牲者数、行方不明者数、そして海陸に広がる火災。千年に一度の確率の大震災に取り巻かれ、なすすべもなく冷え切った体を横たえていたとき、早くこの苦難が去り、浄化され、昔話として語られるときが来てほしいと、祈る気持ちになった。「埒もねえごとあつたづも」とは、「とんでもないことがあったそうだ」の岩手方言だ。

他の作品も、もう少しあげておきたい。

死ぬ側に選ばれざりし身は立ちてボトルの水を喉に流し込む

ケータイの無料充電所にゼンソクの子は屈む呼吸器を作動させんと

孤立して夜を徹せしは数知れず東の果ゆ明けの色生《あ》る

何の罪ありやと問へる間もなくて波に呑まれたる万の人らよ

この街を逃れゆかむとバスを待つ長蛇の列にも雪容赦なし

逃げろといはれ逃げ場なき人半分も居るならわれも此処にとどまる

このような歌を、つぎつぎと作った。ことばを練ること、韻律を磨くこと、修辞を使うこと、それらはまったく念頭に浮ばなかった。

そもそも、目のまえに起きている事態に対応できることばは、崩壊してしまっていた。それにもかかわらず、「書きのこさねば」と自らを促したのは、すぐかたわらに死者がいる、その人々の分まで語らねばという動機による。もっとも、直後にはそういうことをはっきり意識してはいない、時間がたってふり返ったときの気持ちだ。いうまでもなく、ことばが根を喪っていることと、「書きのこさねば」は矛盾するし、大きな裂け目がある。だが、裂け目に架橋《かきょう》してくれのは短歌定型だった。自分の手持ちのことばを、定型が歌にしてくれた。

だのに、一か月たったころ、はたと失語状態におちいった。

この間私は、酷寒にふるえながらも、『小中英之《こなかひでゆき》全歌集』（砂子屋書房）解説を書くために、ゲラを通読していた。また、個人誌「路上」に連載中の宮柊二論を書き継いでいた。また、震災まえからとりかかっていた歌集『強霜《こはじも》』（砂子屋書房）の編集も、最終段階にさしかかっていた。そのうえに「粗描ノート」と自称する短歌ノートに、日々十首から二十首を走り書きしていた。それが、すっかり失速してしまった。

そこまでの自分をもう一度ふり返るなら、いきなり未曽有《みぞう》の渦中《かちゅう》に入ってしまったことを記しとどめねばならない、表現手段として自分にあるのは短歌だとまず考えた。同時に、生死の境界はほとんど紙一重のことにすぎないという思いもあった。したがって、いま歌を作ることは犠牲になってしまった人に寄り添い、代弁することにもつながるという意識もあった。

ところで、これまで死者といい、犠牲者といってきたが、それはどういうことだろうという疑念が浮かんできた。

3・11以後、ものを語り、書く人が、被災圏内か圏外かをすぐにも見分けられる語彙があった。死体と遺体だ。泥まみれになって息絶えている人形《ひとがた》を、圏外から来たジャーナリストは、なんのためらいもなく死体と表現した。なかには、今回の震災報道でダメなのは、死体をはっきり写さなかったことだと指摘する人もいた。瓦礫へと入りこんだ報道の人たちは、数多くの骸《むくろ》に出会い、シャッターを押した。しかし、新聞・テレビ・写真集に出たのは、せいぜい泥まみれの足の裏だった。それはたしかに、事の真実を伝えないことではある。だが、隠すか、さらけ出すかには、犠牲になった人と取材する人の距離の問題がある。亡くなった人が身近である場合は、泥まみれのさまを正視するに耐えない。死んでいるとわかっていても、けっして死体とはいえず、遺体または犠牲者の語を使った。私自身がそうである。

時間がたつにつれて私に浮んできた疑念は、遺体、犠牲者ですら正確とはいえないのではないかということだ。一番の当事者、すなわち最《さい》当事者ともいうべき犠牲者の多くは、自分の死を知らない、あっという間に波に巻きこまれた事態すら、どういうことか了解できていない。

子どもの遺体が見つかったとき、ペットボトルの水で顔を洗いながしてやる母親が何人もいた。あのとき目のまえにしたのは、自分の死をまるで知らない子どもの顔だ。だから火葬に出すのを、拒みつづける親もいた。

遺体とは、亡くなった人の身体にほかならない。だが考えてみれば、それは生者がわからの一方的な判定であり、最当事者自身は自分の死など了解していない。そういうことに思いいたったとき、「犠牲者に寄り添うなんて、なにを格好つけてんだ、生きのこったやつらがたわごとをいっているだけではないか」というつぶやきが聞こえてきた。そして、私は失速した。

最近になって、土方正志《ひじかたまさし》『震災編集者』（河出書房新社）を読み、死んだことを知らない人が震災怪談に出てくることを知った。三陸の町の仮設住宅に、近所の人たちが「お茶っこ飲み」

に集まる。ひとりのおばあちゃんが立ち去ると座布団が濡れている。仮設の人は「いやあ、あのおばあちゃん、自分が死んだってわかってないんだべな。まだ生きてるつもりでお茶っこ飲みさ来るんだべ。」という。震災後、妻の幽霊と出会う話は、すでに『遠野物語』の「九九」にある。今回もまた死んだとわかっていない人が出現し、震災怪談としてひそかに語られはじめていた。

私は、遺体といってきたことに不遜《ふそん》の念を感じるようになった。

それならば、なんといったらいいか。自分の死がわからないのだから、「半死に《はんじ》」「生死に《なまじ》」といえばいいか。その逆にこちらは、死ぬかもしれないのに生きのこったのだから、「半生き《はんい》」「生生き《なまい》」になる。どうも、こなれない語彙だが、とりあえずこれを使うほかない。

「半死に」をかたわらにして、「半生き」のものが歌を作るとはどういうことか。この問いにぶつかったとき、私の筆は、はたと止まったのだった。

この間、物資はやっと流通しはじめ、最低限の生活も復旧するまでになった。私は近くの寺院や、海際の慰霊碑に何度も足を運んでいたが、そうしているうちに、「半死に」と「半生き」の橋渡しをしているのが、短歌定型ではないかと改めて思えるようになってきた。語りたいことが山ほどあるのに、口を閉ざされてしまった人々、偶然の差で生きるがわにのこされた自分、この両者を架橋してくれるのが短歌の定型ではないかと。

そのように思われてきて、一か月後に再び作歌できるようになった。作りためたうちのいくつかは、個人誌・短歌総合誌・新聞に発表していく。しかし、それらは自分の単独の創作行為とは考えていなかった。

時間がたつにつれて、震災関連本がつぎつぎと刊行されはじめる。大災害を生きぬいた人が英雄としてもちあげられることまで出てきた。それに対して私は、震災詠歌人として持ち上げられてはならない、被災地からの発言者としてトップランナー扱いされてもならないと自分を強く戒めた。

当時、歌集『強霜《こはじも》』の編集はほぼ終わっていたが、作品を入れ替え、「注目の震災歌集」として世に送ることは可能だった。だが、そういう操作をする気分には、まったくなれなかった。

以降も、海の慰霊碑をたびたび訪れたが、三年たったころ、「もう、刊行してもいいんじゃない」と肩を押してくれる声が、どこからか聞こえるようになった。その声に促されるようにして、二〇一三年十一月に歌集『昔話《むがすこ》』（いりの舎）をまとめた。

こうして、やっとわずかながら区切りをつけることができた。しかしあくまで「わずかながら」だ。原発事故を機に生じた、十万年後、すなわち人類以後まで抱えこんでしまったことを、どのようにことばにしていくか、このあまりにも巨大な問いをまえに、私はいまなお、立ちすくんだままだ。

優美な和歌の陰に

和歌の歴史

長い歴史をもつ和歌は、どんな性質を秘めて生き続けてきたのだろうか。『古今集』の仮名序に「天地《あめつち》の開けはじまりける時より、いで来にけり」とある。天と地が別れたときからあったという。まさかそんなことはないはずだから、これは神話なのであって、そうあってほしいという理念が込められている。

そして仮名序は、スサノヲが地上に降りて来て、「八雲立《やくもた》つ　出雲八重垣《いづもやえがき》　妻籠《つまごめ》に　八重垣作る　その八重垣を」と詠んで求愛した歌から、五七五七七の五句三一文字の定型が「人の世」に定着するようになったとある。

これには異説があって、藤原清輔《きよすけ》の『奥義抄《おうぎしょう》』という歌学書には、「風聞す、和歌は神の御世より伝えて、未だ章句定まらず。隠人文殊、聖徳の御世に現れて、字を択び三十一を定む。此より以降、貴賤共に学び流布し、良くこれを弘む」とある。聖徳太子の頃に文殊さまが現れて、五句三一文字の定型をさだめ、それ以来、身分の高い人も低い人もみんなこれを学んだので広まったのだという。

仮名序の神道的な和歌起源説が早いが、平安時代の後期には仏教的な和歌起源説もあったのだった。「貴賤共に学び流布し」とあるのが重要だ。同じ頃に成立した源俊頼（一〇五五～一一二九）の『俊頼髄脳《としよりずいのう》』という歌学書には、和歌は神世《かみよ》の昔から、身分の上下はもとより、男と女の区別もなく、だれもが好んで歌を楽しんできた、と書いてある。日本は神世から和歌の国であって、だれもが歌を詠むというのである。〈和歌〉と言い切るのは正確ではなくて、地方の庶民が声に出してうたう祭りのときの神楽歌《かぐらうた》や民謡・童謡のようなものまで含めて、そう言っていると思われる。

こうした和歌万民説は、平安時代末期の藤原俊成（一一一四～一二〇四）が編んだ七番目の勅撰集である『千載集《せんざいしゅう》』の仮名序にほぼ同文で引用されている。俊頼の和歌観をそのまま継承したわけだ。そして、はるか時代が下り江戸時代に入ると、契沖《けいちゅう》の『万葉代匠記《まんようだいしょうき》』という注釈書の冒頭に引かれ、同時期の下河辺長流《しもこうべちょうりゅう》（一六二七？～一六八六）の編纂した『累塵林葉集《るいじん》』という歌集《アンソロジー》の序文にもほぼ同じ言説がある。そして、幕府の老中を務めた松平定信の随筆にも同じような考えが述べられている。

声に出して唱和する庶民の歌なども含めて、日本は神世の昔から和歌の国である。そういう考えが平安時代から江戸時代の後期までずっと続いていたことになる。

それは、歌枕《うたまくら》の現場というべき地方の名所に都《みや》びとがやって来て歌を詠む行為にも見いだせる。その場所をピンポイントで探し当てることはほとんど不可能なのだが、後々まで名所探しの来訪者がいたのは、日本のどこにも和歌がある、そういう国だという考えが続いていたからだろう。

和歌は優美

和歌は優美を尊重する。優美は日本文化の特質であり、本質である。これが私たちの常識であろう。和歌の研究はこうした認識を土台におこなわれてきた。

『古今集』春下の紀友則《とものり》の歌に代表してもらおう。

ひさかたのひかりのどけき春の日にしづ心なく花のちるらむ

ほんの少しだけ漢字で書いて、ほかはすべて平仮名で書きたくなる歌だ。平安時代に書写された『巻子本《かんすぼん》古今集』(二玄社・刊)をひもとくと、どの歌もそのように流麗に墨書《ぼくしょ》されている。平安時代の和歌は、今でもやはりそのように書きたくなる。流れるように美しく縦書きにするのがよいだろう。石川九楊が指摘するように、横書きにすると、一つひとつの言葉に込められた心が下へ重なっていかないので、まとまりのない、情緒の薄い歌に感じられてしまう。

春の光の中で美しく咲いていた桜がいつのまにか花びらを散らし始めている。桜は「きっとせつない思いで散っているのだろう」(小沢正夫・訳。日本古典文学全集)というのだが、読む者にはそれでは少し物足りなくて、「なぜに、あわただしく散るのだろう」と軽い疑問を入れて解釈することが多かった。一種の深読みなのだが、「なぜに」を入れて味わうと、桜の心を思いながら桜を見ているような気持ちになる。

真に美しいものを見ていると、人は切なくて、悲しくなる。そういうものが古来から変わらぬ日本人の心であるらしい。日本人に特有な、というのではない。人類共通の感受性であろうと思われる。

✿和歌の政治性

ところが、林子平《しへい》（一七三八〜一七九三）の『三国通覧図説』に目を通すと、まことにショッキングなことが書いてある。明和元年（一七六四）秋、琉球王国の「読谷山《ヨミタンザ》王子朝恒《トモツネ》」（第十三代国王・尚敬王の次男。唐名は尚和。一七四五〜一八一一）が江戸を目指して渡航したが、追風にめぐまれなくて肥前（佐賀県）の松浦潟《まつらがた》で十日余り停泊したという。その折りの王子が詠んだ七首をあげて次のように述べる。

近ゴロ、明和元年ニ来聘使タリシ読谷山王子朝恒ノ詠ゼシ和歌アリ。聞キシ儘《（まま）》ニ此ニ記ス。琉球ノ本邦ニ化服《（かふく）》シタルコト、推シテ知ルベシ。

王子が和歌を詠むのは琉球が日本に「化服」した証拠だというのである。さらに子平は「本朝ノ学ニ熟シタル故、其ヨミ歌モ和歌ノ躰ヲ備ヘタリト云ヘリ」と付け加える。琉球王国は日本の文化を学習し、日本に順化した。これは自分一人の見解ではなく、広くそう言われている、とダメ押しをしている。

詞書《ことばがき》を省いて全首をあげてみよう。

追手(おって)**ふく風のたよりを松浦がた幾夜うき寝の数つもるらん**

いつもかくかなしきものか草まくらひとりふしみの夜半の月かげ

降る雪にうづらの床のうづもれて冬もあはれはふかくさのさと

人間はばいかがかたらん言の葉も及ばぬふじの雪のあけぼの

ふじの根の雪吹きおろす風見えて一むらくもる浮しまがはら

旅ごろもはるばる来ても故さとにかはらぬものはむかふ月かげ

波かぜもおさまる君が御代(みよ)**なればみち遠からぬ日の本の国**

最初の歌は松浦潟(佐賀県)での詠。それから伏見・深草(京都府)にも泊まり、富士山(静岡県)を見て、雪の降る季節に江戸に着いたのである。古典和歌を学び、掛詞《かけことば》を使いこなし、いずれも優美な歌だ。しかも末尾の歌は日本の「君が御代」を讃えている。

さらに子平は、「先年、八丈島へ漂着シタル」船主が初めて詠んだ琉球語の交じった「片言」の歌をあげ、「右ノ一首ハ、琉（球国）ノ辺土迠《まで》モ本朝ノ風ニ化シタル証《あかし》ヲ見スル為ニ挙（グ）ル也」と述べている。文化とは縁遠い船長すら和歌を詠む。日本の和歌は琉球の辺土にまで行き渡っているというのだろうか。

これ以上の紹介は控えよう。要するに子平は「和歌イコール日本」と考えていた。和歌を詠む国は、日本文化を受け入れた友好国であるという考え方が当時の日本にはあった。優美なる和歌は、どこか帝国主義にも似た発想を裏側に隠していたのである。

子平は、琉球や蝦夷を朝鮮と同じく外国として認識していた。だから交易を盛んにし、人々の交流を進め、日本の文化を弘め、友好国にしようと考えていた。琉球は「唐山《カラ》」（中国）よりもすでに日本に「化服」しているし、蝦夷もロシアに「化服」される前に友好国にするべきだと考えていた。子平より少し前の賀茂真淵《かものまぶち》（一六九七〜一七六九）は、「えみしらが　なつくをみては　かくばかり　かしこき国と　日の本の　やまとのくにを　あふがざらめや」（「詠蝦夷島歌四首並短歌」）と詠んでいる。蝦夷を日本を仰ぎ敬う国にするべきだ、きっとそうなるだろうと信じている。

この頃の年表を見ると、文化年間（一八〇四〜一八一八）以降、通商を求めてやってくる外国船が年ごとに増加する。世界はまさに帝国主義の始まりにあった。そういう中で日本はどうするべきかという難問題にぶつかっていたのであり、真淵や子平の考えをそう簡単に非難することはできない。和歌がそれに荷担するようななにかをしのばせていることが問題なのである。

和歌イコール日本

〈和歌〉と〈日本〉が分かちがたいものとして認識されている。あたかも和歌は日本そのものであり、日本は和歌そのものだ、というような思いが隠されている。これと通じる考え方は、先にあげたが東北地方や北海道を旅して歩いた民俗学の祖、菅江真澄《すがえますみ》の奉納歌にも見られる。

旅日記『えみしのさえき』の寛政元年（一七八九）六月一五日、北海道檜山郡上ノ国町《かみのくにちょう》の八幡神社にお参りし、地元の修験者でもあろうか、松逕《しょうけい》という男と各々一四首ずつ奉納している。四季・恋・神祇・祝言で構成された二人の歌は、「天下太平　国家安全」の一四文字を歌頭に置いて詠んでいる。

> こや、集（ひ）たる蝦夷人も、かくみ（囲み）をといて小弓ふしなびくならんと、此小河のうらと（浦戸）はれて、「てんかたいへい、こくかあむぜん」といふことを一くさのかしらにおいて、十あまり四の和歌を、こゝにいはふ誉田別尊《ほんたわけのみこと》のひろ前に、松逕と友（共）に奉る。

と記す。意味の通じにくいところがあるが、蝦夷人も砦《とりで》から出て来て和人になびくであろう。その願いを込めて奉納する。そうなれば日本は平和な国になり、アイヌの利益にもなる、というのではなかろうか。子平の用語を使えば、日本への「化服」を祈ったのである。日本の繁栄を祈るその陰に、外国と認識しているアイヌが日本へ順化することを願う意図が含まれている。ちなみに「天下太平、国家安全」というのは、佐々木馨の研究によると幕府の蝦夷対策であったという。

また真澄は、日本語で歌を詠み、同じ内容をアイヌ語で詠んでいる。五七五七七の歌は日本語でもアイヌ語でも詠めるのである。同じことは同時代の紀行家、古川古松軒《こしょうけん》（一七二六〜一八〇四）もしている。アイヌ語の通訳をする男（日本人）がアイヌの踊りを見てアイヌ語で狂歌を詠み、古松軒は日本語で詠んで唱和している。蝦夷へ渡った日本人はこんな遊びをしたのである。その陰に日本の文化に順化させたいと思う意識がちらついていると見るのは考えすぎだろうか。

和歌に隠されたもの

和歌はこの国において、いかなる役割を果たしてきたのか。優美な和歌の陰に、私たちのまだ知り得ないものが隠れているのではないか。飽くなき追究が必要であろう。和歌＝優美、という見方に固執して終わるなら、あまりに一面的すぎる。

多くの人々と歌について語り合う広場をつくりたい。古典の和歌はもとより、現代歌人の短歌をもっと読んでみたい。歴史ある共有文化である歌がさらに発展し、未来へ継承されてゆくだろう。

▼錦　仁

◉執筆者一覧 ——五十音順。＊は和歌文学会出版企画委員（委員はほかに、安井重雄、鹿野しのぶ）。

浅見和彦（あさみ・かずひこ）

一九四七年・東京都生。東京大学大学院博士課程中退。現在成蹊大学名誉教授。著書『東国文学史序説』（岩波書店、二〇一二）、『鴨長明と方丈記—波乱の生涯を追う』（NHK出版、二〇一六）他。

宇津木言行（うつぎ・げんこう）＊

一九五七年・千葉県生。北海道大学大学院博士後期課程単位取得退学。西澤美仁・久保田淳共著『山家集／聞書集／残集（和歌文学大系）』（明治書院、二〇〇三）他。

奥村晃作（おくむら・こうさく）

一九三六年・長野県生。東京大学経済学部卒業。宮柊二に師事。歌誌「コスモス」の元選者・編集委員。歌集『ビビッと動く』（立花書林、二〇一六）、歌書『隠遁歌人の源流—式子内親王　能因　西行』（笠間書院、一九七五）他。

佐藤通雅（さとう・みちまさ）

一九四三年・岩手県生。東北大学教育学部卒業。個人編集誌「路上」を刊行し、現在に至る。歌集『昔話《むがすこ》』（いりの舎、二〇一三）、評論『宮柊二　柊二初期及び『群鶏』論』（柊書房、二〇一二）他。

島内景二（しまうち・けいじ）

一九五五年・長崎県生。東京大学大学院博士課程退学。博士（文学）。現在電気通信大学教授。著書『柳沢吉保と江戸の夢』（笠間書院、二〇〇九）、『心訳「鳥の空音」—元禄の女性思想家、飯塚染子、禅に挑む』（笠間書院、二〇一三）他。

田宮朋子（たみや・ともこ）

一九五〇年・新潟県生。東洋大学社会学部卒業。コスモス短歌会会員・選者。歌集『雛の時間』（柊書房、一九九九）、『星の供花』（柊書房　二〇〇四）、『雪月の家』（角川書店、二〇一〇）、『一滴の海』（本阿弥書店、二〇一五）。

中村　文（なかむら・あや）＊

一九五三年・愛媛県生。立教大学大学院博士後期課程満期退学。博士（文学）。現在埼玉学園大学人間学部教授。著書『後白河院時代歌人伝の研究』（笠間書院、二〇〇五）他。

課程中退。博士（文学）。現在新潟大学名誉教授。著書『中世和歌の
小町―人はなぜモノガタリを生みだすのか』（笠間書院、二〇〇一）他。

大学院博士課程中退。博士（史学）。現在国士舘大学21世紀アジア学部教授。著
』（思文閣出版、一九九九）、『歴史のなかの米と肉』（平凡社、一九九三）、『食をうたう』
他。

たえ）＊
富山県生。東京大学大学院博士課程単位取得退学。博士（文学）。現在成蹊大学教授。著書『明恵
教の相克』（笠間書院、二〇一一）、共著『明恵上人夢記訳注』（勉誠出版、二〇一五）他。

弘（まつざか・ひろし）
一九三五年・長野県生。國學院大學文学部卒業。岡野弘彦に師事。平成二年短歌誌「炸」を創刊し代表。著書『実践・短歌塾』（角川書店、二〇一〇）、歌集『安息は午後に』（砂子屋書房、二〇一二）他。

松本郁代（まつもと・いくよ）
一九七四年・静岡県生。立命館大学大学院文学研究科博士課程修了。博士（文学）。現在横浜市立大学准教授。著書『中世王権と即位灌頂』（森話社、二〇〇五）、共編著『儀礼の力』（法蔵館、二〇一〇）他。

渡部泰明（わたなべ・やすあき）
一九五七年・東京都生。東京大学大学院博士課程中退。博士（文学）。現在東京大学教授。著書『中世和歌の生成』（若草書房、一九九九）、『和歌とは何か』（岩波書店、二〇〇九）他。

渡邉裕美子（わたなべ・ゆみこ）
一九六一年生。早稲田大学大学院文学研究科博士後期課程中退（研究指導修了による）。博士（文学）。現在立正大学准教授。著書『新古今時代の表現方法』（笠間書院、二〇一〇）、『歌が権力の象徴になるとき　屏風歌・障子歌の世界』（角川学芸出版、二〇一一）他。

日本人はなぜ、
五七五七七の歌を愛してきたのか

編者

錦　仁
（にしき・ひとし）

監修

和歌文学会

昭和三十年六月二十六日創立。
和歌文学並びに和歌に関係深い諸科学の助長発達をはかることを目的とした、
和歌研究者による学会。
http://wakabun.jp/

執筆

浅見和彦
宇津木言行
奥村晃作
佐藤通雅
島内景二
田宮朋子
中村　文
錦　　仁
原田信男
平野多恵
松坂　弘
松本郁代
渡部泰明
渡邉裕美子

2016（平成28）年12月01日　初版第一刷発行

発行者

池田圭子

発行所

笠間書院

〒101-0064　東京都千代田区猿楽町2-2-3
電話　03-3295-1331　Fax 03-3294-0996　振替　00110-1-56002

ISBN978-4-305-70824-3 C0092

大日本印刷・製本
乱丁・落丁本はお取り替えいたします。
http://kasamashoin.jp/